大家小书

穆旦说诗

穆旦 著 李方 编

北京出版集团
北京出版社

图书在版编目（CIP）数据

穆旦说诗 / 穆旦著 ；李方编．— 北京 ：北京出版社，2022.11（2024.8 重印）

（大家小书）

ISBN 978-7-200-17393-2

Ⅰ．①穆… Ⅱ．①穆… ②李… Ⅲ．①诗歌评论—世界 Ⅳ．①I106.2

中国版本图书馆 CIP 数据核字（2022）第155984号

总 策 划：高立志　　责任编辑：王忠波　张　帅
责任印制：陈冬梅　　责任营销：猫　娘
装帧设计：金　山

·大家小书·
穆旦说诗
MU DAN SHUO SHI
穆旦　著　李方　编

出　　版　北京出版集团
　　　　　北 京 出 版 社
地　　址　北京北三环中路 6 号
邮　　编　100120
网　　址　www.bph.com.cn
总 发 行　北京出版集团
印　　刷　北京华联印刷有限公司
经　　销　新华书店
开　　本　880 毫米 ×1230 毫米　1/32
印　　张　12
字　　数　208 千字
版　　次　2022 年 11 月第 1 版
印　　次　2024 年 8 月第 2 次印刷
书　　号　ISBN 978-7-200-17393-2
定　　价　58.00 元

1974年摄于北京卢沟桥

1952年芝加哥大学

总　　序

袁行霈

“大家小书”，是一个很俏皮的名称。此所谓“大家”，包括两方面的含义：一、书的作者是大家；二、书是写给大家看的，是大家的读物。所谓“小书”者，只是就其篇幅而言，篇幅显得小一些罢了。若论学术性则不但不轻，有些倒是相当重。其实，篇幅大小也是相对的，一部书十万字，在今天的印刷条件下，似乎算小书，若在老子、孔子的时代，又何尝就小呢？

编辑这套丛书，有一个用意就是节省读者的时间，让读者在较短的时间内获得较多的知识。在信息爆炸的时代，人们要学的东西太多了。补习，遂成为经常的需要。如果不善于补习，东抓一把，西抓一把，今天补这，明天补那，效果未必很好。如果把读书当成吃补药，还会失去读书时应有的那份从容和快乐。这套丛书每本的篇幅都小，读者即使细细地阅读慢慢地体味，也花不了多少时间，可以充分享受读书的乐趣。如果把它们当成补药来吃也行，剂量小，吃起来方便，消化起来也容易。

我们还有一个用意，就是想做一点文化积累的工作。把那些经过时间考验的、读者认同的著作，搜集到一起印刷出版，使之不至于泯没。有些书曾经畅销一时，但现在已经不容易得到；有些书当时或许没有引起很多人注意，但时间证明它们价值不菲。这两类书都需要挖掘出来，让它们重现光芒。科技类的图书偏重实用，一过时就不会有太多读者了，除了研究科技史的人还要用到之外。人文科学则不然，有许多书是常读常新的。然而，这套丛书也不都是旧书的重版，我们也想请一些著名的学者新写一些学术性和普及性兼备的小书，以满足读者日益增长的需求。

“大家小书”的开本不大，读者可以揣进衣兜里，随时随地掏出来读上几页。在路边等人的时候，在排队买戏票的时候，在车上、在公园里，都可以读。这样的读者多了，会为社会增添一些文化的色彩和学习的气氛，岂不是一件好事吗？

“大家小书”出版在即，出版社同志命我撰序说明原委。既然这套丛书标示书之小，序言当然也应以短小为宜。该说的都说了，就此搁笔吧。

在荒凉之中寻找一点高级的抒情

李　方

《穆旦说诗》收入“大家小书”，实至荣归又并非易事。

穆旦（查良铮），20世纪40年代中国新诗的“探险”者、俄英美诗歌经典浩瀚而精致的翻译家，21世纪复归大众阅读视野，重现出最具代表性的现代主义诗潮那一束“浪峰”冲腾、激荡、沉浮而终是奔涌不息的风景，和中西诗歌跨世纪交汇、一系列杰出诗人拜伦、雪莱、普希金、艾略特、叶芝、奥登诗歌的回响。

然而，他又是中国现当代文学史上绝少言说、淡漠乃至拒绝自述的诗人。相比于“大音希声”“大象无形”的诗艺境界，编一部“寡言无迹”沉郁终生的诗人“说诗”的小书，亦或也是一次编纂的“探险”。

出乎预料，伴随着编辑过程，竟然愈发期待，也愈加相信：读者阅读此书会发现沉默寡言后面“受难的品质”，也会“知人论世”进而与诗人的心灵契合。穆旦罕见生平叙事，尽管经历过南开中学、清华大学、西南联大的良好教育；尽管走过从长沙到蒙自的“小长征”，跑过昆明的警报，体味过“防空洞的抒情”；尤其滇缅战役野人山惨烈溃退，“最痛苦的经验却只属于一个人”，“放逐在时间——几乎还在空间——之外，胡康河谷的森林的阴暗与死寂”，使他“从此变了一个人，外表脆弱的诗人，却有意想不到的坚韧”。与死亡“打过照面”的他“对于这一切淡漠而随便”，不愿“泄露虚假的英雄主义的坏趣味”（王佐良《一个中国新诗人》）。然而，穆旦留给世人的是不朽的战争诗篇：

静静的，在那被遗忘的山坡上，
还下着密雨，还吹着细风，
没有人知道历史曾在此走过，
留下了英灵化入树干而滋生。

“是这一种受难的品质，使穆旦显得与众不同。”绝少谈及写诗、译诗，也与诗论、文论、翻译论之类皇皇著述无缘；然而，编辑他的书信，却发现平易亲和的片言只语，创作曲衷与审美追求自然而然涓涓流出。

新诗的探险者“没有模仿，而且从来不借别人的声音唱歌”；思想的博求者“在灵魂深处窥探，去爬灵魂的禁人上去的山峰”，“将肉体与形而上的玄思融合成现代中国最好的抒情诗”；“他的组织和联想的丰富，有点儿似乎冒犯别人”，“真正的谜，却是他一方面最善于表达中国知识分子的受折磨而又折磨人的心情，另一方面，他的最好的品质却全然是非中国的”（王佐良语，出处同上）。初读他的诗，往往感觉陌生与深涩，但透过“说诗”我们又能深切感受到：在摒弃风花雪月陈词滥调的同时，诗人也在用力抵御晦涩，“丰富，与丰富的痛苦”的辩驳，“隐现”着“现实、象征与玄学”的高度溶解与巨大张力。

“大家小书”意在让喜爱穆旦作品的人们看到诗人、翻译家的另一面。战争岁月“从历史扭转的弹道”爆出“二次生命”，他告知同窗“不是先有文学兴趣而写作，而是内中有物，良心所迫”；他领悟艾青“茁生于本土上的一切呻吟、痛苦、斗争和希望”，解读卞之琳的“新的抒情”；最终揭示殉道的自己：“我的命运似乎不是在高级的社会里发出厌烦的声音，而是要在荒凉之中寻找一点高级的抒情。”

如风旗般的敏锐共感，与奇绝叠加的客观意象，超常聚合、浓缩冶炼、融于一炉，弥合古典与现代而超越永不停息：“摆动于时间的两极 / 但我们说，我们是向着前面进行”（穆旦《隐现》）。

读穆旦译作，抒情诗、叙事诗、玄言诗、诗剧、史诗，包罗万象而酣畅淋漓；唐璜，奥涅金，荒原人子，显示出译者对于英雄史诗的崇尚。正如王小波《我的师承》所举查译普希金的长篇叙事诗《青铜骑士》：“雍容华贵的英雄体诗，是最好的文字。”

穆旦给普通的读者回信，给质疑的学者发文，向帮他出版译著的友人诉说——翻译的标准、选诗的风格，如选译丘特切夫，是看中诗人“对社会与生活的风暴有深刻的共感”又“刻绘出人的精神的精微而崇高的境界”。他启迪荒废学业的插队知青读诗、写诗，还抄录旧作权当范例；更多的则是向诗友倾诉创作的私淑：“写诗，可以比作建塔，初写是第一层，写多了就可以到第二层，第三层，更空、更玄……也许更脱出渣滓。”还有诗人晚年生活与译著的境况的写照：拖着伤腿、蛰居抗震棚而 “一头扎进普希金，悠游于他的诗中”的亢奋，和“翻译艾略特和奥登及大量解释已经完工”的欣幸。

原来，穆旦为后世留下这些丝丝心语，为一代又一代喜爱诗歌的普通读者悄悄打开了阅读鉴赏他诗作、译作的全新视角。“大家小书”，恰是诗人思语心言的珍藏与纪念；也是以“说诗”的新体例，为百年新诗史遗存独具个性的诗话补白。相信，这个诗话补白，也将启迪读者阅读中国新诗，尤其是现代派新诗的路向，给予有志于新诗创作者一个更坚实更高卓的起点。

2022年7月11日暑热于京

1935年南开中学宁亭

1936年清华大学

目 录

辑 一

辑 二

辑　三

1942年印度加尔各答

辑一

不知哪个世界才是他的家乡，
他选择了这种语言，这种宗教，
他在沙上搭起一个临时的帐篷，
于是受着头上一颗小星的笼罩，
他开始和事物做着感情的交易，
不知那是否确是我自己。

——《自己》1976年7月

1938年湘黔滇行旅后

1947年沈阳主编《新报》

伟大的真纯和朴素

——《诗经》六十篇之文学评鉴

文学何以发生？这是一个很有趣味的问题；尤其是，文学在什么时候发生的？有些人历来不曾想到过，也许听到了这种发问就茫然，也许有人觉得它不值一谈，而以一笑了之。然而，当我再问一句时，《诗经》是文学作品吗？假若他曾经读过《诗经》的话，那么，至少他得翻翻看，在三〇五篇诗里有怎样的事实可以证明它是文学作品，或是有怎样的事实可以证明它不是。下了这一番功夫之后，假若他还不能闹清楚，那么在必须的条件下，他得再去搜寻：什么关于文学解释那一类东西的；比如说：文学的来源，文学的定义，等等。好了，这正是我们要解决的问题，读《诗经》的第一个疑问就摆在这里。

关于文学的起源，各家说法都很分歧，大别有两种说法，一个是说是起于心理的活动，另一说是以为起于社会需要的。

我们可以说，这两种因素都有。再回过头去，看看古人的说法是怎样的，他们大概也没有绕出这圈子：

《毛诗大序》：“诗者，志之所之也。在心为志，发言为诗。情动于中，而形于言；言之不足，故嗟叹之；嗟叹之不足，故咏歌之；咏歌之不足，不知手之舞之，足之蹈之也。”

朱熹：“人生而静，天之性也。感于物而动，性之欲也。夫既有欲矣，则不能无思；既有思矣，则不能无言，既有言矣，则言之所不能尽，而发于咨嗟永叹之余者，必有自然之音响节族而不能已焉，此诗之所以作也。”

这样看来，先是有感于中，而后发之于情，把这种感觉写成文字，表现出来，就是文学的起始了。所以，文学是必须带有情感的。没有情感的东西就不是文学，因此，账簿，奏折，和理论文章之类就不属于文学之内。然而，看看我们的《诗经》是怎样的呢？是不是每篇诗里都有作者的感情在内？这是需我们去详细审定的。当认识准确以后，再去评鉴，这是第一要点。

《诗经》是一部初民的文学作品，算来已有二千余年了，这自有其永久不能湮没的历史价值存在。然而，它的存在理由究竟在哪里？是很值得我们去探讨一下的。诚如孟先生所云，“《诗经》之伟大，全在它的真纯和朴素”。这的确可以说是将整个《诗经》的灵魂一把抓住了。像《诗经》这般纯朴的东西，在后来还算少见，所以《诗经》可以自居为文学遗产，我们说是不算脸红的。不过，可惜《诗经》的好点也就只于此，再也不能多出。请想，假若有人道出《诗经》的根柢来，说道：“那不过是半开化人的歌谣罢咧！”那我们也就将无所求了，也许觉得这是很满足的一件事。然而假若为了这种满足，就立刻打开《诗经》，高声朗诵，赞不绝口，而颂扬每一个字的机妙，也就未免神经过敏。这样也许反将《诗经》的优点丧失了，使人觉到莫名其妙。我以为《诗经》的优点固然应该颂扬，而有劣点也不该泯没才对，这样它的价值才能确定了。然而，批评《诗经》坏点的话还不多见，大概是不愿对于古人的文学过于苛求和有所破坏的地方。举几个例来说：

有杕之杜，其叶湑湑；独行踽踽，岂无他人，不如我同父，嗟行之人，胡不比焉；人无兄弟，胡不佽焉！（《杕杜》）

笃公刘，匪居匪康，迺场迺疆，迺积迺仓，迺裹糇粮，于橐于囊，思辑用光；弓矢斯张，干戈戚扬，爰方启

行。（《公刘》）

像第一个例子里面的抒情是多么平淡寡味？第二个例子里面的叙事是多么拙笨和板滞？假如把一堆这样子的东西拿来让我鉴赏，虽然在这上是挂了一个“古董”的招牌，那我也要老实不客气地推它到一旁去了。所以在我的主观的评鉴内，这类东西是例外的。与其说，这是它本身的好或坏，毋宁说，是自身的兴趣问题。能对自己发生兴趣的诗，才去鉴赏，这是应该认清的第二要点。

其实文学的要素还不只于情感而已，思想也是很重要的一部分。试观《诗经》全部作品，概乎不出于十三国风之外，都是黄河流域一带农业社会的文学作品，因此，在那一时代的时期里，整个社会是一个体系的。在这一贯体系的社会里，人们有了共同的道德观念，这种农业社会的道德都有意无意地被表现在每篇诗内，所以，当我们读完虽然仅是五分之一的《诗经》，这一小部分已经很够我们去回味了。至少说，我们对于那个社会的情形，可以得到一些辽阔模糊的印象出来。例如：说在那个时期内，男女是不平等的，然而男女间的关系，却很自由，也许和现在廿世纪的情形差不多少，因为那时没有严密的礼教束缚的缘故，我们还可以说，在那时期里，政治不良，国家常有征役，人民流离失所，穷困不足以自活的人很多。因此，那时期人们对人生感觉无味，而有灰色不进取的情调。再可以知道的，那时的家族观念已经很发展，人民有很深刻的忠孝仁爱的道德，所以，我们看到在诗里面，常有以不能侍奉父母而怨于政治不良的，也有自述流离失所之苦而劝兄弟友善的，这都不过在表现忠孝的道德罢了。再有，诗中表现厌恶征役的精神，便正是我们现在提倡和平的出发点。由此，可知在二千年的长时期内，中国人的道德观念一直没有多大的变动，所以现在我们在读《诗经》的时候，还不觉得有口味不合，神怪离奇之处。这也可以说是《诗经》在文学上的永久性，其所以能传诵至今者，则一部分不得不归功于这样的一贯思想，是可以想得到的。

其次是要评鉴《诗经》的每篇创作艺术。现在让我先将这六十篇分成七类来讲。

一、关于两性的诗

a. 男思女者

《关雎》《泽陂》《月出》《静女》《出其东门》《葛生》《汉广》

b. 女思男者

《伯兮》《君子于役》《殷其雷》《杕杜》《摽有梅》《隰桑》《卷耳》

c. 男女相悦者

《女曰鸡鸣》《绸缪》《野有蔓草》《溱洧》《东方之日》《野有死麕》《鸡鸣》《将仲子》《山有扶苏》《褰裳》《甫田》《素冠》

d. 女怨男者

《子衿》《狡童》《终风》《中谷有蓷》《谷风》《江有汜》《氓》

二、关于亲子的诗

《凯风》《蓼莪》《陟岵》《鸨羽》

三、悲于世乱的诗

a. 征役之苦

《东山》《采薇》《小星》

b. 自伤者

《苕之华》《北山》《北门》《正月》《黍离》《葛藟》

c. 讽刺者

《伐檀》《葛屦》《硕鼠》《大东》

四、祝贺诗

《桃夭》《斯干》《无羊》

五、叙事诗

《生民》《公刘》《七月》

六、思友

《兼葭》《采葛》

七、劝兄弟友善之诗

《常棣》《杕杜》

（一）两性诗在《诗经》的篇幅上占去比较很大的一部，这里的内容最为丰富，而在字句上也比较最为精彩。我们说，爱神是富有诗意的，而这刻画在古人的词句里就更觉得有意思了。何以呢？因为向来我们对初民的生活总是觉得模糊，尤其是神秘；现在，《诗经》是那般大胆地，坦白地，把他们那时间的两性事情描画给我们看，使我们了然，原来古代的两性间之爱，痴，猜忌，调笑，和怨尤诗，也同现在是一样的。

先说（a），关于“男思女”的诗。我以为最精彩的要算《静女》一篇了，其次是《汉广》《葛生》二篇。在这三篇诗里面，至少说是表现了三种不同的男性：一种是《静女》篇里的痴情男子，看他那种“爱而不见，搔首踟蹰”和“自牧归荑，洵美且异”的傻像，活画出其心中之急而又美，正如同一头癞蛤蟆突然捉着天鹅似的。记得在落华生《空山云雨》里有一段故事说，一个女子接受了他的异性同学无意中送的一枝花，这位蜜司回家便一天不曾吃饭，只在回忆那位同学的命意所在，对这枝花痴想的结果，她终于将它吞食了，而至于中毒。其实，那位同学送这枝花的所以然，是没有一些什么意思的。这位女士可谓“痴”极了，然而，当这男子接受了“美人之贻”的“彤管”时候，也未始不有那种心情吧？

《汉广》中表示了另一种男子的典型。主人公一定是没有和女子接触过的，是一个懦者，而在礼教束缚之中。他思想对方到无结果的时候，于是以婉转的话自慰，什么“南有乔木，不可休思；汉有游女，不可求思”，其实他更相思得厉害呢！

《葛生》才算是一番真情的悼亡的人，因为他有了实在感觉。“予美亡此，谁与独息。”“夏之日，冬之夜！”这是多么沉着的话！而尤其在篇首的两句风景的描写，“葛生蒙楚，蔹蔓于野。”勾出一片荒凉景况的轮廓，是多么哀郁！所以，按技巧说来，《静女》和《葛生》都很好，不过静女的描写比较更活一些，更生动逼真罢了。

（b）“女思男”的诗，我要提出两篇来讲——《伯兮》和《君子于役》两篇。这都是思念丈夫出征的诗。像《伯兮》中说的女子是甘愿为情牺牲一切的人，她只是发愁地想罢了。而《君子于役》一篇所表现的则不同。这个女子想是生在乡村，没有林黛玉式的愁思，像《伯兮》中那样的。她仍是要操劳一切的事务，然而在百忙中，在“日之夕矣，羊牛下来”的时候，偶然想到了丈夫怎么还不来。这种情事颇堪我们去玩味，去体会的。

（c）“男女相悦”的诗。当然，这一类诗我分得极笼统的，我得承认。如同，有的是男女幽会，有的是夫妇谈话，有的只不过是男女笑骂而已，等等。不过因为其中太复杂，分详细倒觉得没有意思，因此，就这样的圈在一起了。

《溱洧》是其中很精彩的一篇，假若现在把它译成散文，让不知道的人看了，一定以为是青年男女在某某公园的社交描写。这的确是一篇很生动的文字，写景和写情都有拈花微笑之处。《绸缪》中对话极逼真，作者的手笔可谓灵活之至。《野有死麕》、《野有蔓草》和《东方之日》都是极大胆的描写，我想，男女关系写到这里可谓直达霄斗，无可过之。今人写到这里多曲折停笔之处，哪有这般纯真朴实？这里实在表现了《诗经》的所以为《诗经》，而无愧焉！

《鸡鸣》和《女曰鸡鸣》，是相同的作品。《鸡鸣》的写景较佳，而其对话亦甚精彩，较之《绸缪》更形灵活。

《将仲子》在表示爱与惧的冲突，也就是爱情与礼教的冲突。当然，使一懦弱女子置身于这样情形之下，自必万分为难，而要对某一方停止进行了。文中女子说的话极婉转而也极有力量，“仲可怀也；人之多言，亦可畏也”。表现出来一个多么柔顺和娇弱的女子！

（d）“女怨男”的诗。在两性的诗里，我们看到的都是一些短篇的作品，很少见到是长篇著作的。我想，长篇作品之所以不能产生，大概，是为了地域的关系，气候寒冷，生活困难，人民没有暇时长久的意兴，所以不能长篇发挥。因而，许多诗之形成就都是即兴的。然而，偶然中我们假若看到了一些长篇的时候，一定会觉得诧异，（何以在这些短篇中有长篇，这个诗的作者不是很特别么？）觉得宝贵，而或许下一些功夫去细细地咀嚼它。

的确，一个人跳高跳到六尺的时候，让他再跳六尺一寸就很难过去。同样的，诗能写到短篇成熟的时候，再写成精彩的长篇就尤其难了。我们可以看到，《谷风》和《氓》两篇还不算是拙笨的作品，不难想见这是出自诗人手笔的。在《谷风》里，第一段上“习习谷风，以阴以雨”是一句很好的起首，把它比作男子的粗暴的性情，尤其和洽。而从此同句里，我们可以看出诗人是在怎样娓娓地将这段故事告诉给我们听。再见下段一句“行道迟迟，中心有违”，似乎我们在看见一个弃妇，当走出她久居的丈夫家门时，现出“再不能来”的一番恋恋不舍之状，而“不远伊迩，薄送我畿”更是多么一副孤伶可怜的状态！最后，妇人在万无转回的希望的时候，乃口中追述其往时之贤德，盖非在极怨愤时不出此。妇人尚自支撑，谓“我有旨蓄，亦以御冬”，是更表示其境次之穷困，唯能以“旨蓄”自慰也。

《氓》中多参杂些议论，较为不深切，在这点上比《谷风》稍有逊色。然而能叙事清楚，景然不乱，也是很不易的了。

《子衿》是一篇杰作。诗人能将一个女子的一阵思感，速写下来，使人看来清清楚楚，觉得清快流利的，要以《子衿》为最。这里没有如荼如火的热情，没有如深渊海水似的愁思，妙只在淡淡一点中。而是“悠悠”的一点相思罢了。句中音韵不必说，光是“悠悠”半句，也就够你领略一天去了！

我觉得有意思的还得算《狡童》。《狡童》像是一个天真烂漫孩子的说话，无隐而直爽，说完了就完了，全不用你发问的份儿，多么痛快！

《中谷有蓷》一开篇，便像听到一个女子同我咳声叹气，什么命薄咧，遇人不淑咧，要使人同情得下泪了。假若有和她同遭遇的人读这篇时，我想，一定会痛哭流涕的。

《终风》还不错；《江有汜》不好。

（二）亲子关系的诗。

亲子的关系特别深切，是可以从这四篇诗里看出来的。自己的时运不佳了，归结到“哀哀父母，生我劬劳”上去（《蓼莪》）。这是很沉痛的一句话。由“南山烈烈，飘风发发”

所令人想像到的情景，是正适宜于忆到故去的父母而悲伤的。《凯风》篇里也同样地以抓到“母氏劳苦”“有子七人，莫慰母心”来表现亲子之爱。《陟岵》比较有一些情景在内，而不像《蓼莪》和《凯风》那样完全在情感的空想中。一个兵士出征去了，在行军中或在战场上，思念起久别的父母兄弟妻子等人，于是就无意义地“陟彼岵兮”，是想借登以望望家乡是什么样子了，虽然知道无论如何不会看得见。最后，乃想到在别离时父母兄三个人的话。我觉得这三句嘱咐的话也是很有意思的。在父，母，兄，三个人的话里，各人表现了各人的身份，各人的情感，各有深浅不同。如父说“嗟！予子，行役夙夜无已，上慎旃哉，犹来无止！”他知道的是行役夙夜无已，而在战事毕后不要停留。母所说的行役夙夜无寐，望他儿子不要相弃，可见女人是有依赖性的，同时更表示出她不愿说：“谨慎些吧，千万不要死了回来。”而其兄便截然说出。从本篇里，我们可以看出这不只是写思亲而已，并且表现了战争的罪恶，及当时社会的一般。总结起来，《陟岵》是一篇很好的速写；把一阵的心情，把父母兄的怀念，把行役的劳苦，用几笔勾出，读起来觉得轻松，流畅，而是意兴不尽的。

《鸨羽》没有什么，其人劳于王事，父母无人奉养，见到这种情景不觉兴叹。这是政治不入轨道的缘故，同时很可做一篇研究当时政治的佐证材料。

（三）悲于世乱的诗。

（a）征役诗除《陟岵》之外，有三篇：《东山》、《采薇》和《小星》。《东山》和《采薇》较长外，以《小星》最为短小精悍。

> 嘒彼小星，三五在东。肃肃宵征，夙夜在公，实命不同。嘒彼小星，维参与昴。肃肃宵征，抱衾与裯，实命不犹！（《小星》）

本篇中每一句都不是虚费的，可谓一句逼紧一句，句句有力。在一片黑夜里，天空几颗稀星照耀的时候，一个人抱着行李出征去了，当然，在黑静的地方他不得不疾疾地走着。走着走着他想自己为什么要这样奔忙呢？想来想去自己的命实与人不同啊。“实命不同。”照现在解释起来倒是一句不哭不笑的幽默语。

《东山》是一篇写实作品。我读已往都是些浪漫味的作品，现在换换口味倒觉得一番新鲜。这篇有很好的写景如“我来自东，零雨其濛。”“蜎蜎者蠋，烝在桑野；敦彼独宿，亦在车下。”“果羸之实，亦施于宇，伊威在室，蠨蛸在户，町町畽鹿场，熠耀宵行。”“有敦瓜苦，烝在栗薪，自我不见，于今三年。”这都是寓情于景的句子。其中厌恶战争的意思，从字里行间都可以看出来的。

《采薇》的最后一章可算得上“精彩”二字。那写得是：

> 昔我往矣，杨柳依依；今我来思，雨雪霏霏。行道迟迟，载渴载饥，我心伤悲，莫知我哀。

前两句的描写多么漂亮！“杨柳依依”是正表示其去之缠绵，这种景象，正是以物拟人。再往下看去，“今我来思，雨雪霏霏”。示其满怀凄凉，用雨雪写出，正如东山篇之“我来自东，零雨其濛”是同样的手笔，这里的非战思想，多么浓厚啊。

（b）自伤者的诗。从这里我们可以知道当时社会是在怎样地不宁静着，人民处于这种兵乱下只有痛苦地呻吟。《苕之华》便是这种景象的透明镜。《北门》《北山》表尽了当时政治的不良，《北门》尤能将世态人情描画出来，颇为逼真。《葛藟》，无论将它解作乞丐的呼求，或是离乡寡助，总之它是表现着一个人的穷困，使人看他不起，我觉这篇尚能有声有色，《正月》则不足道了。《黍离》像是一位神经病患者的口吻，诗旨真有些拟不出来。

（c）讽刺诗。我觉得《伐檀》和《硕鼠》很好。《伐檀》不只于是刺素餐的君子，而更赞美劳动。我们且看看其中的一段。

> 坎坎伐檀兮，寘之河之干兮；河水清且涟猗。不稼不穑，胡取禾三百廛兮？不狩不猎，胡瞻尔庭有县貆兮？彼君子兮，不素餐兮！

劳动者在河边伐檀，对着一付“清且涟猗”的河水，多么赏心悦目！底下便是讽刺了，“不稼不穑，胡取禾三百廛兮？不狩不猎，胡瞻尔庭有悬貆兮”一个问话，就把君子“是这样”的意思露出来了，所以底下更来一句反话，“彼君子兮，不素餐兮”是很刻毒的。这样的讽刺诗，我们很可以将它看作当今的漫画。在随便的几笔里，便使人明白许多事，用意深刻。比如再一篇的《硕鼠》，如果用一幅画，画出许多耗子，各个耗子的身上注明各样捐税，然后在它们身旁点上许多点子，写着“人民的财产”字样，则虽然是一幅“鼠食米”图，其意义较文字便明显多了；然而古时即能用此种象征手笔去写，也就着实不易得很。

（四）祝贺诗。《桃夭》一篇很好，句子极流利。《斯干》则没有意思。我以为《无羊》也是一首祝贺诗，因为首句有“谁谓尔无羊，三百维群”正是败后兴起，第三者恭贺之意。至于第二章中，写畜牧之情景更妙；使我们面前展出一幅水岸的光景，在岸旁有牛羊之群，或饮，或卧，或吃草，或行动，完全是一幅图画然。

（五）在叙事诗中我觉得没有可以值得欣赏的东西。像《生民》，像《七月》和《公刘》，查解释要有一百多条，可知其字句是多么涩滞；不但此也，即以其叙事之烦琐，一如记账。所以，我以为这不能算是文学作品。拿它们研究研究历史，倒还可说，欣赏，至少说，在我只是头痛罢了！

（六）《蒹葭》和《采葛》，是两篇思情人的作品。以为它是思友也未为不可，因为其情都是极淡薄的。《采葛》篇过短，还看不出什么来。《蒹葭》一篇，妙在写景方面，而更能以景托情，非诗人之手不能写出。“宛在水中央”的“宛”字，极活跃而似缓缓出之，此一字之妙即为全文传神不少。

《常棣》和《杕杜》是劝兄弟友善的诗。《常棣》写得极恳切，说理亦明晰。《杕杜》则无可取。

后记

六十篇的《诗经》总算读完了，究竟在读完后，自己有何所得？实在难说。居然，评鉴的报告也写完了，再回看一遍，才知满纸上只是写着字而已。现在连舒一口长气也觉得是闷在心口里。

写时实在费力气，竟而病了，后十数篇全在病中草成。本来打好的计划也完全失则，所以到后来就更粗草了事，是一看就知道的。

十二月十日晚记

（载《南开高中生》1935年秋季第3期）

茁生于本土的呻吟，痛苦，斗争和希望

——读艾青《他死在第二次》

这本薄薄的诗集包括八篇作品：《吹号者》《出发》《车过武胜关》《除夕》《街》《梦》《纵火者》《他死在第二次》，大多写在一九三九年春。以促成这本诗集的短短时期来说，我们不得不敬佩于诗人的创作力之丰盛。而从质上看来，在抗战以后新兴的诗坛上，这本薄薄的诗集又是怎样可珍贵的收获啊。

做为一个土地的爱好者，诗人艾青所着意的，全是茁生于我们本土上的一切呻吟，痛苦，斗争和希望。他的笔触范围很大，然而在他的任何一种生活的刻画里，我们都可以嗅到同一“土地的气息”。这一种气息正散发着芳香和温暖在他的诗里。从这种气息当中我们可以毫不错误地认辨出来，这些诗行正是我们本土上的，而没有一个新诗人是比艾青更“中国的”了。

读着艾青的诗有和读着惠特曼的诗一样的愉快。他的诗里充满着辽阔的阳光和温暖，和生命的诱惑。如同惠特曼歌颂着新兴的美国一样，他在歌颂新生的中国。这里自然有一些不愉快的渣滓，但这些渣滓不过如无边的阳光下躲藏着的阴影，在强烈光线的鞭击下不久就会消失的。所以我们只要斗争下去，而诗人艾青所有的热情就正趋归于这一个方向上。这里，我们可以窥见那是怎样一种博大深厚的感情，怎样一颗火热的心在消融着牺牲和痛苦的经验，而维系着诗人的向上的力量。也就在这里，我们可以毫不客气地说，比着惠特曼那种中产阶级的盲目自足的情绪，诗人艾青是更进步更深沉的。

在《吹号者》一篇里，我们可以看出诗人艾青在怎样处理着他的题材：

现在他开始了，
站在蓝得透明的天穹的下面，
他开始以原野给他的清新的呼吸
吹送到号角里去，
——也夹带着纤细的血丝么？
使号角由于感激

以清新的声响还给原野，
——他以对于丰美的黎明的倾慕
吹起了起身号，
那声响流荡得多么辽远啊……

把“夹带着纤细的血丝”的这一种痛楚，也溶进了对于生命的光明面的赞美里，这是脆弱的情绪所能办得到的吗？无疑地，诗人艾青是先有着真实的生活做背景，而后才体炼出这样的诗句来的。因为他知道这种痛楚的代价，他更欢欣于那跟着来的果实：

林子醒了
传出一阵阵鸟雀的喧吵，
河流醒了
召引着马群去饮水，
村野醒了
农妇匆忙地从堤岸上走过，
旷场醒了
穿着灰布衣服的人群
从披着晨曦的破屋中出来

拥挤着又排列着……

这是一幅图画。纯朴的，真实的图画。《吹号者》《出发》《车过武胜关》《除夕》《纵火者》，几乎全是一幅一幅图画的组成。但它们不是涂着空想的色彩的图画，而是透着生活的，显得特别亲近、逼真。我们可以想见许许多多疲弱的、病态的土地都随着抗战的到来而蓬勃起来了，它们正怎样拥挤着在诗人的头脑里，振奋他，推动他，使他不得不一次又一次地使用粗大的线条把它们表现出来。《出发》里那种清新的爱慕的歌唱，《车过武胜关》里那样高度的斗争的热情，和《除夕》里擦过了一切艰苦的，胜利的信念，都曾怎样地激动着在诗人心里啊。这只能是以博大深厚的情绪，在复生的土地上，才能涂出来的真实的画面。

然而《他死在第二次》却超过了画面，而有着更深层的立体的表现。在这首诗里我们很惊喜地看出了作者更多的才能。故事是这样的：一个兵士受伤了，被送到后方的医院里，“躺着又躺着”，本能地想到了他所热爱着的，“我们的枪哪儿去了呢”。也看到了看护的“纤细洁白的手指”和自己的“粗糙的手”。——

看着自己的手也看着她的手
想着又苦恼着
苦恼着又想着，
究竟是什么缘分啊
这两种手也被搁在一起？

终于病愈出院了，他走在都市的街上，“自由，阳光，世界已走到了春天”。无数的人使他感到“陌生而又亲切”。他也觉到羞涩，在他看出了自己的褴褛的时候，但那并非出于都市所惯有的病态的自卑意识，而是为了一种天真的猜想。于是他走在田野里了，在田野里他是更舒畅了些，他看见了水田，耕牛，泥墙，瓦屋，而“想起人们说这里是中国”。——

他走着，他走着
这是什么日子呀
他竟这样愚蠢而快乐
年节里也没有这样快乐呀
一切都在闪着光辉
他向那正在忙碌的农夫笑
他自己也不晓得为什么笑

农夫也没有看见他的笑

但是他看见了更动心的景象：一个残废了的兵士在公园门口“伸着污秽的饥饿的手”求乞。同情，仇恨，同样地在心里燃烧了起来。他朝望着再去战争，他激动地换上自己热爱的草绿色的军装，他又在欢送人们的行列中，自信而骄傲地开拔了。这时候他想到了死，但他是不怕的，因为有一个“比爱情更强烈的什么东西”苦恼着他，使他欣然去死：这就是他所认出来的“民族的伟大的意志”。现在他勇敢地冲锋了，倒下了，而带着喜悦的泪水死去了。

他不能想起什么
——母亲死了
又没有他曾亲爱过的女人
一切都这么简单

是的，一切都这么简单。然而难得的却是这样一个简单质朴的人格，牺牲和心理状态，都为诗人艾青表现得如此生动而深刻。刻画了这样的一个战士，他等于树起了成千成万中国的战士：因为我们会想到，正是有多少同样单纯的人们在为着祖国做出可歌可泣的事迹啊。《他死在第二次》正是为这些战士们所做的一首美丽的史诗。作者在心理刻画上，使我们联想到了Herry James和Marcel Proust在小说所用的手法，——以各种不同的场合中，出了更贴近真实的，主人公的浮雕来。很明显地，这种手法是比一切别的心理描写法都更忠实于生活的。

在《顶点》一卷一期上，诗人艾青曾提出了“诗的散文美”这一标帜。他批评着一个工友的句子说：“这是美的。而写这通知的也该是天才的诗人。这语言是生活的。然而，却也是那么新鲜而单纯。”又说：“语言在我们的脑际萦绕最久的，也还是那些朴素的口语。”“……而当我们熟视了散文的不修饰的美，不经过脂粉的涂抹颜色，充满了生的气息的健康，它就肉体地诱惑了我们。”这些话是对的。只要细细读一下这本诗集的读者，他就一定可以在诗人自己的诗句里找到明证。那么，光就作者在诗里所采用的这种语言来说，他已经值得我们注意了。因为我们终于在枯涩呆板的标语口号和贫血的堆砌的辞藻当中，看到了第三条路创试的成功，而这是此后新诗唯一可以凭借的路子。让我们像平日说话一样地念出他的诗来吧，有谁不感到那里面单纯的，生动的，自然的节奏美的吗?

而这就比一切理论都更雄辩地说明了诗的语言所应采取的路线。

概括地说，这本诗集不算是黑暗面的暴露，而是光明的鼓舞。从这本诗里我们可以认出，诗人艾青正是新生的中国里一员健壮的歌手。他的诗会摇起你年青的精力，鼓舞你更快地朝着工作，朝着斗争，朝着光明。

（系作者为艾青的诗集《他死在第二次》所写的诗评，载《大公报·综合》（香港版），1940年3月3日。）

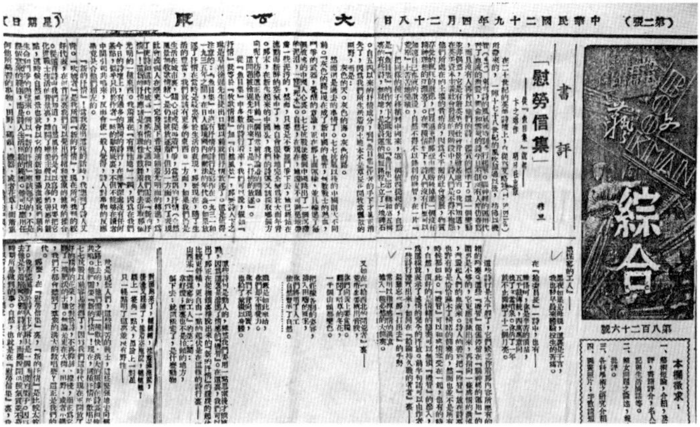
大公報

中華民國二十九年四月二十八日

（第二張）

星期日

書評

慰勞信集

綜合

第八百二十六號

1940年4月28日《大公报》刊发穆旦诗评

“新的抒情”

——卞之琳的《鱼目集》到《慰劳信集》

在二十世纪的英美诗坛上，自从为艾略特（T.S.Eliot）所带来的，一阵十七、十八世纪的风吹掠过以后，仿佛以机智（wit）来写诗的风气就特别盛行起来。脑神经的运用代替了血液的激荡，拜仑和雪莱的诗今日不但没有人模仿着写，而且没有人再肯以他们的诗当鉴赏的标准了。这一个变动并非偶然，它是有着英美的社会背景做基地的。我们知道，在英美资本主义社会发展的现阶段中，诗人们是不得不抱怨他们所处在的土壤的贫瘠的，因为不平衡的社会发展，物质享受的疯狂的激进，已经逼使着那些中产阶级掉进一个没有精神理想的深渊里了。在这种情形下，诗人们并没有什么可以加速自己血液的激荡，自然不得不以锋利的机智，在一片“荒原”上苦苦地垦殖。

把同样的种子移植到中国来，第一个值得提起的，自然就是《鱼目集》的作者卞之琳先生。《鱼目集》第一辑和第五辑里的有些诗，无疑地，是给诗运的短短路程上立了一块碑石。自五四以来的抒情成分，到《鱼目集》作者的手下才真正消失了，因为我们所生活着的土地本不是草长花开牧歌飘散的原野，而是：

灰色的天。灰色的海。灰色的路。

然而这是过去的事情了：七七抗战以后的中国则大不同前。“灰色的路”现在成了新中国的血管，无数战士的热血，斗争的武器，觉醒的意识，正在那上面运输，并且输进了每一个敏感的中国人的心里。七七抗战使整个中国跳出了一个沉滞的泥沼，一洼“死水”。自然，在现在，她还是不可避免地带着一些泥污的，然而，只要是不断地斗争下去，她已经站在流动而新鲜的空气中了，她自然会很快地完全变为壮大而年青。那么，在新生起来的中国里，我们的诗运又该采取哪个方向呢？仿佛这正是目前一个相当被讨论着的问题。

这问题被徐迟先生提出来了：是“抒情的放逐”。

从《鱼目集》中多数的诗行看来，我们可以说，假如“抒情”就等于“牧歌情绪”加“自然风景”，那么诗人卞之琳是早在徐迟先生提出口号以前就把抒情放逐了。这是值得注意的：《鱼目集》中没有抒情的诗行是写在一九三一和一九三五年之间，在日人临境国内无办法的年代里。如果放逐了抒情在当时是最忠实于生活的表现，那么现在，随了生活的丰富，我们就应有更多的东西。一方面，如果我们是生活在城市里，关心着或从事着斗争，当然旧的抒情（自然风景加牧歌情绪）是仍该放逐着；但另一方面，为了表现社会或个人在历史一定发展下普遍地朝着光明面的转进，为了使诗和这时代成为一个感情的大谐和，我们需要“新的抒情”。这新的抒情应该是，有理性地鼓舞着人们去争取那个光明的一种东西。我着重在“有理性地”一词，因为在我们今日的诗坛上，有过多的热情的诗行，在理智深处没有任何基点，似乎只出于作者一时的歇斯底里，不但不能够在读者中间引起共鸣来，反而会使一般人觉得，诗人对事物的反映毕竟是和他们相左的。

“新的抒情”；当我说这样的话时，我想到了诗人艾青。《吹号者》是我所谓“新的抒情”在现在所可找到的较好代表，在这首诗里我们可以觉出情绪和意象的健美的糅合。从这首诗中我们知道，自然风景仍然是可以写的，只要把它化进战士生活的背景里，离开了唯美主义以及多愁善感的观点，这时候自然风景也就会以它的清新和丰满激起我们朝向生命和斗争的热望来。所以，“新的抒情”应该遵守的，不是几个意象的范围，而是诗人生活所给的范围。他可以应用任何他所熟悉的事物，田野、码头、机器，或者花草；而着重点在：从这些意象中，是否他充足地表现出了战斗的中国，充足地表现出了她在新生中的蓬勃、痛苦和欢快的激动来了呢？对于每一首刻画了光明的诗，我们所希望的，正是这样一种“新的抒情”。因为如果它不能带给我们以朝向光明的激动，它的价值是很容易趋向于相反一面去的。

强烈的律动，洪大的节奏，欢快的调子——新生的中国是如此，“新的抒情”自然也该如此。

在本年一月五日到十六日的香港《大公报·文艺》上，和诗坛久违的卞之琳先生发表了他的《慰劳信集》，这自然是值得注意的一件事情。一方面我们想知道他个人在《鱼目集》后所要发展的路向，另一方面，因为这一集中他创试了新的题材。包括在《慰劳信集》里的十几首诗，如同给开荒者的，给矿工的，给民族解放战争中各阶层的战士们的，虽在题目限制下，似乎没有做到全部形象的刻画，但是对于这些战士们的部分的、侧面的拍照，想该是作者在这十几首诗中所不能推却的意图。

现在我想要指出的一点：就是在这些首诗中，“新的抒情”成分太贫乏了。这是一个失败。在这些首诗中我们可以找出很多“机智”的诗行，如同比较好的一首《给山西某一处煤窑的工人》——

黑夜如果是母亲，这里是子宫，
我也替早晨来体验投生的痛苦。

在《给委员长》一诗中，也有——

难怪呵，你是辛苦的顶点，
五千载传统，四万万意向
找了你当喷泉。你活了一年
就不止圆缺了十二个月亮。

这些诗行是太平静了，它们缺乏伴着那内容所应有的情绪的节奏。这些“机智”仅仅停留在“脑神经的运用”的范围里是不够的，它更应该跳出来，再指向一条感情的洪流里，激荡起人们的血液来。诗人的善于把“机智”放在诗里，也许有时是恰恰麻木了情绪的节奏的，然而也并不是所有的时候都是如此。“机智”可以和感情容受在一起，也有的时候，自然，顶好的节奏可以无须“机智”的渗入，因为这样就表示了感情的完全的抒放。前半句话可以由作者另一些诗行证实出来，如在《给论持久战的著者》里——

最难忘那“打出去”的手势
常用以指挥感情的洪流
协入一种必然的大节奏。

又如在《给西北的开荒者》里——

荒脊里要挤出膏腴，
你们向黄土要食粮。
翻开了暗草的冬花，
一千个山头都变色。

把庄稼各别的姿容，
排入田畴的图案，
你们将用了人工
依自然丰美了自然。

……

铁锄是如此原始，
你们却不惜费力。
你们不背向现实，
也给象征以身体。

这些诗句是动人的，虽然我们要用一点思索后才能被感动，因为这里是渗进了情感的“机智”。在这里，我们可以觉出了那正在从枷锁里挣脱出来的“新的抒情”的缓缓的起伏。比较更舒畅，更自由一点的起伏是在这样的诗行里——《给山西某一处煤窑的工人》的第一阕：

拿好灯，这里也不是抬头的地方，
伛下去：就这样走了，是什么动物
对面跑来了，辘辘辘，拉着满拖筐，
后面又赶过了，推着空拖筐，辘辘辘？
额上一双角一点火，黑脸上一对星
只一幌点明了这里并没有野性——

就是这些人们，这些艰苦的战士，这些坚强地走向解放之路上去的，他们需要一种快乐，洪大的脉搏在诗里和他们共鸣。他们需要“新的抒情”！现在，这种抒情的欢唱是比七七抗战以前容易获得了，因为我们这时代现在正开放了美好的精神的花朵，它对于诗，不再抑制，摧残，而正为它开辟了一块肥沃的土壤。无论是走在大街、田野，或者小镇上，我们不都会听到了群众的洪大的欢唱吗？这正是我们的时代。

那么，在《慰劳信集》里，“新的抒情”是比较太贫乏了。我希望这对于诗人卞之琳只是一个过渡的集子。因为过去他是写着暗哑沉郁的诗行的，而摆脱开这种气质并不是短时期所易做到的事。自然，也就是在《慰劳信集》里，我们可以看出他是正在摆脱，只不过当新的生活完全地消化进诗人的气质以前，还需要一个过渡时期而已。

三月二十三日昆明

（系作者为卞之琳的诗集《慰劳信集》所写的诗评，载《大公报·综合》（香港版），1940年4月28日。）

拜伦，革命的贵族

乔治·戈登·拜伦（1788—1824）是苏格兰贵族，于1788年1月23日出生于伦敦。他的祖父约翰·拜伦是海军军官，一生航海，常遇风暴，并曾沉船和漂泊，人称“坏天气杰克”。他父亲亦名约翰，绰号“疯杰克”，是个侍卫军官和浪荡子，就在拜伦诞生不久，他为逃避债务而遗弃家庭，跑到法国，两年后在法国死去。他和前妻生了一女，名奥古斯达，是拜伦一生中最珍爱的姐姐。

拜伦天生跛一足，并对此很敏感。他出生后不久，母亲就带他移居在苏格兰的爱勃丁城，过着式微而贫困的生活，这对他日后有相当影响，同时他也熟悉了苏格兰的粗犷和乡野的生活。他十岁时，由于叔祖死去，拜伦家族的世袭爵位及产业（纽斯泰德寺院是其府邸）落到他身上，成为拜伦第六世勋爵，境况立刻好转起来，于是在1799年移居伦敦。

1800年，拜伦被送进贵族中学哈罗公学读书，毕业后进入剑桥大学（1805—1808），学习文学及历史。对这两个贵族学校他都没有好感，他厌弃那里讲授的希腊、罗马等古典课程，对宗教教育尤抱反感。在中学时，他曾带头反对新到任的中学校长。在剑桥时，他是个不正规的学生，很少听课，却广泛阅读了欧洲和英国的文学、哲学和历史著作，同时也从事射击、赌博、饮酒、旅行、打猎、游泳等各种活动。在1808年春夏，他住在伦敦的旅馆里，过着“放荡不羁”的生活。

1803年，拜伦钟情于邻居另一产业的继承人玛丽·查沃斯小姐，但她于1805年嫁给别人，使拜伦长期不能忘情，为此写了一些诗，甚至在1816年写作与这段失恋有关的“梦”时，还是泪如泉涌。

1807年3月，拜伦出版了他的抒情诗集《懒散的时刻》，受到恶评。一年后，他写了长诗《英国诗人和苏格兰评论家》作为答复。1809年3月，他作为世袭贵族进入了贵族院。在宣誓就任后，议长从座位上站起来，微笑地向他伸出手去表示祝贺，但拜伦躬身作答，只把手指尖放在议长的手中，然后不经意地坐在王座左边的席位上（这经常是反对派的席位），过几分钟即离去。以后人问以故，他答道：“如果我和他热烈地握手，他会以为我是他的党徒了；可是我不愿意参与他们任何一方。”拜伦一生以“我是属于反对派”为座右铭。

拜伦出席议院和发言的次数不多。但有三次为人所铭记：第一次在1812年2月，反对惩罚工人破坏机器的法案；第二次在同年4月，赞助有利于爱尔兰民族运动的天主教徒解放法案；第三次在1813年6月，同情卡特莱特少校的改革方案。这些发言都鲜明地表示了拜伦的自由主义的进步立场。

从1809年到1811年，拜伦出国作东方的旅行。据他写信给母亲说，这是为了要“看看人类，而不是只从书本上读到他们”，还为了扫除“一个岛民怀着狭隘的偏见守在家门的有害后果”。他由友人郝伯豪斯陪伴，于1809年6月离开伦敦，行经葡萄牙、西班牙、马耳他、阿尔巴尼亚、希腊和土耳其，于1811年7月回到英国。英国人到东方猎奇的风气，与拜伦的这次东方旅行有很大关系。他除了观察各地风俗，游览古迹名胜和欣赏自然外，也接触到各种人物，包括土耳其驻阿尔巴尼亚的总督阿里巴夏。在旅途中，他开始写作《恰尔德·哈洛尔德游记》和其他诗篇，并在心中酝酿未来的东方故事诗。1811年7月他回到伦敦，除了带回“四千行诗”以外，行囊中还有不少大理石古物，骷髅，毒草药，龟等。8月1日，他的母亲未及和他见面，便突然病故。

《恰尔德·哈洛尔德游记》的第一、二章在1812年2月问世，轰动了文坛，在四个星期内行销七版，使拜伦立刻成为著名的诗人。他在日记里写道：“我在一个美好的早晨醒来，发现自己成名了。”此后他连续发表东方故事诗《加吾尔》（1813），《阿比杜斯的新娘》（1813），《海盗》（1814），《莱拉》（1814），《科林斯的围攻》（1816），《巴里新娜》（1816），这些诗也都风行一时，使他声誉日增。1815年发表了取自《圣经·旧约全书》题材的一组抒情诗《希伯来乐曲》。

《恰尔德·哈洛尔德游记》的成名，使拜伦一跃而为伦敦社交界的明星。然而这并没有使他和英国的贵族资产阶级社会妥协。他自早年就看到这个社会及其统治阶层的顽固、虚伪、邪恶及偏见，他的诗一直是对这一切的抗议。

从1811年返自东方旅行到1816年永别英国，拜伦在这五年中生活在不断的感情旋涡中。他的“声誉”也由最高峰跌到最低点。在他到处受欢迎的社交生活中，逢场作戏的爱情俯拾即是，一个年青的贵族诗人的风流韵事自然更为人津津乐道。

拜伦在1813年向一位安娜·密尔班克小姐求婚，初被拒绝，以后被接受，于1815年1月和她结了婚。这是拜伦一生中所铸的最大的错误。拜伦夫人是一个见解偏狭的、深为其阶级的伪善所囿的人，完全不能理解拜伦的事业和观点。在婚后一年，她即带着初生一个多月的女儿阿达回到自己家中，拒绝与拜伦同居，从而使流言纷起。

以此为契机，英国统治阶级对它的叛逆者拜伦进行了最疯狂的报复，以图毁灭这个胆敢在政治上与它为敌的诗人。他们突然变得道貌岸然，以各种流言蜚语把拜伦描绘为“魔鬼”，把各种不堪设想的“罪恶”加在他身上，而拜伦夫人则对这一切保持沉默，不置可否，只称他“患了精神病”。上流社会的名门世家不再邀请他，人们雇佣暴徒和他捣乱，用石子掷他的窗户。他上街是不安全的，他还被警告不要到戏院去，因为观众会嘘他；也不要到议院去，唯恐受到侮辱。在离开英国时，朋友们还害怕围观他的马车的群众会闹事。诗人事后对此写道：“报纸喋喋不休而卑鄙……我的姓氏——自从我的祖先帮助诺曼底人威廉征服这个王国以来一直是富有骑士风或高贵的——被玷污了。我感到，如果那些低语、私议和传言是真的，我对英国是不适合的。如果不真，英国对我是不适合的。我撤退了；但这还不够。在异国——在瑞士，在阿尔卑斯山的阴影下，在澄碧的湖水边——我还被同样的瘟疫所追逐和吹拂。我翻过山岭，但还是一样；因此我走得更远些，卜居在亚得里亚海的波涛之旁，像一只被围猎的鹿要去到水边一样。”

在这沉重的时日，诗人唯一忠实的友人是他的异母姐姐奥古斯达·李夫人，他献给她几首动人的诗（《给奥古斯达的诗章》《书寄奥古斯达》）。这时期的痛苦感受，也使他写出像《普罗米修斯》那样的诗，表示向他的压迫者反抗到底的决心。

拜伦在1816年4月永远离开英国。一个传记作者说他“被赶出了国土，钱袋和心灵都破了产，他离去了，永不再回；但他离去后，却在若恩河的激流之旁找到新的灵感，在意大利的天空下写出了使他的名字永垂不朽的作品”。

1816年，拜伦居住在瑞士，在日内瓦结识了另一个流亡的诗人雪莱，对英国反动统治的憎恨和对诗歌的同好使他们结成了密友。雪莱的妻子玛丽有一个妹妹克莱尔蒙，这时得识拜伦，并与他私生一女，名阿雷格拉（在1822年夭折）。1817年至1823年拜伦迁居到意大利，先后住在威尼斯、拉文纳、比萨、热那亚。最初两年是在威尼斯度过的，那里的狂欢节把他也卷入这种生活的旋涡。这时拉瓦那一位年青的贵族夫人特莉莎·吉西欧里和他过从密切，成为拜伦理想的伴侣。她在1820年7月与她六十多岁的丈夫离了婚，便与拜伦生活在一起了。吉西欧里的兄弟彼得罗·甘巴是一个年青的军官和意大利的秘密爱国组织烧炭党的成员，拜伦通过他加入了这一组织，以自己的住宅为该党提供军火和隐蔽所，以反抗奥地利的统治。拜伦自称，“我要尽量用我凭钱、凭物、凭人所能做到的一切来为他们争取自由而出力”。1821年2月该党起义失败，拜伦受到警察的监视，他函告雪莱求助，雪莱劝他和吉西欧里迁居比萨，于是拜伦于同年11月去到比萨。但由于警察不断迫害，又被迫于次年9月迁往热那亚，在那里度过了卜居意大利的最后十个月。

拜伦在旅居国外期间，陆续写成《恰尔德·哈洛尔德游记》的第三、四章（1816—1817），此外还写了大量的作品。在故事诗方面，有《锡雍的囚徒》（1816），《马赛普》（1819），《岛》（1823）；在诗剧方面，有历史悲剧《曼弗瑞德》（1817），《马里诺·法列罗》（1820），《福斯卡里父子》（1821），《撒旦那帕拉》（1821）；有奇迹剧《该隐》（1821）和《天和地》（1824），还有诗剧《维诺》（1822），《变形的畸形者》（1822）；在长诗方面，有《塔索的哀叹》（1817），《但丁的预言》（1820），《爱尔兰的化身》（1821），《青铜世纪》（1823）；以及《威尼斯颂》（1818）和短诗、翻译诗等。

拜伦还有最重要的一组诗应该单独提出，它们从形式到内容、风格不同于他的其他诗作；这就是《唐璜》（1818—1823）和与它相类似的《贝波》（1817）和《审判的幻景》（1822）。拜伦首先从英国诗人约翰·弗莱尔、更主要是从意大利诗人帕尔其、伯尼和卡斯提的作品得到启发，创制一种使用八行节的叙事诗，半庄半谐，夹叙夹议，有现实主义的内容，又有奇突、轻松而讽刺的笔调。他以这一风格首先写出以市民生活为题材的《贝波》，发见这一写法的成功，便投入他的巨著《唐璜》。《唐璜》第一、二章匿名发表后，立即引起巨大的反响。英国维护资产阶级体面的报刊群起而攻之，指责它对宗教和道德进攻，是“对体面、善良感情和维护社会所必需的行为准则的讥讽”，“令每个正常的头脑厌恶”，“粗暴地渎侮了人类最优美的感情”，“不可能欣赏它而不失去某种程度的自尊”，“是在拙劣的韵律中关于可耻的淫乱行为的叙述”，“爱情、荣誉、爱国主义、宗教之被提及，只是为了受呵斥”，等等。

但同时，它也受到高度的赞扬。一个署名“约翰牛”的读者在给拜伦的公开信中说：“坚持《唐璜》吧，它是你所写的唯一真挚的东西；在你的那些哈洛尔德已不再成为你所说的‘女学生的故事——一小时的奇迹’以后，它将存在许多年。我认为《唐璜》是我所见到的你的最好的作品。它是远远超过一切的最生气勃勃、最率直、最有趣和最有诗意的；每个人都和我有同感，不过他们不敢说出来罢了。”作家瓦尔特·司各特说《唐璜》“像莎士比亚一样地包罗万象，他囊括了人生的每个题目，拨动了神圣的琴上的每一根弦，弹出最细小以至最强烈最震动心灵的调子”。诗人歌德说，“《唐璜》是彻底的天才的作品——愤世到了不顾一切的辛辣程度，温柔到了优美感情的最纤细动人的地步……我们感到英国诗歌拥有了德国人从未取得的东西：一个古典的文雅而喜剧的风格”。诗人雪莱说，《唐璜》“每个字都有不朽的印记……它在某种程度上实现了我久已倡言要写的——一种完全新颖的、有关当代的东西，而且又是极其美的”。

《唐璜》的前五章发表后，由于社会舆论的种种阻力，中辍了一年多，到1822年7月才又继续写下去，至1823年5月写完了第十六章，那时拜伦已准备献身于希腊的民族解放运动了。

这是诗人一生最后的也是最光辉的一页。他既憎恨反动的“神圣同盟”对欧洲各民族的压迫，也憎恨土耳其对希腊的统治。1821年4月，希腊人民掀起了反抗运动，进展顺利，至1822年底开始被承认为独立国家，但以后由于内部的纷争，运动趋于衰落，就在此时拜伦决心参加到这一运动中去。1823年7月他开始自意大利动身；1824年初，在抵希腊前，他得到歌德的祝贺诗。他在希腊表现了实际政治家的才能，为各派的团结进行努力，并且自己出款维持一支军队。他被任命为征利潘杜远征军总司令，忙于修筑工事、调动船只、整饬军纪等战备工作。1824年4月9日，由于遇雨受寒，他一病不起，十日后逝世。他的死使希腊人民深感悲痛，全国致哀二十一天，机关、法院和商店停止活动。他的遗体运回英国后，家属请求葬于威斯敏斯特教堂，但英国的统治阶级再次顽固地坚持其反动立场而予以拒绝。1824年7月16日，他被埋在纽斯泰德寺院附近的教堂墓地中。

拜伦既是贵族，又是革命者，这种矛盾在他的生活、思想和作品中都反映出来。他的作品对欧洲文学发生过巨大的影响；而在英国，在他去世后，对他的评价则日趋低落，这是大英帝国的统治阶级偏见必然导致的结果。今天，对拜伦的研究和评价有了新的起色；在1972年出版的剑桥《英国文学简史》上，从对拜伦的如下一段评语中，可见一斑。它说："只在纯抒情诗上，他次于最优；因此读者不应在诗选中去了解拜伦。仅仅《恰尔德·哈洛尔德游记》、《审判的幻景》和《唐璜》就足以使任何能感应的人相信：拜伦在其最好的作品中不但是一个伟大的诗人，而且是世界上总会需要的一种诗人，以嘲笑其较卑劣的、并鼓舞其较崇高的行动。"

（原为《拜伦诗选·拜伦小传》，上海译文出版社1982年版。）

雪莱，天才的预言家

英国十九世纪诗坛上的两颗巨星——雪莱和拜伦，是我国读者久已熟悉的了。他们在热情的诗歌中发出革命的号召，不知感动了多少心灵。要是用一句话来概括他们的诗歌活动的话：可以说，他们是革命浪漫主义者，也就是英国工人运动尚在雏形时期的代言人。关于这，恩格斯在《英国工人阶级状况》一书中曾经说："雪莱，天才的预言家雪莱，和满腔热情的、辛辣地讽刺现社会的拜伦，他们的读者大多数是工人……"据马克思的女儿爱琳诺说，马克思曾称雪莱是"彻头彻尾的革命家"。

正因为如此，雪莱和拜伦长期以来受到资产阶级的辱骂、嘲笑和歪曲。这两位诗人一生的坎坷以及他们挺身与反动势力作毫不妥协的斗争的勇气，也是早已引起了广大进步人类的同情与赞美的。他们不但是自己所出生的阶层的叛徒，而且还是正当那一阶层（贵族、资产阶级）的统治最强大和最顽固的时期，起而与之对抗的。由此看来，他们的真知和远见，他们的冲破黑暗势力的大无畏精神，更是多么难能可贵啊。我们相信，这两位前驱诗人的充满战斗热情的诗篇，在今天是能得到充分的赞誉和正确的评价的。

在十九世纪初叶的英国，工业革命已经彻底改变了社会面貌。社会迅速地分裂为一方面是贵族、资本家和极端富有者，一方面是赤贫的无产阶级；旧日比较稳固的中间阶层不断地分化，小工商业者或者上升，或者下降。社会进步的动力无疑地落到了无产阶级的肩头上。但此时的无产阶级本身还是比较薄弱的，政权还强有力地掌握在日益反动的贵族及资本家手里。在这种反动势力的统治下，工人运动尽管前仆后继，但由于历史条件的限制，还没有成熟发展起来：例如，较早的路德分子破坏机器运动和较后的宪章运动，便是以本身的弱点而致失败了的。但英国工人阶级改造世界的意愿和憧憬却坚强地存在着。就是基于这一憧憬，产生了英国文学中的革命浪漫主义。

诗人雪莱（1792—1822）出生在富豪的贵族家庭，他所进的学校也是专为培养贵族子弟而设的，先是在伊顿中学，1810年进入牛津大学。可是，雪莱自始即对于当时由教会的蒙昧主义所严格控制的大中学教育深感不满。在牛津大学不过半年，便因为散发了自己所写的小册子《无神论的必要》而被学校开除出去。这激怒了他顽固的父亲，家庭从此和他断绝了关系，只保留对他微薄的金钱接济。他原有的未婚妻也和他解除了婚约。从此，自十九岁开始，雪莱就成了被上层社会排挤出去的流浪儿，但同时，一个日益坚决的革命者也逐渐成长起来。

生活的贫困颠沛，再加以社会的诽谤和迫害，却丝毫没有顿挫雪莱的坚毅的意志。他本人就像他所歌唱的“云雀”一样，带着欢乐的歌唱直飞向他所向往的天空，从没有回顾和反悔。在资产阶级看来，他是“疯狂的雪莱”，是“毒蛇”；十九世纪英国批评家马太·安诺德有一句“名言”论及雪莱说：雪莱是一个“美丽的然而不切实际的安琪儿，枉然在空中拍着他闪烁的银色的翅膀”[①]。这就是资产阶级评论家在最好的情况下所能看到的一切了！喜爱黑暗的人对光明是盲目的，因此安诺德认为雪莱的诗“缺乏内容”。可是，够了！让我们看看雪莱是怎样成长为革命浪漫主义者的吧。

---

① 今日的《剑桥英国文学简史》认为这句话未免美化了诗人，它说：“这是并不十分符合事实的。在雪莱的一生中有很多不美丽、不无实际效果和非尽天使般的作为。”这本文学史甚至说，拜伦、雪莱和济慈三诗人的早亡，“仿佛是对明显的罪恶的判决”。

给年青诗人的心灵以深刻启发的，首先约有三方面的影响：一是自然科学的研究；一是阐述进步思想的书籍（政论方面如威廉·葛德汶的《政治的正义》、托玛斯·潘恩的《人权论》；哲学方面如洛克、休谟及斯宾诺沙的论著）；而最后和最有力的影响自然是诗人所生活于其中的社会环境，是当时英国和欧洲的社会及政治运动。

雪莱在中学和大学时期，对物理、化学和电学都抱有极大的兴趣，并且在自己的住屋中堆满了仪器，进行了很多试验。他认为自然科学会使人认识到自然界的秘密，帮助人成为世界的主宰者，从而可以把人从“偏见”和奴役状态中解放出来。虽然在离开学校后，他就不再接触实验科学了，但对科学的爱好已经给他的推崇理性和对世界的唯物认识奠定了基础。

诗人早年的政治见解固然部分地由阅读书籍而形成，但更主要的是生活本身使他认识到英国的现实。这，我们可以由他当时所写的书信中看出来。

离校不久，他到了凯斯维克，就是湖畔诗人华兹华斯在那儿歌颂自然之美的地方。但雪莱看到的却是另一种景象：“我看到了悲惨的景象。工人们处于饥寒中。我们的士兵被派到诺廷汉去了……若果他们是为了去杀死当地任何一个饥民的话，让上天诅咒他们吧。”他又写道：“在这凯斯维克，虽然风景是可爱的，但人们却可憎。厂主们带着他们的污浊伸进了这平静的山谷，以人的恶浊破坏了自然的美。来到这里的大家族们，他们荒淫的奴仆也有助于使道德整个沦丧。凯斯维克与其说是坎伯兰郡的一个村落，毋宁说更像伦敦的近郊。河里常常发现被不幸的女工所扼杀的孩子。”不久之后，他到了爱尔兰的首府都柏林，他写道：“在这以前，我从没有想到人间的悲惨可以达到如此地步。都柏林的穷人确实是最不幸最悲惨的了。在他们那狭小的街上，仿佛有成千人在一起蜷伏着——简直是一堆活人的垃圾。这种情景多么剧烈地震动了我！”

雪莱在写过《无神论的必要》攻击宗教的权威以后，次年（1812年）二月十二日便带着新婚妻子海瑞特和自己所写的《告爱尔兰人民》小册子，到爱尔兰去鼓动当地的民族革命。这是他第一次，也是最后一次的实际革命工作，对他此后的发展有极其重要的影响。在《告爱尔兰人民》里，他写道：“人们侈言贫穷不是恶端，——他们定是没有身受，否则就不会这样想的。”“被统治者应该过问政府的工作。”“战争对你们的幸福和安全难道是必要的吗？穷人从国家的财富或疆域的扩展得不到任何好处，他们从‘光荣’得不到什么，这个字眼不过是政治家用来掩饰他们的野心或贪婪罢了……穷人用自己的血、劳作、快乐和美德当作代价，来买这‘光荣’和这财富。

他们为了这魔鬼的事业而战死沙场。可悲的是：下层人民所以牺牲自己的生命和自由，不过为了使压迫者更凶残地压迫他们而已。可悲的是，穷人必须把那使他们全家免于饥寒的财物当作税款交出来。……许多丰衣足食无所用心的人们在斥责改革；狠心的、或者无所用心的人们啊，有多少人正在你们权衡利害时忍饥挨饿，有多少人正为了助成你们的快乐而死去。”

这篇文告的煽动力是显然的，尤其可贵的是，它的立论完全站在赤贫的无产阶级一方面。只可惜，由于雪莱当时深受葛德汶的改良主义政论的影响，这文告的结论还不是号召人们拿起武器来斗争，而是主张“节制、冷静、仁慈和自持能给你们带来美德，阅读、会谈和思索能给你们带来智慧，等你们有了这些，你们就可以反抗暴君了”。

爱琳诺·马克思说得好，我们不能期望雪莱在他那时代就完全明了生产力和生产关系等复杂的过程及其后果。重要的是，“他竟能看出这种关系并站在工人阶级的立场来权衡它。只凭这一点，我们就可以把他称为社会主义者”[①]。

雪莱很重视他的爱尔兰之行，他认为“不是最高贵的成功，就是最光荣的殉道”在等待他。他把《告爱尔兰人民》的

① 见爱琳诺·马克思·艾维林及爱德华·艾维林合著的《雪莱——社会主义者》。这里引文自俄文转译。

小册子一面廉价在书肆出售，一面还亲自在都柏林以各种方式散发它。他的妻子海瑞特曾在给希钦诺小姐的信中这样写道：“我相信，你要是看到我们怎样散发小册子，你会大笑的。我们把它从窗口投出去，又把它分发给从我们街上路过的人。这样做时，真要把我笑死了，可是波西（即雪莱——译者）却严肃得很，昨天他还把一本小册子放在一个妇人的袍兜里呢。她一点也不知道，我们就走过去了。”除此而外，雪莱还把传单放在用木塞塞好的玻璃瓶中，置于海上任其漂流，或者用氢气球把它送往空中。

据当时报纸的记载，雪莱曾在都柏林的剧场中对爱尔兰的贵族们发表演说，效果非常好，很激怒了一些顽固派。

从当时的客观情势以及雪莱所采取的行动方式来看，不消说，他是不会成功的。他的行动引起了当局的注意和监视，却侥幸没有被捕。他在1812年3月18日写信给葛德汶说：“我已经把……出售的小册子收回，准备离开都柏林了。……我承认，我想组织无知的人民的计划是不合时宜的。……我不想再对文盲宣讲了。我将期待着我不可能参与的事件的发生，使自己成为因果中之因，而那个果将在我变为灰尘的许多世代以后出现的……”

这时雪莱才不过二十岁，便具有如此天才的远见！我们看到，他早年所形成的革命思想和对未来的坚强的信念，尽其一生未曾改变，并且与日俱增地贯穿在他此后的一切诗作中。他是一个热情而勇敢的革命家，但环境却不允许他在实际的革命活动中有所发展。因此他才转向写诗，开始以诗为武器，在思想上向私有制和反动派宣战。雪莱夫人在注释雪莱早年诗作（1814—1815）时，也有几句话提到这一点。她说："在这以前，他主要想实现他的政治主张，因此写了一些文章向人民呼吁，号召人民争取自己的权利；可是现在，他开始感到，行动的时机在英国还没有成熟，只好以笔作为工具，来为较好的一日扫清道路了。"

诗人的这一决定是高贵的；但同时，我们也不能不看到，由于放弃了实际活动和政治斗争，诗人的蓬勃精力和热情不能朝革命最有力的方向去发挥，他的生活也无法和广大人民的生活相结合，这就自然而然引起了他的忧郁和自我怜惜的感情。这种感情在他此后的抒情诗中也屡见不鲜。

本集最早的七首诗，是诗人在爱尔兰之行前后写出的，鲜明地反映了他这一时期的革命思想。尽管这些诗是所谓"少年之作"（Juvenilia），在艺术上尚不成熟，一般雪莱的选集都不采用它们，可是，译者却觉得它们有特别可贵之处：和此后诗人的作品比较起来，是不是特别有一种蓬勃的朝气，一种未受挫折的天真呈现在这些崇高的诗思中，而是为后来的一些作品所无的？关于这，我不敢武断；但至少，我们可以从这些诗篇领会到诗人赴爱尔兰的革命行动，是被多么明朗的热情和战斗的意识所推动着的！是的，这是一个革命青年所写的诗！它的魅力似乎也正在这里。译过这些诗以后，再看1814年的《诗章》及随后的一些作品，显然生活中的失败和挫折已直接或间接影响了诗人的心情了。从这时到1822年为止，诗人还活了九年，这九年中他虽然主要地以笔为武器，在思想上作战，但生活上的变化还是很大的，所受的打击也很多。他的第一个妻子海瑞特不能理解他的精神生活，而由于和葛德汶一家人的接近，他热烈地爱上了葛德汶的长女玛丽，两人在1814年7月私奔到瑞士，但同年9月因经济困难又回到英国。这一时期，雪莱为了躲避债主，一度住到小客栈里去藏身。次年祖父死去，有一小部分遗产归于他，经济情况才好转起来；但雪莱从未富有过，因为他一旦稍有进款，便要慷慨地接济友人。1816年，由于社会舆论的迫害，又鉴于国外生活比较低廉，他和玛丽再度去到瑞士，并在日内瓦和拜伦结识起来。不久患乡思又回到英国。就在这一年，最不幸的事情发生了。玛丽的妹妹范妮自杀而死，人们传说是因为单恋雪莱的缘故；接着，诗人的前妻海瑞特也投河自杀，遗下了雪莱的两个孩子，这成了涉讼的对象。她的家人声称诗人没有教养子女的资格，而反动的托利党政府以雪莱是无神论者为借口，竟剥夺了雪莱抚养子女的权利，把他们判给外人抚养了。诗人对此极为愤慨，便在1818年3月全家移居意大利，从此再也没有回到英国。1822年7月8日，雪莱和友人威廉斯自斯培兹亚海港泛舟去雷亨，中途遇风暴，溺死海中。

雪莱的一生是战斗的，但由于他是独自和反动势力斗争而没有和工人阶级在生活上打成一片，他的一生也是显得孤独的。他自己深刻地感到了这一点。在1819年4月6日，他给友人写信说："我想，除了五个人以外，凡是知道或听说到我的人都把我看作是罪恶和堕落所造成的稀世怪物了。"这样一种孤寂的、被敌意所包围的生活，如前所说，自然要引起不健康的情绪，使诗人不断地想到死，想到生活的虚妄和世事的无常了。因此，我们就看到像《无常》《咏死》《往昔》《招苦难》《长逝的时流》《秋》《时间》等一类诗。[①]这是可以理解的：忧郁的心情是这样一种战士有时不得不付出的代价。但事情还不止于此。由于精神有了苦闷，自然要寻找解脱，于是雪莱在某些方面找到了唯心主义的柏拉图哲学。当生活整个与

① 自然，这些诗并不尽是消极的方面：当诗人感于世事的变迁时，他也看到苦难只是暂时的，美好的一日必将到来。这也就提供了乐观的基础。

自己为敌的时候，也许唯心哲学是较容易找到的逋逃薮吧？这种说法，自然并不是要追寻诗人自觉的意识过程。雪莱是严肃的思想家，他所以推崇柏拉图哲学，自有其积极意义的一面（例如：可以和教会的宣道对抗）；不过，尽管如此，我们还是可以看到，诗人引用在他诗中的一部分唯心哲学，也是很投合抑郁的心情的。那哲学告诉人说，这世界的一切都是假象，另有一个更真实的、理念或精神的世界，它是非物质性的，完美的，永恒的，我们这个多变而不完美的物质世界就是它的投影。关于这，柏拉图曾作过一个著名的比喻。他说，人类大多数仿佛是坐在地下岩洞中的囚徒，背对着火，火光把影子投射在岩壁上，人们便把这影子当作现实的世界。只有少数人（哲学家）转过身来，走上陡峭的石级，才能看到上面的阳光世界，看到"真实"。因此，要获得真理，就要把"灵魂的眼睛转过来"面对太阳，面对那个"真实的世界"。在柏拉图哲学中，这"真实的世界"有时叫作"理念"、"精神"或者"一"（与"多"相对）。

不难看到，雪莱的诗中有不少推理和形象是采自这种柏拉图哲学的。举例说，《别揭开这画帷》这首十四行诗就明显地把生活比作"画帷"和"幽深的穴中"的"幻象"。《颂天》中把天比作"人的头脑的第一层"，认为还有更高的"欢乐世界”在天外移行，如果能看到这个“世界”，那“天”就“不过像是从梦乡把日午的反射瞭望”罢了。柏拉图认为在理念中尚有至高的理念，这篇诗里正是反映了这一思想。《赞精神的美》也是歌颂了柏拉图哲学的一种神秘经验。这虽是一首充满了真实热情的诗，但却奇异地构制在形而上哲学的基础上。在冷酷的、灰色的、扑灭了一切高贵行动的火焰的现实中，谁能不缅怀于他曾有过的光辉的一刻，并期望那一刻的再现呢？诗人正是把这样一种生活实感通过唯心哲学的探索透露给我们。诗中所谓“精神的美”“渺冥的灵气”“美底精灵”“较高的世界”，实则都是一个东西，就是诗人所看到的宇宙精神，就是“一”，万物由于充沛了它而发出光彩，大地失去了它就变为暗淡。人们由于无知，用“鬼怪”“天庭”等富于魅力的名称去称呼它。在初春，当诗人正在推究生命的奥秘的时候，他突然感到了与这种精神的融合，于是狂喜地握紧两手。诗人在该诗结尾说，就是这种宇宙精神使他知道克制自己的情欲并热爱全人类的，他希望能够长期充沛它，因为它能给他带来人不再奴役人的希望。

由此看来，雪莱之所以接受柏拉图哲学，基本上还是出于改造世界的意愿，出于求真的精神；他要追寻宇宙的秘密，要掌握自然与人间一切现象的总规律，因为在他看来，只有认清了这一规律，才能顺利进行改造世界的工作。斯宾塞的泛神论也是沿着同一追求的途径化进了他的诗里。举例看，像《爱底哲学》这样一首迷人的小诗，岂不是充满了这类哲学的影子吗？

泉水总是向河水汇流，
　河水又汇入海中，
天宇的轻风永远融有
　一种甜蜜的感情；
世上哪有什么孤零零？
　万物由于自然律
都必融会于一种精神。
　何以你我却独异？
你看高山在吻着碧空，
　波浪也相互拥抱；
谁曾见花儿彼此不容：
　姊妹把弟兄轻蔑？
阳光紧紧地拥抱大地，
　月光在吻着海波：
但这些接吻又有何益，

要是你不肯吻我？

这里既有泛神论，把“泉水”“轻风”“高山”“波浪”“阳光”等都看作是有生命的东西，和人同样是一种精神的体现物；又有柏拉图哲学关于灵魂的学说——就是，人的灵魂原是两性俱备的、完整的，进入肉体后即变为分裂的存在，因此它永远追寻与它的另一半相结合；自然界也如此，“多”总是企图向“一”汇合，所以泉水汇入河水，河水汇入大海。大海和太阳都是“一”的象征，万物“都必融于一种精神”，亦即融于普在的爱情、融于宇宙精神中。这首诗以对爱人劝告的方式、以爱情的语言精练地表现了诗人的一整套思想，确可以说是把动人的感性形象和丰富的说理美妙地结合起来了。

唯心哲学使诗人相信，人死后还有精神的存在，坟墓的那边并不就是黑暗和空虚，而是更美好的真实；因为，现世的缺陷和无常是不会被带到“那边”去的。这思想较明显地表现在后期诗作如《阿童尼》里面。在那首诗的结尾，诗人说，死去的阿童尼“没有死，也没有睡，他不过是从生之迷梦中苏醒”，反而是活人迷于噩梦，像尸身一样在腐蚀着。这思想，就其否定生存的积极意义一点来看，自然是诗人的薄弱的一面。

我们可以说，唯心思想是诗人积郁的胸怀的必然产物；但同时，我们更应该看到，它也是社会历史的一种产物，因为在一定的科学水平限制下，诗人对世界还不能达到更完善的解释。这给他的诗带来了不可否认的弱点，如某些诗和某些片段在表现上的晦涩与朦胧即是。可是，我们不能因此说，它带来的就全是弱点。因为，如前指出，它正是体现了诗人对积极的世界观的一种追求；诗人从中所选取的，往往是符合于他的乐观的信念的那一部分思想，如《爱底哲学》所表现的就是如此。泛神论固然有其唯心的一面，但在一定的历史时期也是一种进步思想。恩格斯说过，“泛神论是达到自由的、人的观点的最后一步”[①]，似乎就正是这个意思。柏拉图哲学相信人有一切崇高的性能，相信“理想国”，这不也恰好和诗人改造世界的理想趋于一致吗？

但是，更重要的，我们还应看到诗人是十八世纪启蒙运动和唯物主义的继承者。现实的感受比哲学的泛泛之论要强烈得多；诗人生活在王权和教会的双重统治下，他要以诗来对阶级压迫的种种罪恶现象作斗争，这就不可能不使他成为一个唯物主义者。因此，我们看到，当诗人以坚决的革命者的身份来讲话的时候，他的诗就饱含着清醒的现实感觉，他的刻绘就中肯

① 见恩格斯的《英国状况》，此处自俄文转译。

而有力，他的声音也成了广大人民的呼声。而且，诗人越是为现实所激怒，他的洞彻一切的理性就越占上风，他的诗也就更清晰地闪耀着现实主义的光芒。《写于卡色瑞统治期间》《一八一九年的英国》《给英国人民的歌》《一支新国歌》《颂诗》《自由颂》《自由》《“虐政”底假面游行》等诗中所刻绘的现实，在今日看来仍然具有其惊人的现实意义。资产阶级的批评家时常“惋惜”说，雪莱的诗把事物描写得过于黑白分明了，失去了朦胧的诗意；但在我们看来，诗人爱憎分明，他全力歌颂光明和未来，又全力痛斥剥削、伪善和一切恶势力，这正是他的诗的真实的优点。谁要是觉得雪莱只不过是一个天真的、不切实际的诗人而已，他可以看看以上所举的诗是多么明确地掌握了现实和历史的辩证发展！在卡色瑞统治期间，亦即反动势力看来最强大而稳固的期间，诗人已经能看出自由底刽子手们是在走向坟墓了；他能从“死亡”、“毁灭”、“罪恶”和“财富”的欢笑的筵席上听到它们自我“毁掉！”的声音。他能看出资产阶级的“民主”的虚伪性，说“议会”把“时间最坏的法令还不废除”。他能看到资产阶级的上层建筑宗教和法律都是欺骗人民的，是“害人的陷阱”。他断言“奴隶和暴君原是双生的仇敌”，因为，他相信，只要奴隶不肯自居为奴隶，暴君也就不存在了。他看到唯有“饥饿”和“苦辛”——亦即唯有无产者——才是自由女神的侍奉者，而他劝告无产者不要为那“合伙的打劫”（亦即由资本主义国家或国王们所挑起的战争）伸手支援，“你们是自由底儿子，只为她而战”。诗人对人类的压迫者“帝王”和精神的奴役者“教士”投以最深刻的憎恨：

但愿自由人能把这名字：“帝王”，
　践踏为纤尘！不然，就写在土里，
好使这污渍在名誉之页上
　有如蛇蝎的足迹，将被风的呼吸
所抹去，被平沙从后面覆盖！[①]

对于教士，他说：

哦，但愿智者能以他们的头脑
　照明这幽暗的世界的大厦，
使“教士”，这苍白的名字，退缩到
　地狱里：这才是它原来的家，——

① 这些话不禁使我们想起诗人较早所写的《奥西曼德斯》那首讥刺“帝王伟业”的杰作。

它本是魔鬼渎神的一声嘲笑；

诗人对未来，对人的光明品质从没有丧失过信心。他相信，是愚昧和欺骗使人民暂时尊奉了“压制”和“压制者”的，只要一旦自由的概念从人的精神深处把“智慧”引来，人类就会凭这“智慧”而获得解放。

在摘自长诗《希腊》的《世界的伟大时代重又降临》一诗中，雪莱表现了他经常持有的思想，即世界的黄金时期是在未来，而不在过去（和华兹华斯等反动浪漫主义者恰恰相反）；他相信，在未来，帝国和宗教都将成为“残梦的遗迹”，财富和战争再也不至于蹂躏人类了。这是多么真实的预言啊！在《“虐政”底假面游行》一诗中，诗人完全站在工人阶级的立场规定了“自由”的内容。什么是自由呢？对于工人，自由就是面包，衣服，炉火，和享有一个快乐而整洁的家庭；自由就是对富人的“一种克制”；自由就是公理，智慧，和平；自由是爱情，它的明灯是科学、诗歌和思想。由此看来，早在一个半世纪以前，雪莱就已完全明了“自由”不能是一个抽象概念，而是有阶级性的；这一阶级的自由就意味着另一阶级的不自由。同时，自由作为一种精神状态，也必须有其物质基础，贫困的人们是谈不到自由的。因此，他号召无产阶级说：

起来吧，像睡醒的狮子，
你们多得无法制服；
赶快摇落你们的锁链，
像摇落睡时沾身的露——
你们人多：他们是少数。

显然，这一切都渗透着极为真实的思想，都是为社会历史的不朽的灵感所照耀着的。所以恩格斯赞誉雪莱是“天才的预言家”，实非偶然。

不过，在认识到这一切的同时，也应该看到，雪莱把他在1812年表现在《告爱尔兰人民》中的改良主义思想还是在某种形式下一直保留了下来。1821年所写的《伟政》就有这一痕迹。诗人在诅咒了那些帮助帝王统治的奴仆们以后，却劝他们要获取美德，要克服自己的情欲和意志。就是在《“虐政”底假面游行》里，我们也可以看到，诗人所号召的，也还是以仁义和智慧来对抗暴力，并非“以眼还眼，以牙还牙”。他告诉人民“只须插起双臂，以坚定的目光观看，没有恐惧，更没有惊讶”，那么杀人者“就会羞愧地回到他们自己的地方，而这屠杀所流的血将赧红地写在他们颊上”。在今日看来，这想法未免过于天真了吧。当然，诗人领受了他那一时代的教训，也许他有理由感觉暴力革命尚非其时。

在抒情诗的领域里，雪莱一直被公认是英国最伟大的抒情诗人之一。优美而蓬勃的幻想、精力充沛的现实刻绘、浪漫的感情、自然而浑圆的艺术、音乐及形象的美——这成为诗人在旅居意大利时期所写的抒情诗篇的特点。《西风颂》可以说是这类诗歌的登峰造极之作，它将永远是世界诗歌宝库中的一颗明珠。在这首诗里，诗人一方面以西风为中心，准确而有力地描绘了一系列自然现象，写出了树叶，流云，海洋等如何在西风的影响下发生变化；另一方面却以此象征了当时整个的现实："枯死的落叶"岂不正是英国的反动势力？它们是"黄的，黑的，灰的，红得像患肺痨，啊，重染疫疠的一群"，它们虽然看来人多势众，但"有翼的种子"——亦即不胫而走的革命思想——却暗藏在地下，只等春雷（春天的喇叭）一响，就会将它的色与香充满人间了。为什么会如此呢？这是因为那"破坏者兼保护者"的宇宙精神（用我们的词语，应该说是历史规律）主宰着一切，使旧的事物必须让位于新的，而西风就是这种精神的体现。诗中还说：在南国，虽然天气较暖，但地中海也能梦见古老的世界在波影里抖颤，因为西风总归是要来的。因此，诗人请求西风把他振奋起来，使他发出革命的歌唱：

请把我枯死的思想向世界吹落，
让它像枯叶一样促成新的生命！

这岂不正是诗人给自己一生留下的最正确的写照吗？革命思想的传播成了他毕生的使命。英国宪章派刊物在十九世纪中叶就曾把雪莱的诗印发给广大的工人阶层阅读，从而促进了英国的工人运动。

《给云雀》《云》《阿波罗礼赞》以及一些短歌及爱情诗等都是杰出的作品。它们表现了生的喜悦，创造的喜悦，爱情的喜悦。小小的云雀象征着与宇宙的创造力合一的诗人；这表示诗人既能歌颂有破坏力的“西风”，也能全心向往于欢乐底精灵“云雀”。在这里，我想特别提一下雪莱对自然及爱情的描写的特点。雪莱喜欢描写自然，爱把自然景物拟人化，或精灵化（如西风、云雀），这是和他的哲学观点（泛神论）有机地结合着的。无论是谈到自由、爱情、欢乐或悲伤，无论是谈到什么哲学思想，他总是爱从自然景物说起，因为在他看来，宇宙间的一切原是互通的。他把自然描写得符合于他的思想和解释，但同时，他的自然刻绘也极富于科学精神，富于现实主义特征，在观察的精确上甚至是惊人的。《云》就是一个显著的例子；这首诗把云、雨、雷电、海洋和天空等自然过程写得极为精细，同时也指出了宇宙有不断地变化和自我苏生的能力。诗人把深刻的思想和精确的物象同时罗致起来，使它们相互深入地渗透和发展，从而构成了一篇杰作。有的批评家指出：在《西风颂》第三章，连那描写海底树林在洋流变化之前先自动萎缩的现象，也是真实的，因此他们就猜测诗人何以有机会观察到这一种自然现象。当然，如果我们想到诗人曾经多么喜爱自然科学、多么充满着求真的精神的话，这一点就不足为奇了。

1820年的《含羞草》是一篇较隐晦的诗，这里值得一提。就表面看，它似乎只是一首描写园景的诗，并附带叙述了一个简单的故事（它曾被认为是一篇“美丽的花园的历史”）。故事是说：春季来到了，花园中各种美丽的花草都滋生出来，像是未受亵渎的乐园；其中有一棵含羞草最感到快乐（第一部）。这花园所以如此茂盛和美好，因为有一个柔情的女郎在细心地培植它；她把它照料了一个夏季，而在秋季来到之前，这女郎死去了（第二部）。于是，花园顿时变为丑恶，美丽的花草都枯萎，一些毒草却蔓延起来。冬天来了，毒草躲在地下；等春雨初降，毒草又复活起来，可是那棵含羞草却僵死了（第三部）。在“结语”中，诗人用了一个形而上学的概念自慰说：在这一切都是幻影的人生中，死亡又何足悲？因为“死亡”本身也必是“一场空幻”；爱与美是不会死去的，死去的只是感官而已。

这首诗是否整个是一个隐喻，其寓意又是什么，至今尚不能明确起来。对有兴趣的读者，这里可以提供一种说法是：女郎可能是那“美底精灵”或宇宙精神的化身，含羞草象征诗人自己；诗人一度感到了自己充沛着爱与美的感应，那美丽的花园便是他的精神世界。可是，人生中的“错误、愚昧、纷争”使他的想象底乐园枯萎了；尽管春天再来，那含羞草已不再复活。女郎的死其实就是诗人心灵中完善的美感的消失。

无论是否有这种寓意，这首诗却精确地描写了自然界的花草树木，给诗人的精于观察自然提出了佐证。

爱情诗在雪莱的抒情作品中占有相当的数量，大都带有自传性质。总的说来，雪莱对爱情的看法充满了求解放的精神。从前面所引的那首短诗《爱底哲学》就可以看出来，诗人认为两性爱不过是弥漫在宇宙中的爱情的一部分，是自然间的崇高精神的一种体现。男女的爱情应该扩展为人类的爱。在《给——》一诗中，他把恋人的爱情作了一个比喻说：“这有如飞蛾向往星天，暗夜想拥抱光明，怎能不让悲惨的尘寰对遥远的事物倾心？”由此可见，爱情和革命的憧憬（人类的爱）是互通的。爱情不该是自私的、纯肉欲的、占有的，它越是与别人共享，越是丰富了自身。雪莱在长诗《心之灵》中，对资产阶级方式的爱情表示了充分的嫌恶；他要打破那种爱情的局限性，因为他看到在私有制度下，爱情已蜕变为不自然的夫妇关系，禁锢并损害了人的自由精神了。所以他主张爱情不应局限在夫妇之间。为了这，在当时他是受了不少恶意的指责的。实则他既不是多妻制的主张者，更不是多妻制的实行者。恰恰相反，雪莱在私生活方面可以说是非常谨严的。

另一方面，雪莱也并不完全主张柏拉图主义的（纯精神的）爱情，像一般人所易于误解的那样。在他的诗作中所表现的爱情实则是人的最高贵而热炽的感情之一，既没有失去其情欲的一面，也随时能升华并容纳更多的精神素质。在资产阶级社会里，爱情既被贬到纯私有和肉欲的状态，因此诗人才着重谈到它更高贵的、精神的一面，这不是很自然的吗？再反过来看，如果诗人只讲精神之爱，他的爱情诗是绝不会那么热情动人的。

关于本集所选的几篇长诗，这里也想约略解释一下。《阿拉斯特》是雪莱早年的一篇名诗，正是在他的革命活动失败以后、他感到沮丧和孤独的时期写成的。这篇诗表现了他的内省和自我批判。其中所描绘的“诗人”就是雪莱自己，但又不是他自己，因为他已经看出来：如果一个敏感的青年人尽只幻想美和高贵的事物而厌弃世界，而脱离了现实的斗争，那他是只有死路一条的。“阿拉斯特”的名字原是由雪莱友人皮考克提议给这首诗的，它象征邪恶的精灵，因为遁世的精神必置人于死地。从积极的方面说，这首诗已然承认了这一点；但是另一方面，诗人还不能完全克制自己，因此诗中还有大量顾影自怜的感情。这首诗的写景（山谷，洞窟，河流，树林）充满了朦胧气氛，既象征而又近于实绘。“戴面幕的女郎”似乎已是“精神之美”的化身了。第二篇《“虐政”底假面游行》是一篇不朽的政治讽刺诗，充满了别林斯基所说的“激情的烈火和高贵愤怒的雷鸣与电闪”。诗人为工人被屠杀而控诉英国反动政府，他的愤慨竟达到了这种程度，他要在诗中指名道姓地把反动派加以鞭挞才感到痛快。诗中彻底揭露了统治阶级对广大人民的经济剥削和政治压迫，而且更足珍贵的是，它还明白宣示出当时工人运动的斗争目标和纲领。这首诗的艺术性在雪莱的作品中也是很突出的。他的某些长诗所惯有的朦胧和神秘气氛消失了，全诗的表现简洁、有力而明朗，实在是现实主义诗歌的一篇杰作。《心之灵》是一篇以爱情为主题的长诗，其中固然有不少哲理议论，但也充满了真实的热情和对现世的幸福生活的憧憬。雪莱在信中提到，这首诗“是我的生活与感情的理想化的历史……如果你想知道我现在和过去是怎样的，它会告诉你一些什么”。由于这篇诗的哲理、隐喻和自传性质，有些费解的地方由译者在本诗中作了一些必要的注释。《阿童尼》哀悼济慈之死，是一篇纪念两诗人之间的情谊之作，特别值得珍视。连雪莱自己也不隐讳这篇诗的神秘主义，他曾写信对友人说：“神秘主义姑不置论，它在我的作品中是缺点最少的一篇；这样，我高兴它可以无愧于我对可怜的济慈的悼念了。”又在另一处，他说，这是“一篇高度完成的艺术作品，就结构而言，也许比我所写的任何东西都强些”。的确，它是一篇结构谨严的哀歌，但也许因此之故吧，它的哀悼情绪有失于工整之嫌。一般公认，比较更动人的，倒是诗人刻绘自己、悲悯自己的那些段落。本诗有些费解处，也由译者在正文中作了注解。

总括来说，从雪莱的全部抒情诗中，可以看出他是一个真正乐观的思想家，因为雪莱相信：丑恶的现实是转瞬即逝的；真、美、善将永远存在；人可以不断提高和改善自己，人的智慧和宇宙的意志和谐一致，世界的黄金时代必将到来。如果说，拜伦的诗在很大程度上充满了宇宙的悲哀，雪莱的诗却充满了宇宙的欢乐。即使在有些诗中，忧郁的情绪暂时主宰了他，但他相信宇宙的动力胜过少数人所造成的悲伤与不幸，世界终会转向光明，转向爱与美的精神。

雪莱的抒情诗也给我们刻绘了一个崇高的人的形象；在生

活中，诗人确也是一个最可爱、最无私而勤劳的人。拜伦尽管和雪莱有很多意见上的分歧，但他却盛赞雪莱的为人。在1822年3月，他写信给友人说："雪莱是最无私而善良的人，比我所知道的任何人都更能为别人而牺牲自己的财富和感情。"和拜伦不同，雪莱具有平民的风度，他的生活的简朴，他的舍己为人，待人厚、待己苛，都是为他的少数友人所熟知的。他经常好学不倦，对希腊哲学和当代论著都有深湛的研究。他是个严肃的社会思想家，而更难得的是，他力求言行的一致。在那个时代的条件下，可以说他已尽力使自己具有一个社会主义的人的品质了。

雪莱在世时，他的诗名远不及拜伦。他的每篇作品发表后，所受到的不是冷冰冰的漠视，就是反动评论家的诟辱。1821年4月1日的《文学报》论到他的杰作诗剧《沈西》说："在我们这时代，由文化堕落和政治无神论所造成的丑恶现象，可以说无过于这一悲剧的了……它仿佛是由恶魔写出来取悦地狱中的魔鬼似的。"《阿拉斯特》发表后，一年内无人理会，继则受到的诋毁是"疯狂""语无伦次""一片病呓"。《西风颂》《云》《给云雀》这些抒情诗中的珠玉，尽管发表了，却没有人注意，在雪莱生前只有一个评论家对《西风颂》和《给云雀》讲过几句赞誉的话。《云》则被认为是"比糟粕更坏的胡言乱语”的“典范”。《阿童尼》所得到的评语是更恶劣的。[①]

雪莱是一个坚强的诗人，能长期对这一连串的冷漠和攻击无动于衷。不过，在他生命的最后一年，这种残酷的处境起了作用。他有些心情灰懒，这使得他很少执笔了；尽管有一些腹稿和写作计划，但不是没有写完，就是完全没有写。只有当情况特别使他激动时（如济慈的死和希腊革命），他才能将较长的诗一气呵成。同时，他对自己的生命表现了异常的漠视，因此才有泛舟溺死的事件的发生。这不能不说是反动的资产阶级扼杀文化的直接结果。因此，我们今天更该如何珍视诗人所留下的这份遗产！译者能力有限，这一份译介只能算是初步工作，希望读者和专家多多指正。

（原为《雪莱抒情诗选》译者序，人民文学出版社1958年初版。）

---

① 还是在《文学报》（1821年12月7日）上，一个评论家写道：“这篇诗是鄙陋的；它不过集合了一堆浮夸的词句，毫无层次、和谐、意义；只能算学童作业簿上的糟粕罢了……所幸的是，这篇恶劣而极端无聊的东西不可能在英国有什么市场。”

济慈，唱支歌儿开怀

约翰·济慈（John Keats，1795—1821）是英国十九世纪浪漫主义运动的杰出诗人，和拜伦、雪莱并称于世。他出生在伦敦，父亲是一个马厩主人；诗人的家庭和出身在当时社会看来是相当卑微的，他的一生也无时不在贫困中。在济慈还不到十五岁的时候，父母已先后去世，他和两弟一妹在亲族和监护人的看管下成长起来。

济慈很早便喜好文学，但是没有机会求学深造；在他不及十六岁时，便离开学校，给艾得芒顿的一个医生做学徒。以后他又在伦敦一家医院中学习两年，1816年获得了助理医师的资格。但济慈热爱文学，终于放弃行医而选择了写作和贫困的生活道路。

早在学校时期，他就从友人查理士·考登·克拉克那里借阅了很多文学书籍。最使他倾心的，是英国十七世纪诗人斯宾塞的《仙后》和贾浦曼译的荷马史诗。莎士比亚和伊丽莎白时代的诗人也是被他读了又读的。他仿照斯宾塞的风格写出早期的一些作品。由于和当时的自由主义者和民主主义者的往还，他结识了作家李·汉特，又通过他认识了雪莱及其他作家。汉特很看重济慈的诗才，在他所主编的自由主义刊物《探究者》上面，在1816年5月，首次发表了济慈的诗作——十四行诗《呵，孤独》。1817年，由于雪莱的帮助，他出版了第一本诗集，其中包括他自1813年以来四年中所写的诗。但这本诗集的出版在文坛上受到异常的冷落。

1818年，他的长诗《安狄米恩》问世。由于他和汉特的亲密关系，由于他平日进步的政治见解，还更由于这首长诗的自由思想和反古典主义倾向，他受到了反动杂志和评论家的恶毒的攻击。[①]

最初，济慈和汉特有共同的政治倾向和文学嗜好，他们都喜爱斯宾塞、文艺复兴时期的诗和古代神话。在《睡与诗》中，济慈所宣告的反古典主义的诗的信条也反映了汉特的批评见解。但济慈早年诗歌创作上的弱点，却正是受了汉特诗作的

---

① 有一个论者这样谩骂道：“做一个挨饿的药剂师比做一个挨饿的诗人要强得多，明智得多。所以，约翰先生，还是回到你的药店去吧，回到膏药、药丸和油膏匣旁边去吧……”

不良影响而发展起来的，自1818年以后才逐渐克服。在政治见解方面，他和汉特的接近也没有多久。他起初把汉特看作是反对不合理社会制度的战士，可是自由主义以及资产阶级社会进步学说的伪善的本质，很快就使他对原有的政见幻灭了。

1818—1819年是诗人生活最痛苦同时创作力也是最旺盛和趋于成熟的时期。一方面，反动杂志在对他口诛笔伐；另一方面，他的弟弟托姆的肺病已成了不治之症，他自己得带着肺病来服侍他，终至看他在1818年12月死去了。这以后不过数星期，他热恋上一个少女，范妮·勃朗。这是无望的爱情，因为他既没有经济能力和她结婚，而且他的健康，他也已预见到，是不会使他活多久的。就在这种情况下，他努力于写作，除试写戏剧（《奥托大帝》）外，还写有长诗《伊莎贝拉》《海披里安》《圣亚尼节的前夕》《拉米亚》等。他最著称的颂诗如《希腊古瓮颂》《夜莺颂》《秋颂》，民歌体诗如《无情的妖女》以及很多优美的十四行诗都是在这期间写成的。

1820年，济慈的肺病趋于恶化，使他不得不停笔。9月，他接受友人的劝告去到意大利养病。但到意大利不久，即在1821年2月去世了，死时才二十五岁。在他的墓碑上，友人按照他的遗言铭刻了如下一句话："这里安息了一个把名字写在水上的人。"雪莱曾写有《阿童尼》一首长诗哀悼诗人的死亡。

总起来看，济慈的创作生涯不过短短五年，而且是青年时代的五年，虽然这五年已经给英国和世界文学的宝库留下了珍贵的遗产。可惜的是，诗人终竟宏才未展而就夭折了。他自题的墓志铭已经表示他感觉到了这一点。他的早死，自然是和他所生活于其中的社会制度和反动派对他的直接和间接的打击分不开的。拜伦早已有见于此，他在《唐璜》的第十一章中写道：

> 济慈被一篇批评杀死了，
> 正当他可望写出伟大的作品；
> 尽管晦涩，他曾经力图谈到
> 希腊的神祇，使他们在如今
> 呈现他们该呈现的面貌。
> 可怜的人，多乖戾的命运！
> 他那心灵，那火焰的颗粒，
> 竟让一篇文章把自己吹熄。

拜伦和雪莱对济慈的同情和爱惜，绝不是偶然的。我们知道，在十九世纪后半叶的英国，济慈的诗的影响凌驾一切十九世纪诗人之上，形成了当时诗歌的主要的流派。但他绝非如资产阶级批评家把他说成的那样——一个纯艺术形式的大师，一个“为艺术而艺术”的典范和享乐主义颓废派的先导。这种说法，无异抹杀了济慈作品中深挚的社会热情，无视诗人——特别是在他的长诗如《伊莎贝拉》和《海披里安》中——对于自私自利的、窒息人的心灵的贵族资产阶级社会的抗议。实际上，济慈所以重视艺术，视之如沙漠中的绿洲，正是由于他对社会生活不满而引起的：他想以艺术去和丑恶的资本主义社会的现实形成对立。他早期作品中所呈现的美学倾向，就是在这种心情的土壤上形成的。但是济慈并没有在这阶段上停留不前；他逐渐转化；在长诗《海披里安》里，已经可以看到一个严肃的社会主题在发展着，但这首诗没有完成，诗人就去世了。

在早期作品中，有明显地表现社会题材的诗如《咏和平》《写于李·汉特先生出监之日》《给海登》《愤于世人的迷信而作》《致克苏斯珂》等。这些诗流露了诗人的进步的社会意识以及他对现实的深刻的不满。

但是另一方面，他也企图以自然、艺术和感官的享受构成一幅快乐的生活图画，而将这想象的感官世界置于现实世界之上。他仿佛说，现实世界是悲惨的、丑陋的，这是它不值得注视的一面；可是还有美和美感在，让我们去追求这种快乐吧，因为这是更高的真实。因此，在《希腊古瓮颂》里，他写下“美即是真，真即是美”这句话来。但这并不是他的思想全貌。他是有矛盾的。早在1816年写《睡与诗》时，他已认识到，如果不理解社会的疾苦，就无法达到诗的最高的境界。所以他说：

> 我必须舍弃它们去寻找
> 更崇高的生活，从而看到
> 人心的痛苦和冲突；

可惜的是，诗人短促的生命使他来不及实现他的这个描写“人心的痛苦和冲突”的心愿。

苏联科学院1953年出版的《英国文学史》把济慈在英国浪漫主义运动中所处的特殊地位作了很好的描述，它说：

> 人文主义，对自然和对人所持的自发唯物主义的、享乐的态度，激进的社会观点，对英国贵族资产阶级社会的丑恶本质的抗议——这一切使济慈和湖畔派诗人们[1]迥乎不同，却使他和革命浪漫主义者颇为接近。但另一方面，雪莱和拜伦积极反对他们周围的不合理的世界，并把诗看作是政治斗争的工具，而济慈则不是这样，他倾心于美，

① 指华兹华斯（Wordsworth）、柯勒律治（Coleridge）和苏赛（Southey，又译作骚塞）。

特别是在早期的诗作里崇拜“永恒的美”。（见该书第一卷第二册130页）

济慈不是革命的浪漫主义者（虽然，他也许是朝这个方向接近），他没有在诗中提出改造现实生活的课题，他的作品也不像拜伦及雪莱那样尖刻而多方面地反映现实；但另一方面，他也和湖畔诗人们不同，即使只就“描写美”这一点而言；因为他所追求的美和美感，不在于神秘主义的、缥缈的境界（如柯勒律治），不在过去或另一个世界里，而就在现实现象中。他不像华兹华斯似的引人向往于过去的封建社会。他从热爱现在、热爱生活出发，他所歌颂的美感是具体的、真实的，因此有其相当健康的一面。他善于从瞬息万变的现实世界掌握并突现其优美的一面，而他认为，正因为这“优美”的好景不常，它就更为优美，更值得人以感官去尽情宴飨——济慈的诗在探索这样一种生活感受上达到了艺术的高峰。

济慈对自然及生命的原始唯物主义的看法，在他早期一篇杰出的诗作《蝈蝈和蟋蟀》里很清楚地表现了出来。在这首小诗里，他真实地传达出夏日郊野和冬季室内的两种景色，写出了他对生命运行不息和自然间永恒的美的感受，通篇充满了明朗的乐观情调。《秋颂》是这种感觉和情调的继续发展和成熟。

艺术的欣赏是济慈所常常歌颂的另一种生活感受。我们说它是生活感受，因为济慈的心灵对艺术如此饥渴，它对他的生命已经是如阳光和空气一样地必需。如果说，早期的《初读贾浦曼译荷马有感》还只是表现了对艺术的单纯的陶醉，和现实生活联系不多；那么，在后期的《希腊古瓮颂》中，这种感受已不单纯是艺术陶醉，而且渗透着现实感。同样，在《夜莺颂》中，诗人一面歌颂夜莺所生活着的世界，一面不断想到人间；这使他既喜悦于“永恒的美”，又感到现实的痛苦的重压；这两种情绪的冲突贯穿了全诗。这说明诗人的创作已经达到浪漫主义和现实主义接壤的地方了。

他的叙事诗杰作《圣亚尼节的前夕》是另一个例子。在这里，像罗密欧和朱丽叶一样年青而美丽的爱情故事，在充满敌视的背景中进行。诗人使我们看到，一方面，年青的恋人如何热烈地追求光明与温暖，另一方面，又不时地指出那个粗暴、冷酷、酗酒的世界的存在，它随时都可以把这美丽的爱情像肥皂泡一样地戳破。“美”和“现实”是太挨近了，使人不得不感到颤栗和恐惧。这篇诗对于色彩的描写，对于冷的气候、月光、卧房陈设和恋人所经历的各种美妙情景的描写都达到出神入化的地步，引起了各时代的读者的赞叹。还有，成为本诗另一特点的是，它的结尾既不是悲剧，也不是快乐的收场。诗人告诉我们，在远古，有一对年青的恋人终于逃进了严冬的风雪之中，如此而已。这故事本身就像是对“美”的一支赞歌，悠悠然盘旋在半空，令人神往不已。

无论济慈的哪一篇诗，都是充满了热爱生活的乐观情调的，这种健康的调子使我们不由得想到普希金的诗。例如，在《罗宾汉》这首诗中，诗人一直在惋惜“快乐而古老的英国”的消逝，我们会以为它将以哀歌告终的吧？——然而不，它最后一转，乐观地唱道：

> 尽管他们的日子不再，
> 让我们唱支歌儿开怀。

明朗，坚韧，而又极其真诚，——这是多么可喜的艺术天性！《忧郁颂》也是同样地把“忧郁”化成了振奋心灵的歌唱。诗人指出，生活即使是忧郁的，在忧郁中也可以见到美，因此也有喜悦。这里既揭示出他作为诗人的弱点，说明他何以避免和现实作斗争，同时也显示了他是多么热爱生活，在逆境中还能保持着乐观勇毅的精神。

后期的济慈不但接近现实主义，也更接近了人民。他注意到民歌的写作（《无情的妖女》《狄万的姑娘》），采用了人民传说中的英雄罗宾汉为主题，并且歌颂了苏格兰人民诗人彭斯。他更多地看到人民的日常生活（如“秋颂”中所表现的），他的语言也由最初典丽而模糊的辞藻趋于单纯的、富于表现力的口语。

在今天，济慈在苏联读者中的声誉是很高的。我想，这也并非偶然。因为济慈所展示给我们的尽管是一个小天地，其中却没有拜伦的悲观和绝望，也没有雪莱的乌托邦气氛——它是一个半幻想、半坚实而又充满人间温暖与生活美感的世界。这样的作品在教育社会主义新人的明朗的性格方面，当然还是有所帮助的。

我所根据的原文，是E.D.西林考特编订的《约翰·济慈诗集》（E.De Sélincourt:The Poems of John Keats，伦敦1905年版）。济慈的诗在形式上、在语言上都可以说是英文诗中的高峰，译时力图在形式上追随原作，十四行诗和颂诗等都照原来的格式押韵（只有几处例外），在十四行上面，我更力求每行字数近似，使其看来整齐、精练。这样做是否有益，只有请读者判断和指教了。

1957年10月

（原为《济慈诗选》译者序，人民文学出版社1958年初版。）

丘特切夫，刻绘精微而崇高的境界

费奥多尔·伊万诺维奇·丘特切夫（1803—1873）是一个极有才华的俄国诗人，以歌咏自然、抒发性情、阐扬哲理见长，曾一度受到同时代作家的热烈称颂。但他生前很少发表作品，读者面狭窄。上世纪五十年代以后，人们对他相当冷漠。直至九十年代中期，俄国诗坛上出现了象征派，才把他当作象征主义诗歌的鼻祖，重新加以肯定。至于他的诗作大量出版并得到认真的研究，则是十月革命后的事。

对于我国读者来说，这个诗人的名字还比较陌生。因此，译者想根据有关的俄文资料作一综合的介绍，就中有些地方自然也写到个人的一些见解和体会。

一

1803年12月5日，丘特切夫诞生在奥廖尔省奥夫斯图格村一个贵族家里。他的童年是在莫斯科度过的。父母把当时的诗人谢·叶·拉伊奇（1792—1855）请来做他的家庭教师，因此从幼年起，丘特切夫就熟读诗歌，喜欢写诗。十四岁的时候，他在“俄国文学爱好者协会”朗诵了自己的一篇译诗，被选为该会的会员。

他在家读完中学课程以后，于1819年进入莫斯科大学，1821年毕业。次年他被派往驻巴伐利亚的使馆工作，从此一连在国外生活了二十二年，并两次和外国女子结婚。这二十二年当中，他多半住在慕尼黑。

在慕尼黑的社交界，丘特切夫很活跃，不久就崭露头角，1826年和一位年青的贵族寡妇爱琳娜·彼得孙结了婚。通过妻子的关系，丘特切夫和巴伐利亚的贵族过从更密了。当时慕尼黑是欧洲的文化中心之一，虽然丘特切夫在使馆中地位低微，甚至在任职十五年之后仍旧是个低级秘书，但他既博学而又善于谈吐，他的隽智引起了文人的注意。诗人海涅和他很熟悉，把他称为“自己在慕尼黑的最好的朋友”。丘特切夫译了海涅不少篇诗，并受到他的诗歌的相当影响。唯心主义哲学家谢林也是丘特切夫的朋友，尽管丘特切夫曾和他争论得很激烈，他仍然认为丘特切夫是“一个卓越的、最有教养的人，和他往来永远给人以欣慰”。这两位著名的德国友人所以如此重视他，倒不是因为他写诗：他们多半还不知道他是诗人呢；他们喜欢的是他的智慧和非凡的记忆力，是他对文学、科学、政治和哲学的浓厚兴趣。

在慕尼黑期间（1822—1837），丘特切夫写了几十首抒情诗，其中有不少篇是他早期的杰作，例如《春雷》《不眠夜》《病毒的空气》《西塞罗》《沉默吧！》《海上的梦》《“好似把一卷稿纸”》《“灰蓝色的影子溶和了”》《“不，大地母亲啊”》《“啊，我记得那黄金的时刻”》《“午夜的大风啊”》等。从当时俄国诗歌的全景来看，这些诗无论在形象、构思或语言的情调上，都带有鲜明的独创风格。

1836年，丘特切夫把自己的一组诗寄到彼得堡，由诗人维亚泽姆斯基和茹科夫斯基转到普希金手里。三位诗人都很赞赏这些作品，据说普希金阅读后很兴奋，把诗稿带在身上有一星期之久，以后选出二十四首，分两批连续发表在他主办的《现代人》杂志上。

1837年，丘特切夫因家庭纠纷，被调到撒丁王国（今意大利境内）首府都灵的俄国使馆任职。都灵既不是文化中心，又远离他所熟悉的朋友。据诗人自己说，他在那里生活的两年，就和流放差不多。他到任后刚一年，便经历了丧妻的悲痛，接着又由于工作上的严重失误而被免职。

从1839年到1844年，他和续弦夫人厄尔芮斯金娜在慕尼黑赋闲。这期间，他用法文写了一篇题名《俄国与德国》的文章，认为这两个国家应通力合作以对付法国。文章于1844年以小册子的形式出版，颇引人注意，据说曾得到沙皇尼古拉一世的赞赏。也许因为这个缘故，丘特切夫又恢复了官职，并于同年秋天调回俄国，仍留外交部。1848年，他担任该部的外国书刊审查官，十年后改任外国书刊审查委员会主席，直到逝世。

丘特切夫终其一生，不过是沙皇政权的一名官吏，事迹很平凡。然而在创作上，他的经历却比较复杂。二十年代时，他有过爱自由的思想，曾写过响应普希金《自由颂》的诗。但随着欧洲各种革命事件的发展，他逐渐趋于保守。在四十年代，他作诗甚少，政治观点带有泛斯拉夫主义的色彩，主张俄国联合斯拉夫各民族来对抗西方和革命，以宗法社会的道德和基督教的自我牺牲及忍让精神来排斥资本主义社会的自私自利的个人主义。他的一些政论文和政治诗就表达了这种见解。但这只是丘特切夫的一个方面。他还有一个方面，那是他的隐藏在生活表层下的深沉的性格。他把这另一个自己展现在他的抒情诗中，在那里，他仿佛摆脱了一切顾虑、一切束缚，走出狭小的牢笼，和广大的世界共生活，同呼吸，于是我们才看到了一个真正敏锐的、具有丰富情感的诗人。关于他这种双重性，屠格涅夫很早就说过："他是个斯拉夫主义者，但不是在他的诗中；而那些使他表现为斯拉夫主义者的诗，也只是一些恶浊的诗。"

从四十年代末至五十年代初，是丘特切夫诗歌创作的高潮期。这个期间，评论界开始全面论述他的诗。1850年，涅克拉索夫首先在《现代人》上著文推荐。这篇文章虽然名为《俄国的第二流诗人》，涅克拉索夫却认为丘特切夫"肯定是俄国的第一流诗才"，并且说：丘特切夫的"主要优点在于对自然作了生动、雅致和形象逼真的描绘"。

丘特切夫的第一本诗集于1854年出版。这是由屠格涅夫编订的，诗人自己并未参与其事。它辑录了约一百首诗，先是作为《现代人》杂志的增刊，以后才单独成书。诗集问世后，屠格涅夫写了一篇书评推崇丘特切夫说：

"如果我们没有弄错的话，他的每篇诗都发自一个思想，但这个思想好像一个星火，在深挚的情感或强烈印象的影响下燃烧起来；因此，由于丘特切夫君的作品的这一特点——如果可以这样说的话——他的思想对于读者从来不是赤裸的、抽象的，而总是和来自心灵或自然界的形象相融合，不但深深浸润着形象，而且也不可分地、连续地贯穿在形象之中。丘特切夫君的诗歌的抒情境界是不平常的，几乎是瞬息即逝的，这使他必须写得短小，仿佛他是把自己局限在腼腆的、精致的小小范围内。”

同时，车尔尼雪夫斯基、杜勃罗留波夫、托尔斯泰等也从各种不同的角度对丘特切夫下过评语，一致承认他拥有杰出的诗才。

五十至六十年代，丘特切夫创作了他最优秀的情诗，即“杰尼西耶娃组诗”。叶连娜·杰尼西耶娃是他两个女儿就学的那所学院院长的侄女，从1850年起，双方相爱了十四年，直到杰尼西耶娃因肺病去世为止。这期间，丘特切夫和她组建了另一个家庭，并生了三个子女，这件事招来社会的非议和宫廷的不满，而舆论的压力都落在女方的头上。虽然两人都非常痛苦，但爱情并未因此而减弱。1864年，杰尼西耶娃的死引起诗人深深的悲伤，这使他继情诗之后，又写出一些动人的含蓄的悼亡诗。

1873年1月，丘特切夫患了瘫痪症。在病床上，他对生活的兴致不减，仍旧约人来谈政治和文学等问题，并写了不少诗和信。同年7月27日在皇村逝世。

二

作为诗人的丘特切夫成长于十九世纪二十年代和三十年代之间。那时的欧洲经历了法国大革命的风暴，新的、资产阶级的社会秩序已逐渐形成。旧的道德观念和生活方式虽然还保持着残骸，但是在新生力量的冲击下，已经摇摇欲坠了。人民革命运动和民族自决运动风起云涌，席卷着希腊、法国、波兰、比利时、意大利、德国等地，预示着巨大的变革即将到来。

正是在这种时际，丘特切夫从落后的、封建宗法制的俄国，来到了被新潮流冲击着的西欧，而且在那儿长期生活着、观察着、体验着。他的生活背景以及他所处的特殊地位，使他比别人更敏锐地感到了这个新变化的内容、幅度和必然性。他预料革命也必然会降临到俄国。诗人的双重性的根源也就在这里，他既热烈地渴求生活的和谐与平静（这是由于他早年的教育的影响），也对历史的变革、对社会与生活的风暴有深刻的共感（这是新兴时代的精神给他的感染）。请看他在1830年所写的《西塞罗》吧，这首诗是有感于法国的1830年7月革命而写成的。诗人在这里借古典而咏今事。他一方面和古罗马的政治家西塞罗一样，对罗马帝国的衰亡难免感伤，但另一方面也感到，衰亡乃是自然的过程，是不可避免的，罗马虽然沉没在黑夜里，但是仍将有白天和新世界的出现，而诗人赞美着这死亡与新生交替的一刻：

幸运的人啊！只要能看到
世界的翻天覆地的一刻——
只要是能被众神邀请
作为这一场华筵的宾客，
那他就看到庄严的一幕……

试问若是反对革命，怎能对革命写出这样的诗来？他所憧憬的巨大变化，当然只不过是资产阶级革命所造成的幻象，由于在一定历史时期内，它是朦胧的，未定型的，所以还给人以热烈的期望。但这儿重要的不是诗人是否看清了这一革命的性质，而是他能和当时要求革命的广大人民一起，渴望一个新的美好的世界从旧世界的废墟中诞生出来；他的诗就是通过对朦胧的新世界的赞美而表达了这一渴望。再看他所写的《阿尔卑斯》，其中也涉及死亡和新生的过程：

阿尔卑斯的雪山峻岭
刺透了湛蓝的夜幕，
峰峦睁着死白的眼睛
给人以彻骨的恐怖。
虽然都在破晓前安睡，
却闪着威严的容光，
雾气缭绕，峥嵘可畏，
像一群倾覆的帝王！
但只要东方一泛红，
死亡的瘴气便消散，
最高的山峰像长兄
首先亮出他的冠冕；
接着，曙光从高峰流下，
把辅峰也都一一点燃，
顷刻间，这复活的一家
金冠并呈，多么灿烂！
……

诗人指出：虽说这些雪山已经死了，却还“像一群倾覆的帝王”，给人以权势之感。这个比喻，立刻使阿尔卑斯山扩大为整个世界，使读者想到全体帝王的覆灭，想到他们虽然还有权势，还“可畏”，却已是死了，只等待自然的程序来把他们根本消除。接着，诗中就指明：世界虽然死亡，但在死亡的基础上有新生；“只要东方一泛红”，我们就看到一片重新形成的、灿烂的风景。这篇诗的前后两节，是一个多么鲜明的对照啊！诗人把垂死的世界写得那么阴森可怕，又把新生的世界写得那么欢腾可喜！同是那些峰峦，它们在黑夜，彼此间的关系是敌对的，各不相容的，像一个个的帝王；可是在新生的世界里，它们却亲如手足，如“复活的一家”，个个光辉灿烂。这里岂不正是对新世界的无比的赞美？诗人对新世界的喜悦，固然不总是如此直接陈述出来的；更常见的，是他从自然的描写中，透出一种极为清新的感觉，好像诗人是从暴虐的环境中刚刚挣脱出来，对着新的天地不自禁地舒了一口气。（如《夏晚》《山中的清晨》《雪山》《恬静》）在《山中的清晨》里，我们看到：美好的清晨，天空蔚蓝的笑，露珠铺满的山谷——这一切都是在“一夜雷雨”后诞生的；由于想到它所经历的狂暴的时刻，这新生的清晨更显得英挺刚劲了；而在这美好的境界中，诗人还不忘记提醒我们那已被推翻的旧世界的遗迹：

仿佛于高空中倾圮着
那由魔法建成的宫殿。

诗人的心灵不仅仅向往一个洁净的、清新的世界，而且常常和产生新世界的风暴起着共鸣。在《西塞罗》中，他喜爱社会历史的风暴；在《“午夜的大风啊”》中，他有感于自然间的狂风，对它又害怕，又“感到多么亲切，听得多凝神”，因为它和他心中的风暴相呼应，对他讲着“心灵所熟悉的语言”。

在革命的风暴之前，诗人不能不感到他所熟悉的那个社会秩序的脆弱和不稳定，不能不感到自己在生活中的孤立无援。这种空虚、疲弱、孤独之感，构成他的诗歌的另一潜流，恰恰是和风暴、雄壮与饱满的感觉对立的。1829年的《不眠夜》，就是写出自己的世界将被时代冲毁、被人们遗忘的悲哀。在丘特切夫的诗中，我们时常遇到两类概念、两类形象，它们是对立的，例如“海”和“梦”，“山顶”和“山谷”，“日”和“夜”，文明和自然，社会和“混沌”……这些概念构成他的抒情诗的哲学体系，不理解他所赋予它们的含义，就不易理解他的诗。

丘特切夫在诗里常常使用“混沌”“深渊”“元素”“夜灵”“无极”这些名词，因此，过去唯心主义的批评家和诗人，就给他的诗以神秘主义的解释，认为其中传达着超现实的音讯。这种解释忽视了一个重要事实，即一个深刻的诗人的诗总是和现实相结合着的；他的概念或感觉都必植根于他的社会生活的土壤中。即使他受着某种哲学的影响，那最终原因也必是为他的生活感受所决定着的。

总的说来，丘特切夫由于生活在巨大变革的时代中，由于出身于没落阶级而深感在现存秩序（无论自然或社会）的表面稳定下，存在着暴乱的力量；在人的明显的意识下，存在着混乱的根源（或潜意识）。他把这一切隐秘的力量，统称为“混沌”或“元素”；他认为社会、自然和心灵，都是出自一个“深渊”——“混沌”；在“混沌”中，由“元素”构成有条理的世界，这就是我们所习见的秩序，所喜爱的光影声色，所享受的文明。他把这一切和“白日”联系起来。但“白日”是不稳定的、表面的，它只是“一层金色的帷幕”（见《日与夜》）。与“白日”对立的，是“夜灵的世界”，是“混沌”，它吞没一切，诞生一切。只有“混沌”才是真实的、永恒的，而我们所生活、所意识到的世界，在诗人看来却如浮光掠影。对于“混沌”所具有的原始力量，诗人又是怕、又是迷恋。这原因，也是不难从他的生活感受来推测的。因为，虽然革命的风暴与他的心情一致，革命却终究会摧毁他自己和他所从属的那一阶层。而可贵的是：尽管如此，诗人还是作出了客观的估计：他重视“混沌”，歌颂它的破坏力和创造力，把它写得比他所习见的那个画帷世界更坚实有力。我们从邦奇-布鲁耶维奇的回忆录中，可以看到列宁对丘特切夫这一特点的论述：

> “弗拉基米尔·伊里奇……所特别重视的一个诗人是丘特切夫。他非常欣赏他的诗。一方面，他很理解他是来自哪一阶级的，而且完全精确地估计到了他的斯拉夫主义者的信念、心情和体验；但另一方面，他谈到了这个天才诗人的原始的反抗性，恰恰是预感到当时在西欧业已酝酿成熟的伟大事件的到来。”

三

在十八世纪末和十九世纪初，欧洲的浪漫主义作家和诗人都或多或少带有泛神论的倾向。在当时，泛神主义打破旧的宗教观念，把对神的崇拜引导到物质的自然界和现世上来，是具有一定的进步意义的。不过它在革新人的精神世界的同时，又制造了另一个上帝来束缚它，归根结底并未脱离唯心主义的范畴。

歌德、拜伦和丘特切夫都写出过一些带有泛神主义色彩的诗，但是由于他们所处的时代和社会环境不同，各人的感受和动机不同，他们的诗歌的现实内容也就各异其趣。丘特切夫的诗通过泛神主义表现了他的奔放的心灵。他希求生活的美满和丰富，渴望扩展自己的心灵，享受现世所能给予他的一切。通过泛神主义，他表现了对生活和自然界的热爱。在他和自然景物的某一瞬息的共感中，他往往刻绘出了人的精神的精微而崇高的境界。

在《漂泊者》中，他指出广大的世界是人的唯一财富，人只有在这一“色彩万千的奇异世界”中去体验生活，才能得到“启示、教益和喜悦”。但是如何可以做到这一步呢？那就是，首先他必须成为“宙斯悦纳的贫穷的香客”——朝拜异教的神宙斯，这意味着摆脱基督教会的信仰；至于要变为“贫穷的”，这里就可能有许多含义。在《“不，大地母亲啊”》里，有如下几行是可以作为提示的：

你忠实的儿子并不渴求
那种空灵的、精神的仙境。
比起你，天国算得了什么？
还有春天和爱情的时刻，

鲜红的面颊，金色的梦，
和五月的幸福算得了什么？
……

从这里可以看到，“贫穷的香客”“无家可归的流浪者”所要抛弃的是什么——那是空虚的精神世界，无结果的梦，理智和情感的游戏，也就是诗人所熟悉的上层阶级的“文明”生活。他看到它的空虚，所以要求抛弃它而去追寻一种更充实的生活：

通过村庄、田野和城市，
他的道路无比光明——
整个大地任随他步行，
他看见一切并称颂上帝！

这里所呈现的，是一颗多么蓬勃的心灵。它不怕去开辟草莽的道路，而且以此为乐。这颗不断扩张的心不但能接受风暴、雷雨和海浪，也能和任何自然现象起共鸣。无论诗人看到了什么——或是白鸢从林中草地飞起，或是杨柳对溪水频频垂下头，或是山溪向谷中流去，或是秋日凋残的树林，或是山上落下的石头……这一切，由于诗人心灵的博大，似乎都变成了他自己的一部分。仿佛他的生命由于接触到这一切自然现象，而不断朝着新的边界伸展，从而获取了无限丰富的新的内容。我们读着他的这些诗，也禁不住和诗人一起感到精神生活的新的情趣，在心灵深处有了更精微的激动，而这是和是否信仰它的泛神主义完全无关的。

丘特切夫从泛神论观点出发，把人和自然结合为一个整体，这是他的写景诗的一大特色。屠格涅夫和托尔斯泰在小说中所使用的人景交融的描写手法，受到了这些诗篇的影响。诗人笔下的大自然有它自己的“心灵”、“自由意志”、“语言”和“爱情”，常常被写成一个活的性格。例如《春水》一诗把春水写成到处报信的人，《五月》则像一群孩子似的跳起了环舞；《“冬天这房客已经到期”》把春天的降临整个戏剧化了；《“杨柳啊，为什么你如此痴心”》指出杨柳对溪水的单恋；《“一八五四年的夏天”》在诗人看来，竟是一个捉弄人的美丽的少女。此外，请看在《新绿》《“树林被冬天这女巫”》《“凋残的树林凄清、悒郁”》这三篇以树林为描写对象的诗中，这些树林都各自具有不同的性格、历史、遭遇和心情。这里虽然写的是自然，在我们看来，却好似写出了戏剧中的人物。再请看《腊月的破晓》《“东方在迟疑”》《“夜晚的天空是这么阴沉”》《“夏天的风暴是多么快活”》等诗，其中是充满了多么紧张的戏剧冲突！仿佛诗人在向我们展示着历史上的重大时刻。这些作品虽然都是写景诗，然而它们句句饱和着思想，把自然和人类历史合而为一，在短短的十几行诗中，以惊人的丰富内容激荡着人的心灵。

丘特切夫生活在矛盾中，他既有积极处世的态度，也有消极的心情。对于泛神主义哲学，他的态度也是复杂的；由于他自己的蓬勃的心灵，他接受的是那种哲学的入世的精神；而对那一哲学的终极目的，即离开人世而走向“宇宙精神”，走向那个泛神主义的上帝，——他却有时甘愿、有时迟疑，有时甚至反对。

他这种复杂心情是可以理解的。在贵族和资产阶级社会中，积极处世和面对生活的人，就必然接触到那个社会的黑暗、虚伪与庸俗，从而感到厌倦。因此，丘特切夫也写出一些心情消极的诗（如《“啊，多么荒凉的山林峭壁”》《“尽管我在山谷中营着巢”》），渴望走出人世的“山谷”，去到能使他自由自在呼吸的“山顶”去。他向往于高山的，是它摆脱了“浑浊的气层”，“没有什么窒息心灵”，高山上的空气是爽神的。根据这种倾向，在《“紫色的葡萄垂满山坡”》一诗里，诗人企图把世界组织在泛神主义的理想中。

紫色的葡萄垂满山坡，

山上飘过金色的云彩，
河水奔流在山脚下，
暗绿的波浪在澎湃。
目光从山谷逐渐上移，
直望到高山的顶巅，
就在那儿，你会看到
圆形的、灿烂的金殿。
高山上不凡的居处啊，
那儿不见世俗的生存，
在那儿，回旋的气流
更轻快，空廓而清新。
声音飘到那儿就沉寂，
只能听到自然的生命；
一种欢乐在空中浮荡，
有如复活节日的恬静。

这篇诗的第一节，首先描写山谷的斑斓彩色和动荡。以后目光逐渐移上去，我们就从自然，混沌的、无组织的自然，过渡到“文明”，就是那“圆形的、灿烂的金殿”，生活的至高理想。可是在那儿怎样呢？“那儿不见世俗的生存”，“声音飘到那儿就沉寂，只能听到自然的生命”，这种存在虽然被描写为一种幸福，一种新生，可是我们不能不感到它过于空虚、沉寂，毫无色彩。诗人写到这里仿佛也失去了信心和力量。在另一处，他曾说到“高山的寒气”，足见他自己对这种理想生活，并不是抱着十分的热诚。

值得注意的是，诗人对于远离现实的生活理想曾有过激烈的否定。他管那想要到云端里去探索真理的人叫作“疯狂”。在名为《疯狂》的那首诗里，他指出，对于干旱渴雨的人（亦即寻求真理、寻求生活理想的人），雨水不可能来自云端，只有在地下才有“沸腾的奔流声”，只有依赖沸腾的生活，才有可能创造出一个新世界。所以诗人在最后说：

> 啊，流水在唱着摇篮曲，
> 并且喧腾地从地下迸涌！
> ……

对于人的生活目的及性格发展，丘特切夫的诗表现着积极的关切，这是它时常涉及的主题之一。这一问题的提出，在当时俄国极端反动的统治下，具有特别的意义。当诗人由国外返回祖国的时候，给他印象最深的，就是祖国的死气沉沉。在他的诗中，“南方”和“北方”是对立的，“南方”对于诗人来说，不仅意味着某些地区（瑞士、意大利等地），也代表生气勃勃和光辉灿烂的生活；而“北方”则永远是和秋、冬，和心灵的沉郁与压抑相联系的。因为诗人在“北方”（俄国）看到的，不仅是风景死气沉沉，连人也是这样，在白日，人“只有蜷伏着做梦”，而这梦是“铁一般沉重”的。在俄国，即使有生命的浮动，那也只是——

好像热病患者的梦呓
惊扰这死沉沉的寂静。

至于西方资产阶级革命所提倡的“个人自由”，丘特切夫则称之为“虚幻的自由”（见《“在海浪的咆哮里”》），因为它使“我们感到和自然脱了节”，也就是说，它使人离开了美好的精神世界，并使他丰富的内心生活日渐枯萎。因此诗人感叹说：“为什么在万物的大合唱里，这颗心不像大海一般高歌？或像沉思的芦苇那样低语？”

既否定了俄国的沉重的现实，又否定了西方的“个人自由”以后，丘特切夫给自己留下了一个问题，而提不出合理可行的答案。

四

丘特切夫的创作道路，反映了俄国诗歌由浪漫主义过渡到现实主义的道路。他早期的创作活动集中在二三十年代，自1840年至1848年的八年中几乎没有写诗。这期间他结束了长久的国外生活，和俄国的现实有了较多的接触，从此，他的诗便趋向于现实主义和民主主义。特别是在克里米亚战争（1853—1856年）以后，他充分看到沙皇统治的腐败无能，感到了专制政体的必将灭亡，并随之对泛斯拉夫主义失去了热情。虽说他的世界观并未见有显著的变化，诗的题材和手法仍旧和前期大致相似，但是，即使在旧题材的基础上，我们也能看到一种新的倾向，即现实主义倾向，在他后期的作品中隐隐呈现着。

把诗人前后期所写的题材近似的作品拿来对照一下，比较容易看出他的创作的进展情况。1830年的《秋天的黄昏》和1857年的《“初秋有一段奇异的时节”》，都是描写秋景的。前一诗的最后四行是：

> 一切都衰弱，凋零；一切带着

一种凄凉的，温柔的笑容，
若是在人身上，我们会看作
神灵的心隐秘着的苦痛。

这里说到秋日的景色带有“凄凉的，温柔的笑容”，是把自然拟人化了——这种浓厚的泛神主义色彩在第二首诗中已完全不见。此外，前一首诗里的秋景没有地域色彩，它带有普遍性；后一首诗却是描写俄国的景色和劳动者的，农民的秋天：

初秋有一段奇异的时节，
它虽然短暂，却非常明丽——
整个白天好似水晶的凝结，
而夜晚的天空是透明的……
在矫健的镰刀游过的地方，
谷穗落了，现在是空旷无垠——
只有在悠闲的田垄的残埂上
还有蛛网的游丝耀人眼睛。
空气沉静了，不再听见鸟歌，
但离冬天的风暴还很遥远——
在休憩的土地上，流动着

一片温暖而纯净的蔚蓝……

在这一首诗里，我们看到“矫健的镰刀”和“悠闲的田垄”，指出这个秋天是农民在辛勤的劳动和收获以后所取得的休憩的时光，这时光之所以美，其主要精神即在于此，而不是像前首诗那样，在于“一种凄凉的，温柔的笑容”。对秋景的美的这一重新估价，只有在诗人和农民有了比较深切的共感之后才能作出。他知道农民将要忍受“冬天的风暴”，因而在秋收以后，冬寒以前，“悠闲”的时光很短。这个非常短促的金色时光，它的轻灵的愉快感觉，以及俄国田野所特有的风味，都被诗人以如下这两行名句集中表现了出来：“只有在悠闲的田垄的残埂上还有蛛网的游丝耀人眼睛。”这是多么精细的观察啊！若不是心灵贴近土地，这一细节是来不到诗人笔下的。苏联评论家曾指出：诗人用“水晶”来形容秋日，也非常恰当，因为水晶不仅美丽透明，而且予人以“脆弱易碎”和“短暂”的感觉，能把全诗的旨意点明出来。还值得注意的是，诗中的秋天，不是作为一个戏剧性的关头（如临死前的微笑那样），而是作为劳作与风暴之间的休整阶段，亦即作为一段毫不紧张的平凡的日子来写的。这表示诗人除了注目于自然和生活过程中“致命的”一刻而外，除了寻求戏剧性的场景、冲突的顶点而外，还能着眼于平时毫无浪漫色彩的现实，而且能如实地写出它的美来，这里也体现着一种现实主义的精神。

1849年丘特切夫所写的《“太阳怯懦地望了一望”》和《“静静的夜晚”》也有同样的特色。前一首诗以雷雨为主题，起始，也和其他这类诗一样，写着大自然的戏剧——乌云、雷雨、电闪和田野如何构成紧张的一幕，使太阳怯懦地躲开了。可是，这首诗所不同的，是在写过雷雨之后，又写出一切恢复平静，太阳又从阴云下出现的情景。这表示诗人意识到，现实不仅有紧张的一刻，还有许多平凡的时刻；这表示他对事物的整个过程发生了兴趣，而不是仅仅注意那高潮的一刹那。《“静静的夜晚”》同样把平凡的景物作为歌颂的对象：

静静的夜晚，已不是盛夏，
天空的星斗火一般红，
田野在幽幽的星光下，
一面安睡，一面在成熟中……
啊，它的金色的麦浪
在寂静的夜里一片沉默，
只有银白的月光

在那如梦的波上闪烁……

这是诗人的另一篇名作，是许多选集所珍爱的一首小诗。乍看来，仿佛它只是对自然风景作了朴素的描写，人们不易察觉在这短短八行诗中，是蕴藏着多么丰富的思想！确实，这些思想并没有突现出来，因为被描写的对象本身在生活中就是不甚惹人注意的，不鲜明的，虽然它含蓄着崇高的意义。那是一片普通的田野，在七月的夜晚静静地安睡。这时没有白日的劳作与匆忙，也没有阳光赋予它以明媚和热力，可是就在这时，这片田野（它是人类生命的源泉——食粮的诞生地）并没有停止它的生命的进程，它一边安睡，一边还在继续“成熟”着，在梦幻中成长着。人们以劳动所播种和灌溉的生命，已经变成了自然的一部分，随着时序在向前进展。在这里我们看不到生命的顶点，甚至看不到它的运动，可是自然和历史却在表面的隐晦下向前运动着。这篇诗可以说是对人的劳动，对人与自然的平凡而又伟大的日程发出了默默的赞颂。

丘特切夫这一时期的现实主义和民主主义精神，还可见于这样一些诗中，如《给一个俄罗斯女人》《“世人的眼泪”》《“穷困的乡村”》。这些诗表明诗人的视野有了扩展，能开始离开自己的感觉，触及到“我”以外的别人。《给一个俄罗斯女人》并不是一篇赠诗，因此不是专指某个人，而是泛指一般俄国妇女。它写出了俄国妇女所处的被压迫地位和不幸的生活。《“世人的眼泪”》描写被侮辱和被损害的人的悲哀。虽是短短的几行诗，它的情感和思想却远超出表面字句所传达的那些。由于字句的对称，舒缓的节奏，雨和泪的滴落似乎不可分，令人感到悲哀的广大和沉重。这诗的语言近似民歌，从而又暗示到那哭泣的人是什么人——农民或近郊的流浪者。《“穷困的乡村”》注意到社会的贫困问题，这贫困令诗人感到忧心，虽然最后他又以宗教概念把它的严重性冲淡了。

自1850年起，诗人由于对杰尼西耶娃的爱情而写出的一些诗篇，统称为“杰尼西耶娃组诗”。这些诗很早以来即被认为是俄国诗歌中的杰作。它们以其心理刻画的深度和对社会的控诉，在情诗中独具特色，和诗人早期的情诗以及其他写景抒情作品都有显著的区别；以内容的性质来说，倒是和屠格涅夫、托尔斯泰及陀思妥耶夫斯基的社会心理小说更为接近。诗人在写作它们的时候，很少想到文学；他所以要写它们，是为了给自己的情感作一个严格的审判和记录。他带着沉重的心情，对于因为接受他的爱情而遭到不幸的女人，说出自己的罪责，并希望以此抵罪。如果诗人不是受到民主主义思想的影响，就不会感到他的爱情关系中的这种悲剧性；也不可能不顾自己的利益而如此大胆、如此精确地写出其复杂性，无畏地把自己的爱情置于被审判的地位，不断地质询它，要从自己的感情中找出真与伪，或哪些是合理的，哪些是有罪的。在这些诗篇中，当然也不乏单纯的喜悦或痛苦；但是就整体来看，它们的基调却是分析、解剖和推理，其中深挚的感情是和清醒的理性分不开的。

“杰尼西耶娃组诗”以《“请看那在夏日流火的天空下”》为开始。这第一首诗就确定了沉思和反省的调子。在这首诗里，诗人自比为一个在烈日下踯躅于大路上的乞丐，他渴求花园中的清凉亭荫——爱情，却又觉得自己没有权利得到它。他向所恋的人发出了恳求，这恳求虽然是热情而大胆的，却也是迟疑的，因为它通过了内心的反复思考。一年以后，他写了另一首献给她的诗《“你不止一次听我承认”》，又提到“我比她是多么贫穷”，仍旧充满自愧的感觉，反省的调子。

俄国心理小说基本上是社会问题小说。“杰尼西耶娃组诗”也有着社会的主题，因为它所触及的妇女问题正是当时一个尖锐的社会问题，在涅克拉索夫的诗和托尔斯泰的《安娜·卡列尼娜》中都有所反映。而丘特切夫刚从自己的爱情关系上触到了这一问题，他深深感到了由于男女社会地位不平等而产生的爱情悲剧。他看到：他和杰尼西耶娃虽然都是自愿进入一种“非法的”爱情关系中，并因此而受到社会的谴责，但男女所承担的重量不同；男子有可能随时摆脱这种沉重的命运，女子却不能不毕生承担其后果。一般浪漫的爱情词句在这儿是不适用的，诗人不愿意以它来欺人自欺；他要把那美丽的帷幕揭开，指出这爱情的实质。因为使他感到可怕的是，当女子失去名誉和社会地位以后，她就落入所恋的男人的掌握中；男人不仅对她占有优势，而且在社会生活中，他所忍受的牺牲也比女子少得多。更使诗人困惑的是：虽然两人都被排斥在社会以外，但由社会规定的那种不平等关系和男子的优越感，却仍旧不自觉地出现在他们两人之间；他必须和自己的意识不断作斗争，才能使他们的关系摆脱既定的旧轨道，走上合乎理想的新途径。

就是这样，“杰尼西耶娃组诗”由爱情生活的冲突而透露出社会的内容。另一方面，它细腻地刻绘了日常生活的现实图画，这也是和诗人早期诗作有别的一点。在早期诗作中，无论对自然或对生活的描绘，都带有一般性；从中只能见到感情或色调的渲染，而不见事物的细节。但在这组诗里，生活的现实感变浓厚了。我们从这里能看到具体的人和具体的情节，细微到连日常琐事都包括在内。《“我见过一双眼睛”》给杰尼西耶娃绘出了一幅肖像。《“你不止一次听我承认”》使我们看到她生了一个女儿，并如何摇着婴儿的摇篮；而且我们知道，这婴儿还没有命名。《“她坐在地板上”》写得更入微，把他们生活中一次极平常的事写成了诗。诗人告诉我们，她如何坐在地板上整理旧信，把它们看一看就掷在废纸筐中，而这使他感到悲哀，很想为逝去的生命向她求情。最后，从《“一整天她昏迷无知地躺着”》一诗中，我们知道了她临死时的一切细节。总之，这一组诗不仅使我们认识了杰尼西耶娃这个活生生的人，而且从许多琐事上看到了他们的爱情的进程。

《“我们的爱情是多么毁人”》《命数》《孪生子》这几首诗着重写了他们的爱情的悲剧性：这悲剧既是社会的，也是心理的。它的可悲不仅在于不幸的结果，而且更在于这结果原来是出于善良的愿望，这种愿望不知如何受到了事态进程的歪曲，使结果适得其反。谁想得到呢？他所爱的人终于被爱情所害，似乎竟是人力所不能扭转的！因此诗人谈到他们的一见钟情是“致命的会见”，是“命运的可怕的判决”。在《命数》一诗中，他揭示出这种爱情的残酷的本质，所用的比喻尖刻、冷峭而奇突，以致这比喻成了今日俄文中的成语了：

两颗心注定的双双比翼，

就和……致命的决斗差不多……

爱情的结合竟好似“致命的决斗”，这是多么惊人啊！在《孪生子》中，诗人还把爱情和自杀同等看待。这里有力地表明，那是多么残酷的力量把爱情歪曲成了这样，社会的因袭势力是怎样破坏着一种美好的关系！这破坏力不仅来自外界，也来自恋人的内心。《“别再让我羞愧吧”》所表现的正是这样一种情况：男主人公从心理上自居于优越的地位，以达到“被爱”的自私目的为满足；等对方予以指出时，他才羞愧地意识到这一点，并从而感到自己的不幸多于对方的不幸，因为相形之下，他未能像对方一样“爱得真挚、热情”。这种痛苦，自然已经使主人公超越了那一社会的道德准则，但却仍旧是那一社会的产物。

对于普希金以前的诗人，包括早期的普希金在内，情诗的主题不超出单纯感情的范围：恋人们只知有一种不幸，那就是他或她的爱情得不到响应，或是彼此不能接近。可是在“杰尼西耶娃组诗”中，恋人们却是从爱情的快乐中看到不幸，从彼此的接近中看到彼此的敌对。这些诗把爱情关系和社会关系结合起来，使人看到整个邪恶的生活，这就是它们所以深深感人的原因。

五

丘特切夫的诗就其艺术手法来说，有其鲜明的独创性。苏联的研究家曾指出他的继承传统的一方面，例如，德国浪漫主义诗人，特别是海涅和歌德，对他有不少的影响；从俄国文学发展的观点来看，他在有些方面也是继承了茹科夫斯基和杰尔查文的传统，并加以发展的。但这一切都掩盖不了一个事实，即丘特切夫有着他自己独创的、特别为其他作家所喜爱的一种艺术手法——把自然现象和心灵状态完全对称或融合的写法。

在丘特切夫的诗中，令人屡屡突出感到的，是他仿佛把这一事物和那一事物的界限消除了，他的描写无形中由一个对象过渡到了另一个对象，好像它们之间已经没有区别。

在普希金的诗歌里，事物是按照其本质的区分而被描写的。当普希金写出“海浪”这个词时，他的意思就是指自然间的海水；可是在丘特切夫笔下，“大海的波浪”（见《“哦，我的大海的波浪呀”》）就不只是自然现象，同时又是人的心灵。请看他的《波浪和思想》：

思想追随着思想，波浪逐着波浪，

这是同一元素形成的两种现象。

海浪和心灵仿佛都被剖解，被还原，变成彼此互通的物质。《“世人的眼泪”》也一样，使雨和泪的描写不可分。丘特切夫在语言和形象的使用上，由于不承认事物的界限而享有无限的自由；他常常可以在诗的情境上进行无穷的转化，在同一首诗中，可能上一句由“崇高”转到“卑微”，由心灵转到物质，下一句又转化回来。这样，一首诗就可能有无穷的情调，和极为变化莫测的境界。

在这方面，《海驹》这首诗是极为特出的。初看时，它的一切语言都是用来描写一匹真正的马；可是，等我们读到结尾一句话时，才突然扭转了过去的全部印象，发现它竟是描写海浪的，原来被看作平凡的写实的语言，这时就变为非常诗意的了，写实和象征这两种境界同时并存，互相转化。这一切是因为诗人把马和海浪平行地描写下来，赋予了它们以一系列相似的特征。但本诗是否到此为止呢？还没有！因为我们还看到，它不仅仅是描写马和海浪而已，并且还在描写着更高的境界——人的心灵，人的性格。加入这一个因素以后，再读一遍，我们就会不仅想到马和海浪，还想到一个热烈生活的奋不顾身的人，他朝着自己的理想冲去，直冲到——

就变为水花，飞向半空！

……

啊，这时我们的感觉和前一遍读时又是多么不同！如果仅仅当作描写马或海浪，读至这一句话，能感到奋力的欢乐和轻快；但若是当作描写人的心灵来看呢，心灵碰到现实（石岩）而粉碎为水花，那就是悲剧，是只能令人感到沉重的。由此看来，这一首诗写出了多少情境，多么繁复的感觉啊！

由于外在世界和内心世界的互相呼应，丘特切夫在使用形容词和动词时，可以把各种不同类型的感觉杂糅在一起。在译文中，译者也力图保留原作的这一特点，但由于两种文字的根本差异，有些在原文中极为新鲜突出的词，在译文中却不易感到。如原文中的дымно-лвгко，译成中文的“烟一般轻”，并不觉得怎样新鲜。再如原文中用росисто（意思是“多露水”）来形容山谷的蜿蜒，中文却根本直译不出来。虽说如此，我们还是可以看到诗人在语言使用上的特征。例如，他说阳光发出了“洪亮的、绯红的叫喊”，这里阳光属于视觉，却用听觉“洪亮的……叫喊”来形容；“叫喊”本身属于听觉，却用视觉“绯红的”来形容。又如这样一句话：“她们以雪白的肘支起了多少亲切的、美好的幻梦”，“支起”本来是对实物使用的动词，在这儿却用于空灵的“幻梦”了。又如诗人对“幽暗”曾使用过各种形容词，说它“恬静”“沉睡”“悄悄”“悒郁”“芬芳”，可以看出，这里是杂糅了许多种感觉的。

这种被称为“印象主义”的艺术描写，再加上丘特切夫诗歌中的某些神秘的唯心哲学，以及某种可以解释为颓废的倾向（如《我爱这充沛一切却隐而不见的恶》），使十九世纪末的俄国象征派诗人把他视为象征主义诗歌的创始者。可是，丘特切夫的艺术手法，并不是有意地模糊现实的轮廓，或拒绝描绘现实，像后来象征派诗歌所做的那样。他在自己的许多描写自然和心灵的作品中，是和当代的现实主义潮流相呼应的。他的诗歌在一定程度上正面反映了时代的精神，这却是俄国象征派诗人所不曾看到、更没有继承到的优良传统。

丘特切夫被称为“诗人的诗人”，或诗艺大师。和他同时代的诗人费特曾指出，俄国诗歌在丘特切夫的诗中达到了空前的“精微”和“空灵的高度”。屠格涅夫在写给费特的信中说：“关于丘特切夫，毫无疑问：谁若是欣赏不了他，那就欣赏不了诗。”列夫·托尔斯泰对诗人更是推崇，认为他高于普希金，并且说过：“没有丘特切夫，我是活不下去的。”陀思妥耶夫斯基认为他是“第一个哲理诗人，除普希金而外，没有人能和他并列”。说来奇怪，《丘特切夫全集》是小小的一本书，诗人在长达五十多年的写作生活中，只留下了三百多篇短诗，其中除去五十多篇译诗和许多较差的政治诗和酬应之作外，有意义的作品不及二百首（本书译出一百二十多首），还不论其中有许多篇，在构思和意境上好像是互相重复似的。以如此少的作品而获得如此崇高的声名和如此深远的影响，这不能不归功于他的诗所特具的力量。革命民主主义批评家杜勃罗留波夫在对丘特切夫的评价上曾作过精辟的提示，和前面所引证的列宁的评语一起，可以作为我们研究诗人的指针。在《黑暗的王国》一文中，杜勃罗留波夫说过：

“根据作家洞察现象的本质时有多么深，和他在自己的描写中掌握生活的各个方面有多么广来判断，人们也就可以决定他的才能有多么大。若不这么做，一切都是空谈。举例说吧，费特君有才能，丘特切夫君也有才能：怎样来决定他们之间相对的意义呢？毫无疑问，没有其他办法，只有来考察他们每个人所达到的境界。那么，我们就能看出，前者的才能只能在面对平静的自然现象时获取浮光掠影的感应方面发挥全部力量；而后者呢，除了那以外，却还有炽热的激情、严峻的力量和深刻的思想，这种思想不仅是由自然现象，并且还是由道德问题，由对社会生活的关心引起的。对这两位诗人的才能的评价应该就包括在这一切的揭示中。那时候，读者即使没有任何美学的（通常是极为含糊的）评论，也会理解到这一诗人或那一诗人在文学中占有怎样的地位。”

一九六三年三月

（原为《丘特切夫诗选》译后记，外国文学出版社1985年初版。）

朗费罗，美国心脏的跳动

世界和平理事会今年号召全世界纪念的亨利·瓦兹渥斯·朗费罗（Henry Wadsworth Longfellow，1807—1882）是美国十九世纪“家喻户晓”的诗人。他出生在新英格兰的沿海城市波特兰，那是一个充满边界的粗犷生活的小城，使他从小就熟悉码头、水手、边界的开拓者以及印第安人的传说。但另一方面，他的家庭是富有的，他受到了当时资产阶级可能受到的最优良的教育，加以他的阅读兴趣广泛，他很快地精通了欧洲德、法、西、意等国的文字，担负起介绍欧洲的所谓古老文化的任务。他曾经两次到欧洲做较长期的旅行，这充实了他的知识和见闻，并且替他的教书职业取得资格。1829年，在第一次游历欧洲后，他在鲍杜因学院担任现代语文讲座。而在第二次游欧后，自1836到1854年的十八年间，则任哈佛大学的语文教授。离开哈佛后，他已经是一个著名的诗人，可以专门从事写作了。

朗费罗第一篇著名的诗作《生之礼赞》，是在1838年匿名发表的。它被誉为“真正美国心脏的跳动”。当时反蓄奴的文化战士与民主诗人惠蒂尔在它刚一发表后，就如此评论道：“我们不知道作者是谁，但他或她绝不是等闲之辈。这九节单纯的诗比雪莱、济慈和华兹华斯等人所有的梦想加在一起都值得多。这篇诗是呼吸着、充沛着我们今天的时代精神的——它是一个有为的世纪的精神蒸汽机。”

朗费罗的诗所以流传很广，这些话道出了部分的秘密。是的，他的诗感染有美国的生活气息，虽然这在后代看来是很不够的。但在当时崇尚英国文学的美国文坛上，朗费罗坚持从美国生活背景中去寻找长诗的题材，他的诗在内容方面也或多或少地表现了美国人民的上升的清教精神生活，这已足够使他以显著的姿态出现了。

朗费罗写作的范围很广，数量也极多。他的第一本诗集是《夜吟》（1839），其中包括《生之礼赞》《夜的赞歌》《星光》《花》《天使的足迹》等名篇。自此以后，他平均每两年出诗集一本。1842年出版了他的《关于蓄奴制的诗》（《奴隶的梦》和《阴湿沼泽的奴隶》即其中的两篇），对当时迫切的政治问题表现了他的正义感。这些诗增加了他的声望，但没有使他参加到实际的解放黑奴运动中去。1847年，他的长篇叙事诗《伊万吉琳》问世，给他带来热烈的赞扬。其中的故事和人物虽然是美化了的，但不乏现实的色彩。从伊万吉琳的坚忍有为的性格，可以窥见当时美国人民的形象。景物的刻绘特别深致细腻：那拓荒者的生活，那原野、森林和密西西比河的描写，都富于异常的魅力，这是只能由那一地区那一时代的生活提供出来的。继《伊万吉琳》之后，另一篇叙事诗杰作《海阿华沙之歌》在1855年发表。这是一篇美国的史诗，它取材于印第安人民的传说，叙述了印第安民族英雄海阿华沙一生的故事，使人看到那个民族怎样坚持劳动及和平的美德，在集体利益下把美好的生活建立起来。这里讲的虽然是印第安人，但却充满了当时美国人民开荒进取的精神和健康的情绪。另一篇叙事诗《迈尔斯·斯坦迪司的求婚》（1858）幽默地叙述早期殖民者的城市生活，比《伊万吉琳》有更多的现实色彩和戏剧性，人物的刻画也更逼真。它在伦敦出售的第一天，就售完了两千册，由此也可以见到朗费罗作品的风行，当时已不限于美国了。

除以上三篇杰出的叙事诗外，还有仿乔叟的长诗《夜店故事集》（1863）也应该一提。这是许多故事诗的集合，其中如《吉陵渥斯的鸟儿》一篇故事写出他的知识和见闻，并且替他的教书职业敷上美国小镇的生活景色，充满了幽默和生趣。朗费罗也写过一些宗教长诗（《圣行传》〔1851〕，《神圣悲剧》〔1871〕等）和诗剧（《西班牙的学生》〔1842〕等），但这些都是失败的作品。他的多种样的译诗，尤其是但丁的《神圣喜剧》，引起了更多的注意。

在短诗方面，除上面已提到的外，还有《海边与炉边》（1850）和《候鸟》两个集子也是为人所熟知的。脍炙人口的诗还有：《乡村铁匠》《精益求精》《船的建造》《断念》《上帝的园地》《处女时期》《穿甲胄的骷髅》《我失去的青春》，以及歌颂儿童、阳光和地方景色的一些诗篇。

总的来看，朗费罗不是一个激情的或政治的诗人，也不是（在浪漫主义风行的年代）一个浪漫诗人。他的一生是富裕、幸运而平静的；除了他的妻子在他第二次欧游时焚死于荷兰而外，他的生活中没有任何悲剧。因此，有人认为他的诗缺乏深刻的感情与思想，没有意境与形象的创新；认为他的灵感是来自书本的、转借的，他只不过是把别人的思想用好的词句装饰起来的修辞者而已。在他死后，他的声誉很快地衰退了，一至今日，这是一个事实。

这种说法也不无它的理由。我们看到，朗费罗的许多作品都和外国作品的阅读有直接关联，可以明显地指出其中所受到的是哪篇作品的影响；朗费罗并且善于采用格言、名句或民歌的某一句话作为他的诗的中心思想或叠唱（例如，“我失去的青春”采用北欧的民歌，“生之礼赞”模仿歌德的诗等）。我们还可以说，他的诗所以能在十九世纪的美国家庭与课本上广泛出现，还由于它那中庸的、感伤的、适合资产阶级口味的宗教与道德观所使然。就是这种宗教与道德观，使他的诗往往带有浓厚的训诫口吻，而这一切在今日看来，当然是他的缺点无疑。

但是，尽管如此，朗费罗仍不失为美国人民的诗人。最重要的是，他在惠特曼之前，以其自己的方式歌颂了美国人民的生活。在这方面，有他的三篇长诗《伊万吉琳》《海阿华之歌》和《迈尔斯·斯坦迪司的求婚》作证；在短诗中，他所表现的情感，尽管有其阶级与宗教的局限性，尽管有很多时候渗透着悲观的、感伤的、消极的因素，但从我们所选译的诗来看，朗费罗仍旧有其情绪的光明的一面，那里表现着坚忍不拔、爱生活、爱劳动、爱青春、儿童与日常生活的温暖等。他的诗歌的这两方面恰好给从事于劳动的人民灌注了乐观进取的精神，而在他们（也是信奉宗教的人们）忧郁或不幸的时候提供了安慰。恐怕这就是他的诗何以在十九世纪如此家喻户晓的原因。那些向诗要求深刻思想的人，竟错将这些可贵的东西排除在诗的思想之外，因此就看不出而致抹杀了朗费罗的诗的思想。人有时需要反抗压迫，需要斗争；但他也必需有幸福而快乐的日常生活的时候。在这种时候，我们认为，朗费罗的诗理应是不该被人忘记的文学遗产。

（原为《朗费罗诗选》译后记，人民文学出版社1957年初版。）

穆旦三部诗集

辑二

受到书信和共感的细致的雕塑，
摆在老年底窗口，不仅点缀寂寞，
而且像明镜般反映窗外的世界，
使那粗糙的世界显得如此柔和。

——《友谊》1976年6月

20世纪70年代与杜运燮

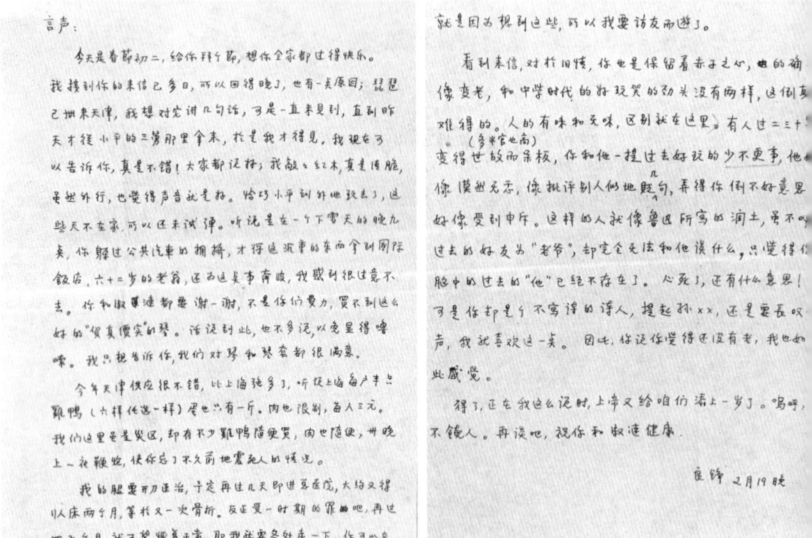

言声：

今天是春节初二，给你拜个节，想你全家都过得快乐。我接到你的来信已多日，所以回得晚了，也有一点原因：琵琶已拙来天津，我想对它讲几句话，可是一直未見到，直到昨天才從小平的三舅那里拿来，於是我才得見。我現在可以告诉你，真是不錯！大家都说好；我敲了敲红木，真是清脆，虽然外行，也觉得声音就是好。恰巧小平到外地跑去了，这些天不在家，所以还未试弹。听说是在一个下雪天的晚九点，你躲过公共汽車的拥擠，才将这沉重的东西拿到國际飯店，六十二岁的老翁，还为这点事奔岐，我感到很过意不去。你和淑蓮都要谢一谢，不是你们费力，買不到这么好的“貨真價實”的琴。话说到此，也不多说，以免显得噜嗦。我只想告诉你，我们对琴和琴套都很满意。

今年天津供应很不錯，比上海強多了，听说上海每户半只雞鴨（六样任选一样）蛋也只有一斤。肉也限制，每人三元。我们这里虽是災区，却有不少雞鴨随便買，肉也随便，卅晚上一夜鞭炮，使你忘了不久前地震死人的情况。

我的腿要开刀医治，预定再过几天即进总医院，大约又得臥床两个月，等於又一次骨折。反正要一时期的罪吧，再过四五个月，就可望恢复正常，那我就要各处走一下，你可以在上海等我見面。人生能有几何？快乐的事又能有多少？就是因为想到这些，所以我要访友而遊了。

看到来信，对於旧情，你也是保留着赤子之心，的确像变老，和中学时代的好玩笑的劲头没有两样，这倒真难得的。人的有味和无味，区别就在这里。有人过二三十（多半官也高）变得世故而呆板，你和他一提过去好玩的少不更事，他像漠然无志，像批评别人似地貶几句，弄得你倒不好意思，好像受到申斥。这样的人就像鲁迅所写的润土，虽不叫过去的好友为“老爷”，却完全无法和他谈什么，只觉得你脑中的过去的“他”已经不存在了。心死了，还有什么意思！可是你却是个不写诗的诗人，提起孙××，还是要長叹声，我就喜欢这一点。因此，你说你觉得还没有老，我也如此感觉。

得了，正在我这么说时，上帝又给咱们添上一岁了。呜呼，不饒人。再谈吧，祝你和淑蓮健康。

良铮 2月19晚

致董言声（辞世前写给友人的最后一封信）

关于《探险队》的自述

最大的悲哀在于无悲哀。以今视昔，我倒要庆幸那一点虚妄的自信。使我写下过去这些东西，使我能保留一点过去生命的痕迹的，还不是那颗不甘变冷的心吗？所以，当我翻阅这本书时，我仿佛看见了那尚未灰灭的火焰，斑斑点点的灼炭，闪闪的、散播在吞蚀一切的黑暗中。我不能不感到一点喜。

（载《文聚》第2卷第2期，1945年1月1日昆明出版。本期杂志封三为“最近出版文聚丛书”的介绍，其中诗集《探险队》的介绍由作者本人自撰。题目为编者所加。据迄今所能查证的资料，这是20世纪40年代诗人穆旦唯一在公开出版物上发表的谈自己创作的文字。）

不是先有文学兴趣而写作（致唐振湘）

你的信今日收到，真是意料之外的，你竟在贵阳了。你自到零陵，就不自主的来了个长途旅行。看你的信非常有现实性和戏剧性，一方面羡慕你的机遇，在这些被征同学中，你的变动该算最大，见闻最新。只要不死（好在你还能逃难）我想一得休息，你会写下点什么来的。现在是，不是先有文学兴趣而写作，而是内中有物，良心所迫，不得不写一点东西的局势。

我们这边都谈论、关心，而且呈现动摇，很大的苦闷压在人的心上。前后左右都悲观，有了别国的光荣，更显得自己的不成。这一些还是不去提它罢。

（1944年11月16日）

唐振湘：湖南武冈人，1940年就读于西南联大法商学院，1944年春被派往湖南零陵美国空军基地任译员。1942年至1946

年“在课余和业余写了一些诗、散文和小说，其中大部分已发表”。2001年9月自费出版小说散文集《山谷》。在其“自序”中写道：“在翻看旧作时，我不断怀念在‘文化大革命’时期受迫害而早逝的李广田和查良铮（穆旦）学长。他们曾对我的写作给予热情的鼓励。《山谷》和《圈子以外的人物》都是按李师来信的指教改定题名的。《山谷》是在良铮鼓励我‘写出新的东西’一信之后。从此以后，彼此音讯断绝。

……

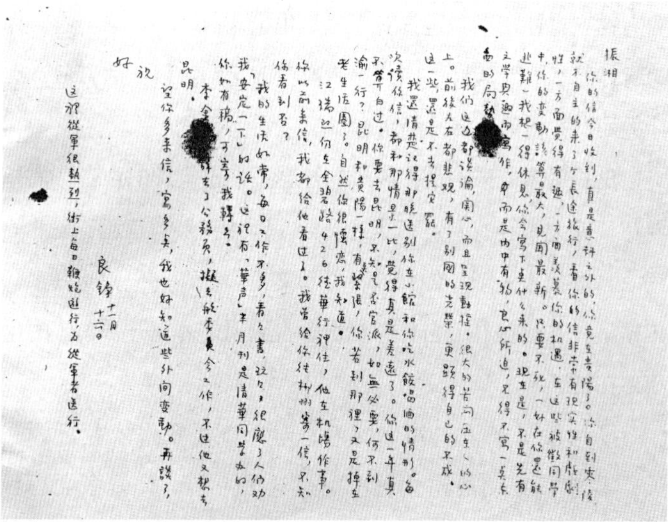

振湘：

你的信今日收到，真是意料之外的，你竟在贵阳了。你自到安徽後就不自主的来了个长途旅行，看你的信非常有现实性和戏剧性，一方面觉得有趣，一方面羡慕你的机遇。在这些被徵同学中，你的变动该算最大，见闻最新。只要不死，一切在你还能是逃难。我想一得休息，你会写下点什么来的。现在是，不是先有文学兴趣而写作，而是由中有物，良心所迫，不得不写一点东西的局势。

我们这边都谈论，关心，而且呈现动摇。很大的苦闷压在人的心上。前线左右都悲观，有了别国的光荣，更显得自己的不成。这一些，还是不去提它罢。

我还清楚记得那晚送别你在小馆和你吃水饺喝酒的情形。每次读你信，都和那情景一比，觉得真是差远了。你这一年真不算白过。你要去昆明，不知是否官派，如无必要，何不到渝一行？昆明和贵阳一样，有紧张，你若到那里，又是掉在老生活圈了。自然你很怀恋，我知道。

江瑞熙仍在金碧路426号华行神往，他在机场作事。你以前来信，我都给他看过了。我曾给你往柳州寄一信，不知你看到否？

我的生活如常，每日工作不多，看看书，玩玩，很应了人们劝我「安定一下」的话。这里有「华声」半月刊是清华同学办的，你如有稿，可寄我转去。

李[illegible]去了公务员，拟去航委会工作，不过他又想去昆明。

望你多来信，写多点，我也好知道些外间变动。再谈了，

祝
好

良铮 十二月十六日

这两从军很热烈，街上每日鞭炮游行，为从军者送行。

致唐振湘（现存最早的穆旦书信手迹）

要在荒凉中寻找一点高级的抒情（致曾淑昭）

我们有两年不见了，彼此无信，但我对于一个老朋友却不免时时挂念。你在上海好吗？我没有去过那地方，幻想那地方的文物衣饰社交等等也许对你只是生厌，但并不格格不人。你的身体怎么样？离开了四川是否有些改进？每日生活若何？有什么朋友？读什么书？都在念中。

我的命运似乎不是在高级的社会里发出厌烦的声音，而是要在荒凉之中寻找一点高级的抒情。因此我来到东北。东北的荒凉真够使人失望，你到处看不到文化。我在这里整整办了一年报纸，自己创办，自任总编辑，直到月前才离开那紧张的生活住在抚顺来。

接到希贤来信说知你的消息时，正是我卅岁生日的一天。我想起我们最初认识也正是这么一天。你看多么巧！一九四四——一九四七。啊，还想起一件事情来顺便问你，我从前抄写给你的几首诗，你也许已经遗失了。如果仍在身边的话，可否寄来《赠别》和《裂纹》，因为我已经遗失了这两诗的大半，而现在正自印一本书，需要它们。希望得到你的来信。

（1947年3月18日）

曾淑昭（英文名：玛格丽Margaret）：1923年2月10日生于南京。1939年至1943年就读于抗战时搬迁至重庆的金陵女子大学英文系。1943年11月任职于中国航空公司重庆办事处，1944年6月至1945年3月派驻中航印度加尔各答办事处，1946年至1949年5月派驻中航上海办事处。其后，旅居中国台湾、美国。

此信写于抚顺，寄至在上海的曾淑昭，穆旦时任《新报》总编辑。

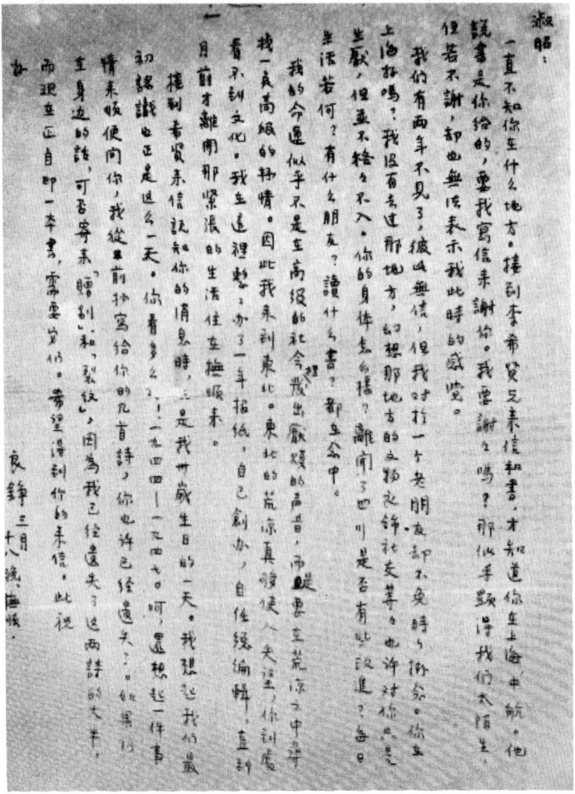
淑昭：

一直不知你在什么地方。接到李希賢兄來信和書，才知道你在上海中航。他說書是你給的，要我寫信來謝你。我要謝謝嗎？那似乎顯得我們太陌生，但若不謝，却也無法表示我此時的感覺。

我們有兩年不見了，彼此無信，但我對於一个老朋友却不免時時掛念。你在上海好嗎？我没有去过那地方，幻想那地方的文物衣飾社交等等也許對你只是生厭，但並不格格不入。你的身体怎么樣？離開了四川是否有些改進？每日生活若何？有什么朋友？讀什么書？都在念中。

我的命運似乎不是在高级的社会裡發出厭煩的声音，而是要在荒凉之中尋找一点高級的抒情。因此我來到東北。東北的荒凉真够使人失望，你到處看不到文化。我在這裡整整办了一年报紙，自己創办，自任總編輯，直到一月前才離開那緊張的生活住在撫順來。

接到希賢來信說知你的消息時，正是我卅歲生日的一天。我想起我們最初認識也正是这么一天。你看多么巧！一九四四—一九四七。呵，還想起一件事情來順便問你，我從前抄寫給你的九首詩，你也許已经遺失了。如果仍在身邊的話，可否寄來「贈别」和「裂紋」，因為我已經遺失了这兩詩的大半，而現在正自印一本書，需要它们。希望得到你的來信。此祝

好

良錚 三月十八晚，撫順。

致曾淑昭1947年3月18日于抚顺

关于讽刺诗：我上了一课

我在去年5月7日《人民日报》八版上写了一篇讽刺诗《九十九家争鸣记》，效果很不好，反右斗争开始后自己就感觉出来了，可是直等前些天在同一版上看到戴伯健同志的批评，才惊觉于它在读者中间造成了如何印象，才看到那篇诗的实际面目是多么坏。这给自己上了深刻的一课。

我写那诗的主要动机是如此的：当时党号召解除顾虑、大鸣大放，可是还有个别不敢鸣放的现象，我想对这种落后现象加以讽刺。当时想到有几种"怀有顾虑"的情况，就把这几种情况凑在一起，编造成一个故事，使故事充满了否定性细节。这些细节原是指个别现象，而且是通过一个被讽刺的落后人物的角度来掌握的。可是，想不到，因此就构成一幅图画，显得整个是阴暗的了。

我的思想水平不高，在鸣放初期，对鸣放政策体会有错误，模糊了立场，这是促成那篇坏诗的主要原因。因此，诗中对很多反面细节只有轻松的诙谐而无批判，这构成那篇诗的致命伤。就这点说，我该好好检查自己的思想。

但同时，在艺术构制上它也有一些失败的原因，这是我感到的另一方面。自整风后，写人民内部讽刺诗的多了起来，我想就我现有的水平，把我这方面（艺术方面）错误检查一下，也许对有些同志有可供参考之处。

写讽刺诗，就我通常看到的，似乎有两种方法。一是直叙，即作者把所批评的实际现象用正确而夹有讥讽的口吻叙述出来；这比较直截，目的性明确，不易被“误解”。另一种方法是采用一个虚构而夸张的故事，作者把他所要批评的几点融化在虚构的故事中。这比较曲折，但生动；也有可能被“误解”。为什么呢？因为，如果写得不好，写得失败了，（一）首先是那故事吸引了人的注意，作者要批评的是什么，反而不清楚，甚至居于后景了。（二）故事是有概括性的，作者可能指个别，读者可能认为是一般。（三）夸张而虚构的喜剧可能被认为是“如实地描写现实”，歪曲了现实。

我现在感到，要写后一种讽刺诗，作者必须要使故事能鲜明地表现出他所要批评的东西，不可仅为了故事“有趣”而庸俗地“有趣”下去；如果他批评的是个别现象，必须使这一点在诗中鲜明地呈现出来，不要让人误以为是一般；夸张地描写缺点，在讽刺作品中原是可以的，甚至是必不可少的，但同时，必须使人明白这是艺术夸张而非现实描绘。

但这艺术结构的一切问题，必依赖于一个更基本的问题，即作者必须很好地掌握人民内部的批评原则。有了这一原则，艺术安排才有了指针，作者才能充满警惕性，使他的讽刺不致过重、过轻，或被牵涉到目标以外去。关于这，毛主席《在延安文艺座谈会上的讲话》已经给了最明确的指示，我一定要好好学习它以便以后能学习写出较好的东西来。

（载《人民日报》1958年1月14日，署名：穆旦。）

谈译诗问题（并答丁一英先生）

在《郑州大学学报》第一期上，看到丁一英先生的文章论到我译出的普希金抒情诗。译诗的讨论有助于译者的提高，译者应该尽量从中吸取营养，丰富自己。丁先生提出的一些宝贵意见，译者应该感谢，这是一方面。但另一方面，他的意见的主旨及主要论点，涉及译诗的根本问题，远超出对几篇译诗的指责或评价。既然问题带有一般性质，而我又和他有不同的看法，因此我愿意提出作公开的讨论，以就教于丁先生和读者。

首要一个问题，是译诗应采用什么原则的问题。从丁先生的具体批评和实践中不难看出：他是以“字对字、句对句、结构（句法的）对结构”的办法来审核译诗的。原作中一句话是怎样说出，译出的诗也该照相式地复制出来。这就是“忠于原作”，意思“正确无讹”。假如译者把原句拆散，或把原意换一个方式说出，没有追随原作的遣词，或保留了主要的东西而去其不重要的细节，尽管实质上还是原意，那在丁先生看来就是不可原谅的错误了。因此他一段又一段引出原文和他自己的译文，并拿来和我的译文对比，指出我译的全是“似是而非”，其所根据的原则即在于此。

例如，丁先生举出我所译的《致恰达耶夫》一诗中的八行，说我糟糕到这种地步：“我们且不要求查先生的译文传神了，就连忠于原作，不要把意思译错这一点就没有做到”。但是尽管我把自己的译文反复和丁先生的译文对照着看，却看不出他所谓的“错误”是在什么地方。为了行文便利，还是把他的和我的译文抄在下面，对照看一看吧：

丁先生译文——

但是在我们的心里还燃烧着希望，
在宿命的重压之下
我们正以焦急的心情
倾听着祖国的召唤。
我们正忍着期望的痛苦
等待着神圣的自由时刻，
就像年青的恋人
等待着忠实的约会一样。

我的译文——

然而我们还有一个意愿
在心里燃烧：致命的迫害
正笼罩着头顶，我们都在
不耐地，倾听着祖国的呼唤。
我们不安地为希望所折磨，
我们切盼自由的心
就像一个年青的恋人
等待他的真情约会的时刻。

我的“错误”究竟在哪里呢？不都是同样的“意思”或内容吗？细看以后，我才看到，原来在这八行诗的前四行中，我和他主要的不同之点，是他按照原诗两句，译成两句，而我译成三句；他译的“在宿命的重压之下”，在我则译成“致命的迫害/正笼罩着头顶”（这里究竟谁的意思更忠实于原作精神，下面要谈到）；他译的“以焦急的心情”，在我译为“不耐地”，因而把原作中的“心灵”一字略而未译（至于为什么这样，下面再解释）。但此外，不管“焦急”也好，“不耐”也好，我想和原文的нетерпеливою都是一致的吧。再看这八行诗的后四行：诗人原意很明显，是说他渴盼自由，他因为有了这一渴盼而不安，而痛苦，就像恋人坐立不安地等待着约会的时刻。我在译出这一意思的时候，的确，对原诗的字句也有所增减。原诗中有“神圣的自由”，我把“神圣的”这一形容词略去了。原诗中“我们等待就像恋人等待……一样”这一结构，被我更动了，变为“我们切盼自由的心/就像一个年青的恋人/等待他的真情约会的时刻”。并且还把“我们等待……自由时刻”说成了“我们切盼自由的心”。但无论如何增减字句、变动语法结构，在实质上是不是遵从了原意呢？是否丁先生所指的“译错”就在于上述的更动之中呢？

在这里，我愿意指出，“字对字、句对句、结构对结构”的翻译原则，并不是我在译诗中所要采纳的；而且我相信，那样也绝不是最好的办法。尽管我能力有限，译得不好，那是另一个问题；但译诗的原则不能照丁先生所具体指示的那条路径去走。这是原则的问题，不可不明辨。在拙译《欧根·奥涅金》的后记中，我曾引苏联诗人马尔夏克关于译诗的话作为自己的指针，我想在这儿重复那些话是有益的。他说：

“在一种语言里一个字眼挺俏皮，在另一国语言里就常常不，在这里美——在那里常常就不美，本是很动人的，照样译成外国的几个字，有时就索然无味……不，逐字逐句地译诗是不行的。我们对译诗要求是严格的，但我们要求的准确，是指把诗人真实的思想、感情和诗的内容传达出来。有时逐字‘准确’翻译的结果并不准确。……译诗不仅要注意意思，而且要把旋律和风格表现出来……要紧的，是把原诗的主要实质传达出来。为了这，就不能要求在每个字上都那么准确。为了保留主要的东西，在细节上就可以自由些。这里要求大胆。……常常这样：最大胆的，往往就是最真实的。……译者不是八哥儿；好的译诗中，应该是既看得见原诗人的风格，也看得出译者的特点。”

这些话很明显地指出：打破原作的句法、结构，把原意用另外一些话表达出，在文辞上有所增减，完全不是什么“错误”，而恰恰相反，对于传达原诗的实质有时反而是必要的。《文学评论》杂志1959年第5期上，有《十年来的外国文学翻译和研究工作》一文，其中也说到这样的话：

“文学翻译不是照相底片的翻印。‘增之一分则太长，减之一分则太短’的科学精确性是不能求之于文学翻译的。文学翻译的艺术性所在，不是做到和原书相等，而是做到相当。……艺术性翻译本来就是创造性翻译。肯定了艺术性翻译只能求‘惟妙惟肖’而不能求‘一丝不走’，有足够修养的译者就不会去死抠字面，而可以灵活运用本国语言的所有长处，充分利用和发掘它的韧性和潜力。正如文学创作要忠于现实，反映现实，而在其中就有无限的创造性，文学翻译忠于原著，充分传达原著反映现实的艺术风格，也就规定它自己在语言运用上也要有极大的创造性。”

这段话是很精辟的，它指出文学翻译不能和原文“一丝不走”的原因，总括有二（如果我理解不错的话）：一是为了可以灵活运用本国语言的所有的长处；其次是因为，文学是以形象反映现实的艺术，文学翻译的首要任务是要在本国语言中复制或重现原作中的那个反映现实的形象，而不是重现原作者所写的那一串文字。也就因此，“它自己在语言运用上也要有极大的创造性”。

假如泛指的文学翻译（包括散文小说的翻译）尚且可以在语言的运用上有如此的自由，那么，诗歌，作为以最精练最优美的语言来塑造最鲜明而突出的形象的艺术，它的翻译岂不是更需要在语言上大胆和发挥译者的创造性吗？

但是我们看到，丁先生对译诗却要求一字不走，在字面上必须亦步亦趋地跟随原文。谁不这样做，就是译错了。他的这一原则也最明显地体现在他自己的译文中，其中每一字、每一词、每一句的结构都和原文相等，初学俄文的人，如果把他的译文和原诗对照着看，可以不必翻字典就能把原诗的每个字都找到中文的解释，并理解到原文的句法结构。丁先生正是以他的这类范例，证明我译的那些东西全是没有把“文字搞懂”。

错误的译诗原则，不可能不产生消极的效果。就以前面所引的那八行诗来看吧，丁先生的译文果然就犯了（一）没有运用本国语言的长处，和（二）复制原诗形象不够妥帖的毛病。

他那八行译文中有这么一句话：“我们正以焦急的心情/倾听着……”这是不是欧化而啰唆的句子？干脆说：“焦急地”来代替“以焦急的心情”行不行？然而不行！因为那就把原诗中一个字душой取消了。

再看他的译文中还有这么一句话：“在宿命的重压之下”，这是什么意思啊？诗人所受到的重压，难道是“宿命”或“命运”或个人的不幸遭遇所给他的吗？这一点使人弄不清楚。而这一点对于全诗的形象塑造很重要。从字面看，读者会不会把“宿命的重压”理解为对命运的抱怨呢？当然这不是原意。原作在这儿的几个字是：Под гнетом власти рокоюй，逐字译成中文是“在命定的统治的压迫下”，丁先生怎么把“统治”这个字略去了呢？原诗中，诗人所抱怨的正是这个专制统治，而不是命运。因此，为了把诗人的意思鲜明地表现出来，我就把它译为“致命的迫害/正笼罩着头顶”，正是表明诗人是受着政治迫害。在苏联出版的普希金德译本，把这一形象突现得更鲜明，它的译辞是Die Willk der Despotenmacht（专制政权的统治），根本未提什么命运。现代文库的普希金英译本在这儿译成Oppression's fateful hand（迫害底致命的手），也是指明了政治迫害。这两种译辞，都和丁先生的“宿命的重压”相去很远。（还可以注意的是：这两种译辞都不是死抠字面的翻译，是否也都是“似是而非”呢？）

在丁先生译的那八行中还有一句话：“我们正忍着期望的痛苦等待着……”这里又是一个语意或形象不明确的地方。请看：“忍着期望的痛苦”是什么意思？诗人所忍受的，是他所期望的“痛苦”呢？还是“期望”给他的痛苦呢？从译句中看，倒颇像前一个意思，那么就完全不是原作的意思（这儿原文是стомленъем упюанъя）；假如是后一个意思，那么读者至少要很费力才能掌握到，需要反复把它多看几遍，以解决存在于他心中的疑惑。因为读者不易想到：期望如何会给人以“痛苦”？“期望”不是常常给人喜悦吗？译者是不是应该在这里下些功夫，好好想一想应该如何使这一个不太平常的概念以最迅速而不含糊的方式传达到读者的意识中？因此，我的译文就变成：“我们不安地为希望所折磨”，原意是明确了：诗人是被希望所折磨着；至于“希望”何以反倒折磨人，我就加上“不安地”一词来挑明这道理，使读者想到“希望”通过“不安”而给人“折磨”。这样，读者在读这句话时，至少比读丁先生的“忍着期望的痛苦”那一辞时，所费的力气少，同时所获的形象也更鲜明。从这里看，究竟是谁的译文“隐隐约约，似是而非”呢？

译诗不仅是精确地传达原诗的形象的问题。它比译散文作品（如小说）多一道麻烦，就是还有形式的问题，这包括诗的韵脚，每行的字数或拍数，旋律、节奏和音乐性等等。老实说，对于译诗者，结合内容与诗的形式一并译出，这其中的困难，远远比传达朴素的形象或孤立的辞句的困难大得多。内容是重于形式的，谁也不否认这一点；但诗的内容必须通过它特定的形式传达出来。即使能用流畅的优美的散文把原诗翻译出来，那结果还是并没有传达出它的诗的内容，发挥不了它原有的感人的力量。我所以要说这句话，就是请丁先生也注意到：当一首译诗是在诗的形式上作了某种程度的努力时，他闭目不看这一事实是不对的，因为他所评论的，究竟是诗，而不是散文。他所评论的一字一辞，老实说，译诗者在那上面所花的工力，往往比他把内容安排在诗的形式上所花的工力要小得多。例如，他在后面把我译出的个别辞儿（即“飘忽的春天”和“酥胸”）孤立出来，加以推荐，在我既受之有愧（因为那种词儿不是我首创的），也觉得无此必要。当然，他所以这样做，是符合他的“字对字、句对句”的译诗原则的。但这样做却是“丢了西瓜，捡起芝麻”。我并不是说，译诗不应该对照原文来推敲字句；恰恰相反，这种推敲是必要的，有时甚于在译散文时所花的工力；但是这种推敲，必须从属于对整个形象、对内容实质的考虑之下。考察一首译诗，首先要看它把原作的形象或实质是否鲜明地传达了出来；其次要看它被安排在什么形式中。这两部分，说起来是分立的，实则在实践中就是一件事，即怎样结合诗的形式而译出它的内容的问题。如果有了这个总体观点，那么在面对原诗时，译者就会看到，并不是它的每一字、每一辞、每一句都有同等的重要性；对于那在原诗中不太重要的字、辞或意思，他为了便于突现形象和安排形式，是可以转移或省略的；甚至对某一个辞句或意思，他明明知道有几种最好的方式译出来，可是却被迫采用不那么妥帖的办法把它说出，以求整体的妥帖。这里就需要忍受局部的牺牲。但虽说牺牲，也同时有所补偿。那就是使原诗中重要的意思和形象变得更鲜明了，或者就是形式更美了一些。但丁先生似乎无视这些事实，只是机械地一字一句对照原文，把译诗工作简化为照相的复制，而没有把它看作是使用另一种语言（而且是诗的语言）尽可能精确地塑造原诗的形象的艺术，因此，他也就不肯承认译诗有创造性，亦即在字面上有和原作脱节的自由。在我看来，一首译诗在掌握了原诗的主体以后，还可能和原诗有些处接近，有些处疏远，在接近的程度上错综复杂；但在他看来，这仍只是“非对即错”的黑白分明的问题，因此就把我译的那八行《致恰达耶夫》的诗否定无遗。那八行诗，以我看来，并没有错。然而是否把原诗（从内容到形式）大致译出来了呢？也许并没有，由丁先生对它不满意就可以证明。但至少，我在传达形式（如韵脚符合原诗、粗具节奏等）和内容（如前面所举的那两处）上做了尽自己能力所及的、微薄的努力。而他只顾他所谓的“正确无讹”逐字逐句译出而了事，却未见作出类似的努力。

再拿丁先生举出我译的《给普希钦》一诗来看吧：他认为我的这首译诗“仅头一行在意思上还没有什么出入，别的九行，可以说也是似是而非”：

我的译文——

我最早的知交，我的挚友！
可记得你的马车的铃声
彻响了我幽居的院落，
在我那积雪的凄凉的院中
你的来临使我多么欢乐！

但愿上天使我的声音
也同样走进你的心灵，
也给它带去同样的慰藉。
但愿这声音以中学时代的
明朗的回忆，照耀你的囚居！

丁先生的译文——

我最早的知交，我的挚友！
当你马车的铃声，
响彻了为积雪所掩盖着的，
我那凄寂的院落时，
我曾觉得你的来临是我的幸福。
我现在祈祷上苍：
愿我的声音使你的心灵
感到与当时同样的安慰，
愿它以同学时晴朗日子的光辉
照亮你目前的痛苦的流刑。

我想凡不是以“字对字、句对句”的办法死抠字眼的人都可以看出：这两篇译文的“意思”是完全一样的，主旨上都是讲的一回事，可怪的倒是它们太相似了！为什么丁先生偏偏认为他的译文是对，而我的是错呢？原来丁先生所要否定的，就正是我想要在原作的基础上，运用一点点译者的创造性，敢于稍稍脱离一下原作的字面而自由安排的地方！我应该表明，我自己现在对这首译诗并不满意，理由和丁先生的恰恰相反，并不是由于未曾和原文字面吻合，而是由于牵就原文的字面太甚，胆子太小，至少使韵脚不很整齐，形式不够美。

现在看看我和丁先生的译文之间的那一点不同之处吧。他译的第二、三、四行，是一句长长的欧化句子“当你马车的铃声，/响彻了为积雪所掩盖着的，/我那凄寂的院落时”（虽然他在每行尾都用了逗点，但掩盖不了这是一气贯穿的一句话），在诗中读到这样欧化的啰唆的句子，当然是很不美的；我把这句话破而为二，变为：

可记得你的马车的铃声
彻响了我幽居的院落，
在我那积雪的凄凉的院中
你的来临使我多么欢乐！

起头被我添上了“可记得”三个字，末句是“你的来临使我多么欢乐”！这样我觉得更流畅而富于情感，然而丁先生不同意，在他那句长长的欧化句子之后，跟着来的一句是“我曾觉得你的来临是我的幸福”。（奇怪的是，丁先生在这里也不得不打破自己的常规，把原文的“我感谢命运”几个字译成这个样子。）他这整整四行实在够呆板的，完全没有传达出这样的内容所应带有的情感。但值得注意的是：他这四行诗的语法结构，“当你马车的铃声，/响彻了……我曾觉得你的来临……”是完全和原文的语法结构相等的。连标点符号都不改动。连“曾”这个字都是必要的，因为原文的动词在这儿是过去时，所以加一“曾”，以表示正确的意思。这就是丁先生所以要否定我的那四行而改为他这四行诗的全部意义所在吧？他等于说：译句的结构必须与原文句法的结构旗鼓相当！也不准许“可记得”！应该译为“当……之时”。（“当……之时”是欧语中习见的表达方式，但在中文中，似乎不如此。在欧洲人说“当……之时”的时候，我们往往是用另一些方式表述出来的。这儿也反映两种文字的不同特点的情况。）

再往下看，也许最引起丁先生反感的，是我译的这句：

但愿上天使我的声音

也同样走进你的心灵，

也给它带去同样的慰藉。

原文不是这样的呀，丁先生似乎说。“正确的意思”应该是：“愿我的声音使你的心灵/感到与当时同样的安慰”。且不说他这句话是多么啰唆，多么不宜于出现在诗中。我愿意在这里谈一谈我改动原文字面的理由，也就是说，请读者看看一个译诗者能不能有这么多的（或这么少的）自由或“创造性”？而且有了这一点自由，是否就损害了原作？

从整篇诗的结构看来，我体会诗人有意使两类不同的事物展开对比，从差异中一点点逼出它们的相似，逐渐达到顶点，使人出乎意外地承认它们的全部吻合。这一惊喜的发现，使一个比较平凡的主题以奇异的力量激荡着心灵，同时使对比事物的一方不必费任何笔墨的描述，就把另一方的丰富的内容在顶点的寥寥几字上完全承受下来了，因此给读者的心以突然的、丰富的重压。这一首精彩的小诗的内在艺术形式，据我肤浅的理解，主要就在于此。因此，要把它迻译出来，我认为就该比较鲜明地展开那个比喻的阶梯。这种对比的进行越是使读者看得清楚，那么，在达到顶点时，读者就越容易感到那扑来的、堆积的感情。

谁曾想到把马车的铃声来比诗歌的音讯？把荒凉的积雪的院落来比一个囚人的心？谁曾想到彻响在院落中的铃声就好似欢乐激荡在心胸中一样？这是一些多么新奇的比喻啊！然而诗人却顺手拿来，毫不勉强；在本诗的前五行中，读者甚至完全没有料到这些暗藏的内容正在一点点地累积。直等到他看见这三行："但愿上天使我的声音/也同样走进你的心灵，/也给它带去同样的慰藉"，他才突然省悟到前五行的另外一些含义，而那一切累积的东西也就纷纷落到他心上来。在最后两行，诗人还不肯重述或延续那已有的足够丰富的比喻，而是又换上了新鲜的比喻来加重原义：

> 但愿这声音以中学时代的
> 明朗的回忆，照耀你的囚居！

这儿是把革命的友谊和过去年代的蓬勃的希望比作太阳，突然把一个幽暗的洞穴都照亮了。这是以更为有力的感情，加添在已经够丰富的感情的顶点之上。因为前八行所塑造的喜悦，还像是马车的铃声在积雪的院落中的激荡；而最后两行所表达的喜悦，已经像是幽暗的洞穴中突然扑来的阳光了！

我为什么要把话题提到这么远呢？因为这正涉及丁先生所

谓的要“彻底地懂”一首诗，“无论如何不能有一丝一毫的含糊”，然后才能译得好。根据我对上述这首诗的理解（也许理解得还不够，理解得偏狭），我就把第六、七行译成“但愿上天使我的声音/也同样走进你的心灵”，因为这样做，我认为是加重了对比的感觉，使读者更易于联想到马车的铃声彻响在凄凉而积雪的院落中的情景，从而就把那种欢乐气氛整个移到这两行上来了。同时我也不赞成丁先生所译的最后一行：

照亮你目前的痛苦的流刑。

“痛苦的流刑”和“囚居”不一样，它没有具体性，形象性，令人想象不出是什么东西被照亮着，没有幽洞突然放明的感觉，因而相对地减弱了最后一行诗的高度喜悦的情绪。

译一首诗，如果看不到它的主要实质，看不到整体，只斤斤计较于一字、一辞，甚至从头到尾一串字句的“妥帖”，那结果也不见得就是正确的。丁先生由于不顾整体形象，只孤立地看个别辞句，所以在他为了示范而译出的几个例子中，就不乏这种性质的错误。（在我的译诗中，也有这种错误，下面再谈到。）前面我指出的，是他的译文中一些个别形象模糊的地方，下面我想指出他在整体形象上有问题的地方。再看他和我各自译出的这一首小诗《海的女神》：

他的译文：

在吻抚着塔弗利达的绿色波涛里，
在朝霞的映照下我看到了海的女神。
我躲在树丛里屏着呼吸，
看见她把白如天鹅的年青酥胸
自明朗的水雾里露出
而且从头发里捋出着泡沫一股。

我的译文：

在绿色的波涛上，当浪花
亲吻着曙光中的塔弗利达，
我从林木后看见了海的女神。
我屏着呼吸，看那年青的酥胸
洁白如天鹅，出现于明亮的水雾，
我看她把海的泡沫从头发挤出。

在译这首诗之前，一个最重要的问题是：这里所描写的“海的女神”指的是什么！诗人所看见的，是一个真正的女神呢？还是一个海边出浴的少女？或者只不过是一片海水？因为只有在决定了这首诗的描写对象是什么以后，译者才能动手译出那一切细节，以便使这些细节都集向那一个焦点，不但不允许任何一个细节违反总的目的，而且还得使它们努力烘托出那比较不够显露的整个对象。

这篇诗尽管给人撒上一点障眼法，但有经验的读者当然立刻会看出，它所描写的既不是女神，也不是女人，而是朝霞映照下的海涛。在诗人的眼中，绿色的海水翻着白的浪花，洁白得像少女的酥胸一样；浪花的顶端由于不断滚动而出现的一些泡沫，又像是少女从头发挤出来似的。这朝霞下的海水太美了，使诗人看得出神，他所以在诗中不用明喻（即不说“像……一样”），而用隐喻（即把海浪直称为年青的酥胸、头发等），正是表示这一种非凡喜悦的出神状态，仿佛要告诉人：他看见的就是美丽的海之仙女，而不是普通的海水了！本诗的描写对象所以初看来有一些隐晦，正是由于诗人对海水的高度赞叹所致。

丁先生在译这首诗时，显然把它的描写对象搞错了。这由他处理其中的一个细节可以看出。他的译文的最后一行是：

而且从头发里捋出着泡沫一股。

这“泡沫一股”是不对的。海水的泡沫怎能有“一股”呢？这泡沫应该是一浪又一浪地涌现出来的。他把这一种广大而连续的动态，变成了一次的单一的动作，仿佛这“捋出着泡沫一股”的，倒真是一个仙女或少女，而不是海水了！在诗中，一字之差，竟可以牵动全局，这儿正是一个多么明显的例子。

在这首译诗中，丁先生责备我不该不译出сокрытый这个字来。他说：“‘躲在树丛里’，这就更能烘托出当时（‘看见她把……’）诗人所处的环境与诗人当时的心神状态”。

诗人所处的环境是什么，以及他的心神状态如何？可惜丁先生没有说，使我无法确知他要把那两个词联合起来的具体理由。也许他有理由，我无法揣测。目前只好仍是就我片面的理解来谈吧。我想首先指出，丁先生把сокрытый这个字译成“躲”似乎是错了。这个字有两种意思（《普希金字典》中举出四种含意，但可大致划为两种），一是“躲藏”，表明主格主动这样做；一是“被掩盖”，表明主格是被遮在什么后面，并不是有意躲藏。而本诗的这个字，正是引用了第二个意思（在《普希金字典》中，列为该字的第三释义）。由本诗的内容看，——诗人在清晨走向海边，突然一抬头，从树林后望到了海涛，海涛的美使他看得出神，有什么“躲”起来的必要呢？“屏着呼吸”是必要的，那是由于太惊喜于大海的美，使诗人倒吸一口气，或紧张得连呼吸都停顿了。如果他面前真是一个女神或出浴的少女，问题就不同，那他倒是需要躲起来并屏着呼吸（这样的确是很戏剧性的），因为生怕惊跑了她。但那时“屏着呼吸”的内容也不同了，那不是表示喜悦，而是担心，怕自己被人察觉。

现在的问题就是：从丁先生的译文看来，诗人仿佛真是看到了一个仙女或少女；而我的译文则避免促成这种印象，我力求使一切细节通过女神的描写而向“大海”这个焦点集中。究竟哪个译文更传达了原作的内容实质和思想感情，那就请专家和读者指教吧。

在《葡萄》这首译诗中，丁先生指出了我的错误，这是应该感谢的。现在再把他和我的译文并列于下：

他的译文——

我不再惋惜玫瑰的消逝了，
它已随着飘忽的春天枯萎；
我喜爱的倒是藤蔓上的葡萄，
在山脚下成熟了，嘟噜串串，果实累累，
它是我丰腴山谷中的美人，

它是黄金色秋天的欢喜，
它形状椭圆，而且透明，
好像年青姑娘们的手指。

我的译文——

我不再惋惜玫瑰的消逝了，
它已随着飘忽的春天枯萎；
我喜爱的是葡萄的藤蔓
在山脚下蜿蜒，结实累累。
它是金色的秋天的喜悦，
它给山谷的青色频增点缀，
啊，它的枝蔓细长而又透明，
恰似少女的素手那样动人。

我译错的“它的枝蔓细长而又透明”这句话，使丁先生愤然说：“我不了解，葡萄的枝蔓怎么能够透明，怎么能够动人得恰似少女的素手！显而易见，查先生也是没有把这首诗的文字搞懂”。他质问得很对，不过错误的原因，他又是归结为“没有把文字搞懂”。这却有些不对头。我寻找原因是：这首诗的每一个字我都能"懂"，特别是译错的这句话，它的主词在原文中就是"葡萄"这个字，难道把题目都已译出后，却在这儿忽然不认识这个字了吗？问题不是在于不懂这儿的文字，而是没有把原作的形象弄清楚，以致在安排细节时，出现了这个可笑而严重的错误，把全诗都破坏了。

但是，就在丁先生指责我的同时，他自己的译文依旧犯了同样性质的错误。请看他译的第五行："它是我丰腴山谷中的美人"和第八行"好像年青姑娘们的手指"在形象上是多么矛盾！我们也可以问一问：怎么葡萄能同时是"美人"而又"像姑娘们的手指"呢？这两个形象怎能够并存在一起而不相互破坏呢？原文中的xpaca这个字，孤立地看，本来有两个意思："美人"或"美色"，而丁先生决定采用前者。这一决定恐怕也值得商榷。因为《普希金字典》上指出，这儿的这个字应解为美丽的装饰或美色，而不作美人解。但即使没有那类专门字典在手边，只凭前后的形象来看，也就不会把它译为"美人"了。（我译普希金诗时，那部字典尚未出版。丁先生由于没有把诗歌以形象反映现实的意义弄清楚，因此还是译不准确的。）

例证举得够多了，在这里是不是可以这样总括说：丁先生在批评我的译诗和自己翻译诗的实践中，是坚持了一个错误的原则。从两人译文的对比中，如果说我的译文已经够“粗糙”，那么丁先生的译文是不是更“粗糙”呢？这绝不是和丁先生意气用事。绝不是的。我想应该在这里着重指出：本文固然讨论了几首译诗的孰优孰劣，但目的绝不是说谁比谁强，甚至也不是专对那几首诗而发的。唯一的目的，是要评论哪一个原则更好，能发挥积极的作用；是要弄清楚什么是正确的原则。而译诗的正确原则，又不得不通过具体例证加以阐述，这样才显得更清楚。因为很可能大家都主张“信、达、雅”三个字，说时很一样，实践时却各有不同的工作原则。至于我译的普希金诗，自觉应该而且可以提高一步，现在正做着小学生，多学多看多听。为它们辩护，不是我所愿的。不过，在党的“双百”方针的光辉照耀下，我想对译诗原则展开讨论，还是有意义的。因此冒昧提出了以上的一点看法，请大家指正。

一九六三年二月

（原载《郑州大学学报（人文科）》1963年第1期）

关于译诗复制原诗韵式问题（致陆海塘）

据我所知，普氏抒情诗集已在印刷中，封面已由出版社制订好，你的封面设计转给他们也无用了。该书包括一百六十首诗，你所列举的差不多都在内。关于译诗复制原诗韵式问题，我的看法是：单就韵脚这个形式而论，它是诗的外在（依附上去的）形式，和诗的内容的内在形式不同，诗的内容不会因为韵式的改变而改变多少；在翻译中。那就更看不出什么区别了。自然，能复制原诗韵式最好，这应该是一个理想，至于个别的译诗能否达到它，应视客观条件和译者能力而定。即将出版的抒情诗有许多是按原诗韵式走的，望提意见。

（1954年5月12日）

收信人陆海塘，地址为上海浦东祝桥中学。背景为陆海塘为《普希金抒情诗》的出版寄信给上海平明出版社，平明出版社将信转寄给译者查良铮。从查良铮的复信推测，陆海塘可能是祝桥中学喜爱普希念诗歌的一位俄文（或美术）教师。

谈普希金长诗的翻译（致萧珊）

你居然发牢骚说我的信太冷淡平淡了。可见我们很不错。你应该责备我。我为什么这么无味呢？我自己也在问自己。可是，我的好朋友，你知道不知道，现在唯一和我通信的人，在这世界上，只有你一个人。这样，你还觉得我太差吗？我觉得我们有一种共感，心的互通。有些过去的朋友，好像在这条线上切断了。我们虽然表面上这条线也在若有若无，但是你别在意，在心里我却是觉到互通的。尤其是在我感到外界整个很寂寞的时候，但也许是因为我太受到寂寞，于是连对“朋友”，也竟仿佛那么枯索无味。也许是年纪大了，你的上一封信我看了自然心中有些感觉，但不说出也竟然可以，这自然不像年青人。你这么伤心一下，我觉得——请原谅我这么说——很高兴，因为这证明一些东西。现在我也让你知道，你是我心中最好的朋友。

关于《文学原理》一书，不必提了，我觉得很惭愧。译诗，我或许把握多一点，但能否合乎理想，很难说。我的意思是：自己译完后，再重改抄一遍，然后拿给你先看，不行再交给我改。我对于诗的翻译，有些“偏执”，不愿编辑先生们加以修改。自然，我自己先得郑重其事：这一点我也已意会到。如果我不在这方面“显出本事”，那就完了。你说对我要“苛求”，正可以加重我原有的感觉。我在上信中已和你讨论译什么的问题。我有意把未来一本诗（十月底可以交稿，因为已有一部分早译好的）叫作《波尔塔瓦及其他》，包括《波尔塔瓦》《青铜骑士》，和其他一两首后期作品，第二本叫作《高加索的囚徒》（也包含别的一些同时期的长诗在内），如果这样，便不先译《高加索的囚徒》这一首。你看怎样？如果名叫《普希金长诗集》分一、二两册，甚至三册四册，（这名字单调一些）那似乎要分年代顺序才合适，日前则不易办到。

我感觉，你有精明的实际才干。斯大林要求共产党员的品质是，一、事务性；二、革命的热情。你只不过把第二项代以“整天喝浓茶，咖啡，也许快死了，那倒痛快”。我们的忧郁感许是太浓厚了一点。忧郁或可，但是不要自伤身体。你的喝浓茶咖啡，一定连带晚睡等等，对身体很坏，我不赞成。奇怪，你也提到老。我前两天，正在心中想："Yeats[①]说越老越快乐，为什么我不能这样感觉？"我也在心中时常盘算这件事情，因为看到自己的同辈人都一个个秃顶了，很受刺激。（杜运燮也在秃顶。）你别自寻苦处去想，如要看叶慈的诗集，我可以寄给你。我们这些吃饱了饭的人，是免不了这种烦恼的。我想，大概得多看看穷人，想想穷人的事情，对于自己的心境会带来一些健康的因素。

（1953年×月18日夜）

萧珊（1921—1972），原名陈蕴珍，当代女作家、翻译家。籍贯浙江，在上海读中学时受到进步思潮和新文学的影响。1939年考入西南联大外文系学习，开始诗歌、散文创作。1944年与巴金结婚。解放后主要从事文学编辑和翻译工作，译著有普希金的《别尔金小说集》《黑桃皇后》，屠格涅夫的《阿细亚》《初恋》《奇怪的故事》《屠格涅夫中短篇小说集》（与巴金合译）等。"文革"中受迫害而病故。

① Yeats：即信中提到的"叶慈"，又译叶芝，现代爱尔兰著名抒情诗人，1923年获诺贝尔文学奖。

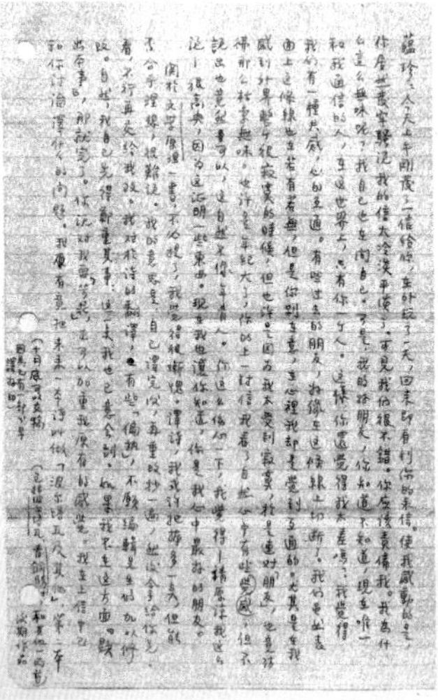

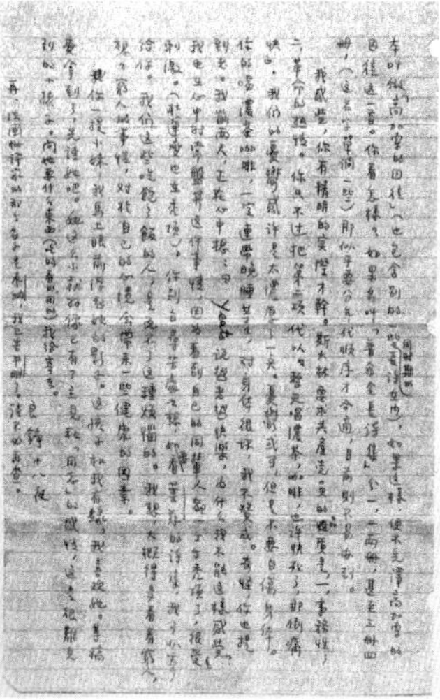

致陈蕴珍

普希金越读越有味（致巴金）

今天得到来信，很高兴。这高兴不是从今天开始，而是从“四人帮”揪出后，心里立刻联系到您的处境，因为我早耳闻您在上海与姚文元有很大矛盾，这次倒霉都是这个坏家伙乱搞的，所以他一揪出，我立刻为您高兴，并曾写信告知运燮，说您这回可以免除重压了；今见来信，果然如此，证实了我的想法。只可惜蕴珍不再能知道这个happy ending，而且她的病，多少与此事有关，令人慨叹。这个好消息应该使您年轻十年，廿年，我希望您鼓起青春的热情，继续写像《英雄儿女》那样的赞歌，或者写写别的，或译点什么，当然以视力体力不过度劳累为限。我很觉得您若写写回忆录，那是很有价值的，而且笔调有感情，适合写这种文字。高尔基的回忆托尔斯泰及其他作家是我很爱读的。

我的腿是股骨颈骨折，开始是嵌插在一起，生长好，就不必动手术，可惜我耽误了，没有按照规定养，前一个多月照X光，看到又裂一缝，因为这一裂纹，便不能用力，所以现在用拐支撑走路，必须进医院开刀，钉钉子进去。现在又因地震不断，医院不收，必须等地不震才行，今冬明春是天津地震期，过了这个时期，也许可以住院。如果那时还不行，我想移地治疗，也考虑去上海，那时再说了。现在不是卧床，而是在室内外和院内活动，只是变成用双拐的瘸子。

在腿折后，我因有大量空闲，把旧译普希金抒情诗加以修改整理，共弄出五百首，似较以前好一些，也去了些错，韵律更工整些，若是有希望出版，还想再修改其他长诗。经您这样一鼓励，我的劲头也增加了。因为普希金的诗我有特别感情，英国诗念了那许多，不如普希金迷人，越读越有味，虽然是明白易懂的几句话。还有普希金的传记，我也想译一本厚厚的。只是在和苏联处于如此关系中，这么介绍普希金未知合不合需要。

（1976年11月28日）

回想几近三十年前的生活（致杨苡）

前两天看到黄裳的《锦帆外集》，随便翻翻，很觉有趣。特别是他有两篇小文谈李林先生。涉及南中学生生活，以及李先生的声容笑貌，自己回想几近三十年前的生活，对照他的文章，倍觉亲切。他的文笔很好，此公现在不知在何处，我过去在上海曾见过他多面，但不知他的这些文章。又约在一个月以前，曾在旧书市看到一本英文书，封里是大李先生题字“赠荣恩”下面签名“尧林”，当时心中一动，那本书是每人文库百科全书第一卷，考虑了一下而未买。不知你有无兴趣，看笔迹而想及其人，也许你是不乏李先生笔迹的吧。如要，我可再去买。现翻阅旧书，有时也感到一点欣慰。

回想起在上海李家的生活，我在1948年有一季是座中常客，那时是多么热闹呵。靳以和蕴珍，经常是互相逗笑，那时屋中很不讲究，厨房是进口，又黑又烟重，进到客室也是够旧的，可是由于有人们的青春，便觉得充满生命和快乐。汪曾祺、黄裳、王道乾，都到那里去。每天下午好像成了一个沙龙。我还记得巷口卖馄饨，卖到夜晚12点；下午还有卖油炸臭豆腐，我就曾买上楼，大家一吃。那时的情景还历历在目，可是人呢？想起来不禁惆怅。现在如果黄裳再写出这样一篇文章来，那就更觉亲切了。你不久前去李先生家，不知那里现在情形如何，望暇时告知。我总觉得时光真是太快了，一转眼什么都没有了。

（1973年10月15日）

杨苡，原名杨静如，1919年生于天津。1938年在西南联大外文系就读。毕生从事散文、诗歌创作和文学翻译，代表译作《呼啸山庄》（勃朗特）、《天真与经验之歌》（布莱克）等。晚年以高龄撰写信中提及大量文史随笔和文艺散文，深受读者喜爱。

写诗可以比作建塔（致杜运燮六则）

一、给诗以 hard and clear front

你提到我该多看看旧诗，这一点我接受。的确我在这方面缺少接触，可是马上拿些旧诗来读，却又觉得吸收不了什么。总的说来，我写的东西，自己觉得不够诗意。即传统的诗意很少，这在自己心中有时产生了怀疑。有时觉得抽象而枯燥。有时又觉得这正是我所要的：要排除传统的陈词滥调和模糊不清的浪漫诗意，给诗以hard and clear front，这些话也是老话，不说你也知道了。不过最近考虑诗的问题，又想一遍罢了。

很难得有你们这样喜欢读诗的人，你们给了我的译诗不少鼓励。我想还要陆续译一些，比如Eliot的Wasteland，以便将来凑成集子。最近我买一本苏联女作家Olga Forsh所写的十二月党人的历史小说，打开序言一看，她说她在77岁写此书，80岁生日时看到它出版。这话给了我很大鼓舞，因为她写此书时，比我现在还大廿岁，这表明我们都还有二十年可以从事文学，这不太好了吗？所以，你还是要往长远看，多做些计划。尤其现在要重业务，也许可以有事做了。

（1975年）

二、我也在忙于读诗

是自己忙，脑子里像总不停，结果写点东西，寄你三篇看看。《苍蝇》是戏作，因为想到运燮曾为你们的五六只鸡刻画得很有意思，说它们乐观地生活，我忽然在一个上午看到苍蝇飞，便写出这篇来。《友谊》的第二段着重想到陈蕴珍，第一段着重想到你们。所以可以看到，前者情调是喜，后者是悲。这些诗写得很快，没什么好，《友谊》还嫌太雕琢。

岁数大了，想到的很多是“丧失”（**生命，友谊，爱情，也有理想**），这些都不合时。所以看看就抛掉吧。我想到苏联女诗人阿赫玛托娃，就以lost love为主题写了不少，现在很受国外推崇。这里有些东西可以深写，也许有一天能感动人吧。对我说，不过自遣而已。

写诗必须多读诗，否则没有营养，诗思就枯干。诗写多一些，头脑就深入思索一些，可以比作建塔，初写是第一层，写多了可以到第二层，第三层，更空，更玄……也许更脱出渣滓。所以我也在忙于读诗，Auden仍是我最喜爱的。不知你们在读些什么？现在看书的确很不容易了。

（1976年6月28日）

三、有话不得不说，才写

气人的事还很多，但也不必一一列举了，我经常想着我的座右铭：勿为当前太分心。“现在”是陷阱，永远掉在这里面，就随时而俱灭。看到你的信，有一种气氛，使我写了《冬》（1）这首诗，抄给你看看，《冬》（2）是以前的。你说近日无写诗的劲头，除了陷入“现在”而外，还有一原因，大概是树立不出一个对现实的看法，诗是来自看法的新颖，没有这新颖处，你就不会有劲头。有话不得不说，才写。这是一类诗，像Auden的即是。但这类诗也有过时之日，时过境迁，人家就不爱看它了。因此我想，要是写写生活哲理，也是一法。它和现实没有什么密切关联，十年后看也可以，现在看也可以，这是否如此，请你议议。因此我写了《冬》《秋》之类的季节诗。也是自娱。我在翻译《罗宾汉的故事》，想给小孩子看看“外国水浒”。当然，目前五六年内，也不见得出。你的看法我同意：等着瞧。可是你目前翻译，也许十年后有用，那现在也不动手吗？所以我劝你利用一下余暇，找一本书消遣，同时也减一点“俗”务。

（1976年12月9日）

四、中国新诗需要接受外国影响

这次不容易，寄来你一首诗，足见我没有白抛砖。“春蚕到死丝方尽”，何况你没有到那种时候，可就不吐丝了，多么可惜！对我说，是要和者多一些，减少寂寞之感。现在你可坐在家里弄文件的翻译（一种糊口活），条件是较便于弄弄诗，我倒希望你不只是这一首。调子回到从前的，取消了你上次写的那种民歌加旧诗的词句，这是我觉得可喜的一点。思路也开展些，不过也有些truism，如：“冬天来了，春天还会远吗”，“大干的冬天”，之类。主要的在于太说理，忘了形象的完整；说理多则动人少。我给你抄寄的那诗，大概由于说理上谬误而使人不服；可是有形象在，形象多少动人，尽管那形象也是很陈词滥调的，像听熟了的不动脑筋的歌曲。我并不喜欢，但我想在诗歌变得味如嚼蜡时，弄一些老调调反倒“翻旧变新”了。你反对最后的叠句，我想了多时，改订如下：将每一叠句改为①多么快，人生已到严酷的冬天；②呵，生命也跳动在严酷的冬天（前一句关于小河，也改为“不知低语着什么，只是听不见”）；③人生的乐趣也在严酷的冬天；④来温暖人生的这严酷的冬天。这样你看是不是减小了“悲”调？其实我原意是要写冬之乐趣，你当然也看出这点。不过乐趣是画在严酷的背景上。所以如此，也表明越是冬，越看到生命可珍之美。不想被你结论为太悲。这当然不太公平。现在改以上四句，也许更使原意明显些。若无叠句，我觉全诗更俗气了。这是叶慈的写法，一堆平凡的诗句，结尾一句画龙点睛，使前面的散文活跃为诗。

由于你和实京的兴趣，我索兴再把冬③④抄寄你们，再次抛砖引玉。我曾写春、夏各一首，秋三首。我称之为四季歌。点一下题，希望你也照题写文如何？

揪出了“四人帮”，对我有好处。前半月郭保卫替我去人民文学出版社要稿，我因《唐璜》寄出三年毫无音信，怕丢了，他便去执我的信去取稿。编辑见了他，说这部稿是“下了功夫”，又说在“四人帮”揪出前，无出版可能，现在可以留在出版社，或有机会出版。因此他也没有取回稿子，仍留在那里了。这一事对我是个鼓励。一是人家能看出自己的成绩，没有白费心。二是文学有前途。我上信劝你译点什么，你一口拒绝，理由是译不如写创作，话是好听，可是你老先生究竟搞了多少创作，每天的廿四小时都怎样过法？是不是全让创作的主题占据了头脑？我看未必。译联合国文件那么干巴巴，哪如译文学作品？其实也是练笔，否则笔会生锈。我由于接受鼓励，近日又把拜伦抒情诗（已译过的）整理，又添了新的，再加已译而未出的叙事诗，想集合一下，弄一本《拜伦诗选》，四百多页。我相信中国的新诗如不接受外国影响则弄不出有意思的结果。这种拜伦诗很有用途，可发挥相当影响。不只在形式，尤在内容，即诗思的深度上起作用。我把拜伦和普希金介绍毕，就可以睡大觉了。也不再想占用时间译诗了。

郭小川咱们和他见过，你记得吧？他在73年写过一首纪念主席横渡长江的诗，被内部通报为“大毒草”，大概又下放回干校了。这是“四人帮”乱扣帽子乱害人。他最近逝世是因为高兴多喝了酒，引起火，听说是如此。你看到他的诗《囚人之歌》吗？我只听说而未见。老作家多数出面了，这就是好现象，使局面活跃多了。

（1976年12月29日）

五、要文艺复兴，得从翻译入手

将近一个月来，我煞有介事地弄翻译，实则是以译诗而收心，否则心无处安放。谁知有什么用？但处理文字本身即是一种乐趣，大概像吸鸦片吧。因此，我把拜伦的长诗又弄出《锡隆的囚徒》和《柯林斯的围攻》两篇，这种叙事诗很可为我们的诗歌借鉴。我最近还感觉，我们现在要文艺复兴的话，也得从翻译外国入手。你谈到你的学生看你的《冬与春》而"不易懂"，欣赏的水平如此之低，真是哭笑不得。所以如此，因为他光喝过白水，没有尝过酒味。国内的诗，就是标语口号、分行社论，与诗的距离远而又远。我这里有友人之女，初中才毕业，喜欢读诗，可是现在印出的这些文艺作品不爱看，看古诗和外国诗却入迷。由此可见，很年轻的小孩子也不喜欢这套货色，只要肯深思一点，就看不上。在这种情况下，把外国诗变为中文诗就有点作用了。读者会看到：原来诗可以如此写。这可以给他打开眼界，慢慢提高欣赏水平。只有广大水平提高了，诗创作的水平才可望提高。

我也有时听到人们欣赏普希金诗的情况而为之鼓舞。总之是"特别"爱好，不同于一般。工厂里三十多岁的工人师傅，在南大开门办学时，问老师们认识不认识这译者（并不知我在南大），他想见见。一个译者能有此幸会，确实不易。就是这类偶然的小事使我增加了力量。我要把二本普希金，二本拜伦弄好以满足这类可能的一大片读者。当然，这一切只是假想而已，能不能出尚在不可知之列。

写诗恐怕更是如此。可能是一焚了之，又何必绞脑汁？但活着本身就是白费力气，最后白白回到泥土了事。所以明知其为傻事而还可以兴致勃勃。你的处境我也了解，有那么多事堆在你头上，自然应付过去就很不错了，哪里有空闲再弄这肥皂泡？可是终于是肥皂泡有值得回顾的乐趣，一辈子忙于炉灶的人不会回顾炉灶而生乐趣。所以，我希望你仍是不要“常堕俗务中”。

（1977年2月4日）

六、能写幻想，比能写实用文更可贵

最近接老江[①]来信，他说小病一场，想到了悲哀等情绪，想写“黄昏的歌”，这倒出乎我的意外。他是想当“实践家”，现

① 老江：即江瑞熙。

在“梦想者”又露头。我不知你是属于哪一种，我认为一支笔能写幻想，比能写实用文要可贵些，当然实用文在社会上更受重视，而幻想只是胡言乱语。“四人帮”揪出，你认为报上文章有新气象，正巧当天我拿《天津日报》看，第一版上四五块小文章，文章小了，可是好像墙报一样，从头到尾，仍是干巴巴那些老调老辞，只不过短了点儿，真无法卒读。我看不谈别的而光谈改变文风，实则是变不了（当然一时不易见效），“人云亦云”，“重复呆板”，哪一样也不少。这大概又是你有乐观精神而我缺乏的缘故。至于诗，那就更别提。记得三四十年以前，提倡文学大众化的，曾乐观地说，先普及，后提高，普及了三四十年，现在怎么也没有高一点呢？倒比初提倡时更低了。

你能看到内部书，我却看不到。实则这些苏联小说是反映其内部矛盾的，看了可以更清楚苏联情况，应该不限制才对。苏联文学能反映内部问题，反映不满情绪，我看还是可喜现象。文艺工作如不对社会发表意见，不能解剖和透视，那就是失职。现在咱们的小说没有人爱看，其道理也在于此吧。

希望你把思古幽情的诗写一写，我等着躺在床上拜读了。再谈吧，也许我有一时动不了笔了。

（1977年2月18日）

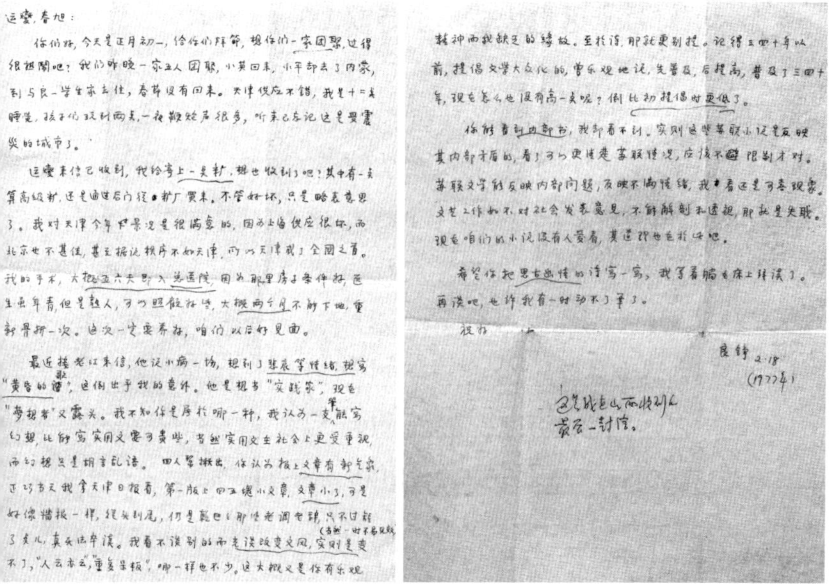
运燮，春旭：

你们好，今天是正月初一，给你们拜节，想你们一家团聚，过得很热闹吧？我们昨晚一家五人团聚，小英回来，小平却去了内蒙，到与良一学生家去住，春节没有回来。天津供应不错，我是十二点睡觉，孩子们玩到两点，一夜鞭炮声很多，听来已忘记这是受震灾的城市了。

运燮来信已收到，我给寄上一支新笔，想也收到了吧？其中有一支算高级笔，还是通过后门往笔厂买来。不管好坏，只是略表意思了。我对天津今年市景况是很满意的，因为上海供应很坏，而北京也不甚佳，甚至据说秩序不如天津，所以天津成了全国之首。我的手术，大概五六天即入总医院，因为那里房子条件好，医生虽年青，但是熟人，可以照顾好些，大概两个月不能下地，重新骨折一次。这次一定要养好，咱们以后好见面。

最近接老江来信，他说小病一场，想到了悲哀等情绪，想写"黄昏的歌"，这倒出乎我的意外。他是想当"实践家"，现在"梦想者"又露头。我不知你是属于哪一种，我认为一支笔能写幻想，比能写实用文要可贵些，当然实用文在社会上更受重视，而幻想只是胡言乱语。四人帮揪出，你认为报上文章有新气象，正巧当天我拿天津日报看，第一版上四五块小文章，文章小了，可是好像墙报一样，从头到尾，仍是乾巴巴那些老调老辞，只不过短了点儿，真无法卒读。我看不谈别的而光谈改变文风，实则是变不了，（当然一时不易见效）"人云亦云"，"重复呆板"，哪一样也不少。这大概又是你有乐观精神而我缺乏的缘故。至于诗，那就更别提。记得三四十年以前，提倡文学大众化的，曾乐观地说，先普及，后提高，普及了三四十年，现在怎么也没有高一点呢？倒比初提倡时更低了。

你能看到内部书，我却看不到。实则这些苏联小说是反映其内部矛盾的，看了可以更清楚苏联情况，应该不限制才对。苏联文学能反映内部问题，反映不满情绪，我看还是可喜现象。文艺工作如不对社会发表意见，不能解剖和透视，那就是失职。现在咱们的小说没有人爱看，其道理也在于此吧。

希望你把思古幽情的诗写一写，我等着躺在床上拜读了。再谈吧，也许我有一时动不了笔了。

祝好

良铮 2·18

（1977年）

这是我在山西收到的最后一封信。

致杜运燮（收信人写有“这是我在山西收到的最后一封信”）

标语口号永远也代替不了诗歌（致江瑞熙）

好久没有接到你的信，我心想，好似断了线的风筝，忽而飘来，忽而又隐没。幸好这回又出现了。不但出现，而且真要谈谈（不是记流水账）心，我很高兴。好像你一直是Poker-faced，忽然笑脸可亲，请原谅我过去对你的印象吧。这原因是，你信中这次说明了，就是你想朝“实践家”努力，实干派当然就不多愁善感，总要时时显出Business-like, no nonsense，像你的老兄那样。你的努力，从我的印象说来，可算是成功了，但其中究竟有些什么乐趣，我还不太知道。你把情感的乱发都梳得整整齐齐，涂油和打蜡，可是心里又不那么整齐，大概就是你说的那“梦想者”的幽魂在作祟。由一种人硬努力当另一种人，而另一种人在世界上也并不感缺乏，我不知这种努力会得到什么报酬。会画的人偏要改学音乐，我看不如顺着画家性格发展。当然，当梦想者就是被人看成神经……我也不是说梦想者好，但我觉得人性如潮水，堵住一口，它仍要另突一口而出，不如导引它进入有益的渠道。你本来可以搞一点文学，可是放弃了它，把这一渠道也堵塞了。那么，行年六十，你得到了什么？你可以惋惜于十年为“四人帮”（或在其指挥下）工作，受限制受压，但即使不如此，新闻对你也不全适合。幻想完全用不上，而幻想是金，实用文是银，后者要低多了。舍金而就银，这是我觉得划不来的。有时一个人一辈子最重视的工作，死后完全不为人所知，倒是他偶一为之的工作，留了下来，成为有价值的，我看你何不仿效一下？

由于多年的训练，你的人生观是乐观的，如“人类总是前进”之类，但那是否就是万金油，能医治一切病痛吗？“它进步它的，我悲痛我的”，行不行？如果不行，那悲哀的情绪就永远从人世间及字典中抹掉了。恐怕还办不到。形式化，公式化，代替不了个人的细微感觉，细微感觉则甜酸苦辣都有，到共产社会也除不掉，因此标语口号、政论等等，永远也代替不了诗歌及文学。你的倾向是把它简单化，在个人身上简单化，“硬充好汉”，这是自去神经末梢。人本来有不同的进化程度，进化越高，神经末梢越敏感，你则愿意自降一格。

算了，我这是信口开河，随手胡写，你也随看，不必在意；我现在只感到历史重演的事很多，旧的一切并不能全取消，以前以为是取消了，现在恢复得好厉害。因此，更觉得不能把事情简单化了。过去轮廓清楚，黑白分明，现在都模糊了。

（1977年2月16日）

江瑞熙（1920—2003），笔名罗寄一，新华社资深记者。早年以诗歌创作著称，作品多见于海内外报刊。译著有罗丹传记《我赤裸裸地来》（与杨苡合译）等多种。

1975年7月与江瑞熙

人生无常的几首诗（致董言声二则）

一、三月的情景已不可追

我前些天还从《闻一多全集》中重温一下我在卅年前写的一首诗，那诗写的很不错，请你也再欣赏一下：

还原作用

污泥里的猪梦见生了翅膀，
从天降生的渴望着飞扬，
当他醒来时悲疼地呼喊。

胸里燃烧了却不能起床，
跳蚤，耗子，在他的身上粘着，

你爱我吗？我爱你，他说。

八小时工作，挖成一颗空壳，
荡在尘网里，害怕把丝弄断，
蜘蛛嗅过了，知道没有用处。

他的安慰是求学时的朋友，
三月的花园怎么样盛开，
通信联起了一大片荒原。

渐渐看出了变形的枉然，
开始学习着在地上走步，
一切是无边的，无边的迟缓。

卅年前我已在惋惜那“三月的花园”，你讲的那些在我脑中也活跃如昨日然。我记得你老把宿舍的椅子坐成这种样式，脸朝天哈哈大笑。不知这种时候现在还有否？那真是无忧无虑的日子。你，我，董庶和竹年，咱们一起坐船到八里台及黑龙潭，船上撑起白布篷，闻着芦苇的香味，躺在船上听着橹声，谈着未来，归来已万家灯火。这是多么清清楚楚印在脑中的事情！那个八里台多么美！可是现在我天天在八里台，再找那地方已不可得。无怪你的“松堂”也“无处觅”了。这一切，用一句唯心论的话说，都只是存在于我们的脑中，幻觉中。现在三月的花园已进入初冬，头上落了白霜。再回想三月的情景，实已不可追了。

（1976年4月29日）

二、我总想在诗歌上贡献点什么

信中的故事我给人转述了几遍，大家很欣赏这类故事。“四人帮”的丑事太多，你在上海所闻当然不少。但何以这类事是可能的，根由何在，却没有人有这种学术兴趣。“四人帮”的揪出，对我也有好处。我有一部诗稿，拜伦的《唐璜》，寄给出版社已三年多，最近托北京友人去问，回答是，若在“四人帮”时期，出版它是无望的，但现在有可能出了。因此，编辑愿留此稿。这部稿是我的精心之笔，有一千页，等三四年出版时，请你指正。由于这一鼓励，我近来又利用空闲搞一点译诗。

上海你所称的黑老K也来信说，“四人帮”揪出后，他“头上的大石头搬走了，从此可以睡大觉了”。由此可见为害之烈。把他整得实在够厉害。他说三四个月他的事情可能变动，大概又将起用。不知你看到报上有此公的名字否。

多谢你替我打听医院，我多半仍设法在津入院。现正设法中。一点小事，有时竟能致命。这条腿不知后果如何，只要能走路而不架拐，我一定在治好后去上海一游，你等着咱们上海见。或者完蛋，那就另说了。

你提到卅年代和董庶，真是令人感慨。还记得我们四个人坐小船游黑龙潭（今之水上公园）吗？当时大家谈的什么？谈未来和人生，谈希望和抱负，是不是？而今呢？这些都不必再谈了，嘴里留下的只是苦味。莎士比亚说，“人生是个坏演员”，它的确演得很不精彩，随随便便就混过了一辈子。

当然，也许还有廿年可活，我还要寄以希望。我觉得我还有展望。最近的事态，可以使人高兴。你提那位郭兰英，听说是1957年犯过错的，所以她的登台，也意味着团结一切积极因素的范围。我总想在诗歌上贡献点什

1975年12月与董言声

么，这是我的人生意义（当然也够可怜）。

还是你过得健康而乐观，希望把你的痛快生活多描一点给我。我随信的一诗，是我的一点情思，不知能引得老友的共鸣否？

冬

我爱在淡淡的太阳短命的日子，
临窗把喜爱的工作静静做完；
才到下午四点，便又冷又昏黄，
我将用一杯酒灌溉我的心田：
多么快，人生已到严酷的冬天。

我爱在枯草的山坡，死寂的原野，
独自凭吊已埋葬的火热一年，
看着冰冻的小河还在冰下面流，
不知低语着什么，只是听不见：
呵，生命也跳动在严酷的冬天。

我爱在冬晚围着温暖的炉火，

和两三昔日的好友会心闲谈，
听着北风吹得门窗沙沙地响，
而我们回忆着快乐无忧的往年：
人生的乐趣也在严酷的冬天。

我爱在雪花飘飞的不眠之夜，
把已死去或尚存的亲人珍念，
当茫茫白雪铺下遗忘的世界，
我愿意感情的热流溢于心间
来温暖人生的这严酷的冬天。

（1977年1月4日）

董言声：1914年生于天津，是穆旦中学同班同学董言全之兄，也是穆旦早年的好友。先后就读于南开中学、北洋大学土木系，毕业后从事铁路、港口建设，曾任交通部第三航务工程局副总工程师，先后参与或主持了天津新港、青岛、上海、南京等港口的国家重大工程的施工建设，获国家攻关科技进步奖和交通部科技进步成果奖。1995年逝世于上海。

新诗的复兴要靠外国作品的介绍（致巫宁坤两则）

一、我译拜伦

人生多变化，稀里糊涂地过去了，还要再稀里糊涂结束。莎翁说，生活是个坏演员，的确演得很乏味而不精彩。

也来了一点好事。我的《唐璜》，前不久有友人到出版社为我去取（怕三年多以来，丢了），编辑回答：在“四人帮”揪出以前，没有出版可能，现在不同了，有机会则可出版，并说这部稿子是“下了功夫”的。因此，稿子也未拿回，两位编辑在四五十岁之间，能够看出我译得不错，我很受鼓舞。因此，现在又加一点劲，把以前（记得你在南大时候）译的拜伦抒情诗又重加整理，又添上已译的一些叙事诗（《贝波》《审判的幻景》《青铜世纪》等）想弄出一本《拜伦诗选》以备几年以后出炉。因为我越来越觉得，新诗的复兴要靠外国作品的介绍。好像欧洲的文艺复兴是发难于希腊罗马的文艺的介绍一样。关于拜伦，我有了比较清楚的认识，他的辉煌之作不在于那些缠绵悱恻的心灵细腻的多情之作，例如Childe Harold里的那许多怀古及哀叹人生的悲歌，而是在于他那粗犷的对现世的嘲讽，那无情而俏皮的，和技巧多种多样的手笔，一句话，惊人，而且和廿世纪的读者非常合拍，今日读《唐璜》，很多片断犹如现代写出一般，毫不觉其dated。我这才明白为什么十九世纪的批评家把他列为二流诗人，那是因为他们只喜爱Childe Harold之类的“诗意”的作品，而现在人们恰恰腻了那一套。所以，我看到牛津的《拜伦诗选》和Mathew Arnold的选本，对于《唐璜》都是选了那些最过时的所谓“美”的章节，真正精彩的全没有选进去。无怪，因为他们对诗所定的标准使他们瞎了眼。这次我摒弃了他们选的，自己选了些段，并定名为“英国官场”“歌剧团”“购买奴隶”“上流社会”“资产阶级”“议员选举”等名称，由这些名字你也可想见其内容是什么吧。称之为现实主义的诗歌无愧，而且写得多有意思！这里的艺术很值得学习。总之，现在英美批评界把拜伦的《唐璜》高度评价是完全正当的，关于专论《唐璜》的书，南大六十年代买进了三两本，足见其地位之高了。

关于做官，我相信有人家世代为官，那是遗传之故。性格决定人能否当官，而性格是遗传的。陶潜那种性格，在哪个时代也当不了官，大概他的子孙，他的父亲和祖父也都不曾显贵。我原先相信这种规律，以后有些年不相信，现在又回到相信了。鲁迅是另一个范例。他爱一吐为快，则生活不会舒服，而求生活舒服者，则必须在嘴巴上吞吞吐吐或完全不畅言。二者任选其一，不可兼得。“四人帮”时期，只有两个年青人敢顶嘴，但生活很不舒服，是其又一证明吧。

（1977年1月5日）

二、把外国诗变为中国白话诗

你别替我高兴太早，那本译诗要过几关尚不知道，只是编辑先生赏眼而已。现在还不见出版物有何更新之处，所以时间尚早，等冰化了，草长得多了，也许它能夹在当中悄悄冒芽。只是我的傻劲、神经、太闲和不甘心，才支持我弄这些捞什子。最近把拜伦的《锡隆的囚徒》和《柯林斯的围攻》两首叙事诗译出，连前译的《贝波》《审判的幻景》《青铜世纪》共五篇长诗，我想这些放于选集大概也够了。这些篇各有一长，以见拜伦之才。我不知以前向你发表过我的这一谬见否？我认为中国诗的文艺复兴，要靠介绍外国诗。人家真有两手，把他们的诗变为中国白话诗，就是我努力的目标，使读者开开眼界，使写作者知所遵循。普希金和拜伦正好比我们现有的水平高而又接得上，奥登则接不上。虽然奥登低于前两位大师。我想寄一点拜伦给你看看，提提意见，可是我想还是等我去安徽再说吧。

……

你的书我已告与良，等见××时提一下。他这种诗人我看很有问题，以前沾沾喜于认识×部长，“我要缺好酒，就到他那里喝去”，真是那么知交，令人佩服。而今……？人的眼皮浅，官场上的逢迎，古已有之，只有陶潜不为斗米折腰，令人敬服。历史重演，个人的历史也是多次重演。所以现在读那种流放的悲歌，我们深寄以同情。

（1977年2月12日）

巫宁坤（1920—2019）：生于江苏扬州，抗日战争期间就读于西南联合大学外文系，后赴美留学。1949年在芝加哥大学研究生院与穆旦同学。1951年回国，先后在燕京大学、南开大学、安徽师范大学、北京国际关系学院等高校任教。晚年移居美国，用英文写作自传《一滴泪》。2019年病故于美国。

请把高傲的忍耐持守心中（致孙志鸣四则）

一、诗可晦涩，散文则不可

我想你回到乡下后，一定写了一些诗吧？大概你得等第二信再拿给我看。从你的信中，看出你有文学的意趣，没有什么“更有意义的话”也能写三张出来。我记得我年青的时候也能这么写，虽然现在是干巴巴，只写该说的几句话就完了。谈到技能，大概在水中游泳，以写诗者的技能来竞争，该是最吃亏的事。因为心灵是一个大包袱。

不知1974年出的什么书上能有艾略特的诗句。是内部书吧？不然真是很奇怪的事。你的散文也有一点晦涩，说到“我又回到了刚来时的境地”，我不明白指的什么，希望你再解释一下。我虽然主张诗可晦涩，却不同意散文也如此。

（1975年8月12日）

二、“希望”也是由自己创造

……今年有一个教育部长的报告，说是接班人原有三项，但如今只剩了一项“劳动者”，文化不要，甚至觉悟也不要了。此外还有很多话，主旨是要重视智育，看来这也许可以成为一个转机。我总觉得多积累知识是有用的，尤其在年青时期不可荒废光阴。“希望”也是由自己创造，是不是？

……你抄来的这两首，有些和我曾写的东西相近似。“蛹”提到一连串的变形，使我想起我在廿多年前写的一首小诗，叫“还原作用”，那是写我在旧社会里，感到陷入旧社会的泥坑中的失望心情。

……

秋天是宜于诗兴的，冬天的气候也使人冷静。你在农村中有许多生活经验，必有许多可写的。写诗也得多看诗，不知你手边有些诗集吗？我最近又把奥登诗注解了一些，等回津给你看看吧。

（1975年10月9日）

三、很爱陶潜的人生无常之叹

……我在周总理逝世后十天，摔了一跤，跌下自行车，右腿股骨颈折断（又又进一些），至今已七十天了，还没有全好，每日躺在屋中，用拐走路，不能久坐，大概过一百天可以好大半。你在包头还替我设法买白药，太谢谢你了。可是现在我已过了服用白药的阶段，白药在有破伤和流血时可用，多用则血凝固。所以，我等收到后，还留下，你我各收留一瓶备用吧。我近两月因为不能外出并需卧床而特别苦恼，整天昏昏沉沉，躺不是，坐也不是。抽空也看些书，读点旧诗。很爱陶潜的人生无常之叹，如以下一首：

野外罕人事，穷巷寡轮鞅；白日掩荆扉，虚室绝尘想。时复墟曲中，披草共来往；相见无杂言，但道桑麻长。我麻日已长，我土日已广。常恐霜霰至，零落同草莽。

……

你问我的心情如何，这确不易描述。简单一点，以你们包钢的产量可以衡量。它高我也高，它低我也低。此外，我想自己余年可以数，是不是应该搞点什么。一会有一会的想法，适才想到：是不是把普希金的五六百首抒情诗（其中百多首未发表过）重新改译和抄出一遍。这倒也是一种课余的工作呢。（译艾略特十首和奥登五十多首，及其大量解释已接近完工）

你在那里还能看到艾略特和但丁，想来精神生活还有消遣，《神曲》大概是朱某译的吧？不知看来有味否？“地狱篇”是一般人能读下来的，其余不易卒读。

（1976年3月31日）

四、一头扎进普希金悠游于他的诗中

……这两个多月，我一头扎进了普希金，悠游于他的诗中，忘了世界似的，搞了一阵，结果，原以为搞两年吧，不料至今才两个多月，就弄得差不多了，实在也出乎意料。这就是何以给你一直未回信的原因之一。我的腿真该诅咒，再过四天就五个月，可是还未全好，还得用一拐支着，现在每天练习多走，以期快好。看样子也许得六个月？天知道。如果你能在八月间来，我可以给你看看已抄成的译诗，请你谈谈感想。究竟有没有意思，我也闹不清，反正我是做了大幅度的改修，力求每行押韵，例如，“寄西伯利亚”一诗，原来韵脚很勉强，又是二、四行韵，一、三行无韵，现在我改成都韵，而且取消那种勉强状态。可是是否在流畅上还保持了原来的程度？抄下来你看看，说说你的看法。

在西伯利亚的矿坑深处，
请把高傲的忍耐持守心中：
你们辛酸的工作不白受苦，
崇高理想的追求不会落空。

灾难的忠实姊妹——希望。
在幽暗的地下鼓动人心，
她将把勇气和欢乐激扬：
渴盼的日子就要降临。

爱情和友谊将会穿过
幽暗的铁门向你们照耀，
一如我的自由的高歌。
传到了你们苦役的洞穴。

沉重的枷锁将被打掉，
牢狱会崩塌——而在门口，
自由将欢欣地把你们拥抱，
弟兄把利剑交到你们手。

（1976年6月15日）

孙志鸣：1952年生于天津，1968年至1975年在内蒙古五原县插队，其后在包头市当工人。1983年内蒙古大学中文系毕业，后在深圳市工作。因喜爱文学创作，经查英传介绍与穆旦相识并通信联系。

白话诗自己该做未来的祖先（致郭保卫六则）

一、诗应该写出“发现的惊异”

看到你的来信，我有一个突出的感想，就是写诗的人一下子就会有共同的语言，可以开门见山，无需客套，而彼此也就理解了。我们没有见三面，写信一两封，可是觉得很近乎似的。这大概是气质所决定的吧？不是这种气质，恐怕也不弄这种劳心而无益的事，是一种天生的傻劲，求真，带他走上这条不实际的小径。从你信上有些话，我感到你谈出有些深入的感觉，这在我们日常与人的交往中，有时十年也说不出一句来。尽管年龄上有差距，咱们做朋友还是可以的。你说是不是？

你说得很对：不要留我的信，看后就扔，这是最重要的先决条件，如是咱们可以随便（也不太随便）谈谈，而无后顾之忧。如是就可以像当面谈话，否则写信就只能写八行书了。

关于诗，我感觉你可能缺乏读物。（我手边有旧日的书如卞之琳等的《汉园集》，朱湘的译诗，郭老的诗等。）中文白话诗有什么可读呢？历来不多，白话诗找不到祖先，也许它自己该做未来的祖先，所以是一片空白。现在流行的，是想以民歌和旧诗为其营养，也杂有一点西洋诗的形式。我觉得西洋诗里有许多东西还值得介绍进来。还有一个主要的分歧点是：是否要以风花雪月为诗？现代生活能否成为诗歌形象的来源？西洋诗在二十世纪来一个大转变，就是使诗的形象现代生活化，这在中国诗里还是看不到的（即使写的现代生活，也是奉风花雪月为诗之必有的色彩）。我和你提到我曾译了拜伦的《唐璜》，那里有些诗我很欣赏；他以故事诗形式写了当时英国社会。普希金的《欧根·奥涅金》仿他的技巧，写了俄国社会。我还译了拜伦两篇较短的讽刺故事诗，等你来津时可以看我的稿子。这种诗的形式是可以模仿的。

奥登说他要写他那一代人的历史经验，就是前人所未遇到过的独特经验。（由抄去的那点诗里你可略见他指的什么经验）我由此引申一下，就是，诗应该写出“发现的惊异”。你对生活有特别的发现，这发现使你大吃一惊（因为不同于一般流行的看法，或出乎自己过去的意料之外），于是你把这种惊异之处写出来，其中或痛苦或喜悦，但写出之后，你心中如释重负，摆脱了生活给你的重压之感，这样，你就写成了一首有血肉的诗，而不是一首不关痛痒的、人云亦云的诗。所以，在搜求诗的内容时，必须追究自己的生活，看其中有什么特别尖锐的感觉，一吐为快的。然后还得给它以适当的形象，不能抽象说出来。当然，这适当的形象往往随着内容成形，但往往诗人也得加把想象力，给它穿上好衣裳。所以，最重要的还是内容。注意：别找那种十年以后看来就会过时的内容。这在现在印出来的诗中很明显，一瞬即逝的内容很多；可是奥登写的中国抗战时期的某些诗（如《一个士兵的死》），也是有时间性的，但由于除了表面一层意思外，还有深一层的内容，这深一层的内容至今还能感动我们，所以逃过了题材的时间局限性。你说你写的那篇爱情故事诗像三十年代的，倒很中肯，我还想再缩短十年，像二十年代更恰当，因为三十年代已转向社会政治题材了。不过，你另一句话也说得很对，就是你在写它时"没有别人在旁边看着我的感觉"。这"感觉"成为现在作者的很大问题。他身兼两职，既要凭感受来写作，又要根据外面的条条来审核和改动自己的感受，结果他大为折中，胆子很小，笔锋不畅，化真为假，口是心非。这种作品我们不会认为是好作品，尽管非常正确合格，但不动人。苏联文学被西方评为“穿制服的文学”，大概是这个意思。总之一和生活有距离，作品就毁了。

我这里有些诗集，想等你来津时看，有些当面谈谈其中好坏，更可有助于理解。中国有句谚语，“求其上者得其中，求其中者得其下”，我当然希望你“求其上”，但现在你能看到的样品，多半属于中下，若在其中有所求，能得到什么呢？而且，写诗的人得经常看一些诗，尽管差的也罢，否则他的思想总是不易被拉到诗上去。所以你在闲暇时还得找点诗来看，激发自己的诗兴。近日天气渐凉，秋天最易于得到感想，不知你爱秋天和冬天不？这是我最爱的两个季节。它们体现着收获、衰亡、沉静之感，适于在此时给春夏的蓬勃生命做总结，那蓬勃的春夏两季使人昏头转向，像喝醉了的人，我很不喜欢。但在秋季，确是令人沉静多思，宜于写点什么。

最近仿佛到了一个转风时期，你必时常听到些什么。我只希望能在文艺上宽松一些。你不肯荒废时光，将来总有用得上的一日吧。

（1975年9月6日）

二、要写出有时代意义的内容

接到你的信，我的印象仿佛你又有些陷在爱情的苦恼中。细节我也不清楚，不能为你解烦，只有希望你能自己解脱一些。你大概看到我的那《诗八首》，那是写在我二十三四岁的时候，那里也充满爱情的绝望之感。什么事情都有它的时期，过了那个时期，迫切感就消失了。现在让你不关心它也不成，可是完全失迷于其中呢，也不明智。如果能由于心里的重压而写出诗的结晶，那也不白苦一阵。当然，现在写纯粹爱情的诗，又有点不合时。我想给你抄一首奥登的爱情诗看看：

太亲热，太含糊了

如果讲爱情
只凭着痴心
照定义而行，
那就隔着墙壁，
从“是”走到“不”
就通不过去，
因为“不”不是爱；“不”就是“不”。

是关一道门户，
是绷紧了下颚，
意识到的难过。
说“是”吧，把爱情
变为成功，
凭栏看风景，
看到陆地和幸福，
一切都很肯定，
沙发压出吱扭声。
如果这是一切，爱情
就只是颊贴着颊，
亲热话对亲热话。

× × × ×

声音在解释
爱的欢欣，爱的痛苦，
还轻拍着膝，
无法不同意
等待心灵的吐诉
像屏息等待攻击，

每种弱点原封不动，
相同对着相同；
爱情不会在那里；
爱情已移到另一个座椅。
已经知道了
谁挨近着你，谁是下一个
不感到为难，
也不会昏眩，
就会有礼貌地
离开北方自得其所。
而不会集合起
另一个对另一个，
这是设计自己的不幸，
预言自己的死亡和变心。

注解：爱情的关系，生于两个性格的交锋，死于“太亲热、太含糊”的俯顺。这是一种辩证关系，太近则疏远了。该在两个性格的相同和不同之间找到不断的平衡，这才能维持有活力的爱情。

你在郁闷中搞自己的文字，这确是不错。如果先给我看，我是很高兴给你提供一些意见的。不过你要首先知道，我搞的那种诗，不是现在能通用的。我用一种非实际的标准来议论优缺点，对你未必是有益的。可是我又不会换口径说话。我喜欢的就是那么一种，你从闻一多集中也可看到，我和老江、老杜几个人的诗（此外还有一两个其他人，如王佐良等），和其他的一种诗不同。我们这么写成一型，好似另一派，也许有人认为是“象牙之塔”，可是我不认为如此，因为我是特别主张要写出有时代意义的内容。问题是，首先要把自我扩充到时代那么大，然后再写自我，这样写出的作品就成了时代的作品。这作品和恩格斯所批评的“时代的传声筒”不同，因为它是具体的，有血有肉的了。

不知你将有什么朋友来津？是小秦吗？我可以把几本诗托带去。我还有几本三十年代和五十年代的诗刊，前不久在旧书店还买到一本不出名的诗集，但其中有一些幻想，也送给你看看。我希望这是你的一位好朋友，不致对此事感到奇怪。

（1975年9月9日）

三、诗用形象表达思想

你写了这么一句话：现在人们的关系，可以用“恶劣”二字形容。我心想，你能否把这意思写成诗？那诗就成了你的实感。我记得你给我看的那本诗稿，其中写的正是相反，其中歌颂了人和人的关系。美好关系的歌颂，是有成规和范例可循的，但若写你的日常真实感觉，恐怕倒没有榜样可参考了。因为谁也没这么写过。这就是我所谓的，要使现今的生活成为诗的形象的来源。在三十多年以前，我写过一首小诗，表现旧社会中，青年人如陷入泥坑中的猪（而又自认为天鹅），必须忍住厌恶之感来谋生活，处处忍耐，把自己的理想都磨完了，由幻想是花园而变为一片荒原。应该怎样表现这种思想呢？这首小诗可以抄给你看看：

污泥里的猪梦见生了翅膀，
从天降生的渴望着飞扬，
当他醒来时悲痛地呼喊。
心中燃烧着却不能起床，
跳蚤，耗子，在他的身上粘着，
你爱我吗？我爱你，他说。
八小时工作，挖成一颗空壳，
荡在尘网里，害怕把丝弄断，
蜘蛛嗅过了，知道没有用处。

他的安慰是求学时的朋友，
三月的花园怎么样盛开，
通信联起了一大片荒原。
那里看出了变形的枉然，
开始学习着在地上走步，
一切是无边的，无边的迟缓。

这首诗是仿外国现代派写成的，其中没有“风花雪月”，不用陈旧的形象或浪漫而模糊的意境来写它，而是用了“非诗意的”辞句写成诗。这种诗的难处，就是它没有现成的材料使用，每一首诗的思想，都得要作者去现找一种形象来表达；这样表达出的思想，比较新鲜而刺人。因为你必得对这里一些乱七八糟的字的组合加以认真的思索，否则你不会懂它。因为我们平常读诗，比如一首旧诗吧，不太费思索，很光滑地就溜过去了，从而得不到什么，或所得到的，总不外乎那么“一团诗意”而已。可是，现在我们要求诗要明白无误地表现较深的思想，而且还得用形象和感觉表现出来，使其不是论文，而是简短的诗，这就使现代派的诗技巧成为可贵的东西。我上面引的，不见得是好诗，但是它是一种冲破旧套的新表现方式，你看了不知有什么意见和感想？

你提到温庭筠的一诗，我前些天似曾见大家研究传阅。你对旧诗有一定的熟习和写作能力，这是我所没有的。我有时想从旧诗获得点什么，抱着这目的去读它，但总是失望而罢。它在使用文字上有魅力，可是陷在文言中，白话利用不上，或可能性不大。至于它的那些形象，我认为已太陈旧了。

（1975年9月19日）

四、诗的内容不同于散文

普希金最后的一首抒情诗《纪念碑》……他说“我为自己建立了一座非人手造的纪念碑”，意即心灵上的纪念碑。你不是也想到同一内容上去了吗？诗应该写的内容，就是不同于散文；你这么写出的两句，很具体地说明该怎么写诗。我看赵朴初的诗还没有这么样的句子，他写的全是散文，尽管有诗的形式。从这点说你比他强。但也有不足，就是文字上的修饰问题，似有不全易懂处，仍嫌生硬。“仰慕天下非人颂”前四字也不好懂，我想如果你用白话写也许就不必如此迁就了。旧诗装新酒有困难，还有，诗要多写，会时而出好句子和新奇的幻想，这样就越写越有信心了。

自古诗人以愁绪为纽带，成了知交。我的朋友运燮原是写诗的，但现在变成了100％的乐天派，因此情绪就谈不出来。现在你的来信补了这个空隙。可是，年青的诗人，我想劝你……你要来天津就好了，咱们可以随便些。不知你5月1日之前都到哪儿演出？最好能路过天津，我大概还得50天养息，已经50天了！老天爷！

高兴听到你在筹建幸福的家庭。更高兴知道小秦和你很好，稳固的友谊和互相信任，这是幸福婚姻的基础（而今有些人以立柜和物质为基础）。我有一首对结婚悲观的译诗，什么时候拿给你看看，倒不是劝人悲观，而是要帮助认识某些礁石，以免小船撞上去。我想你们相识时间很长，大家都有深刻理解，能够有话互相倾吐，这样就把人生的许多烦事可以抛在脑后，快乐地生活下去，这使你能避免很多危险。

（1976年3月8日）

五、文艺家的敏感哪里去了？

我近来读鲁迅，看到《集外集》有一篇《文艺与政治的歧途》（1927），其中有些话很有意思，不知如何理解，如

“唯政治是要维持现状，自然和不安于现状的文艺处在不同的方向”，“政治想维系现状使它统一，文艺催促社会进化使它渐渐分离；文艺虽使社会分裂，但是社会这样才进步起来”，“革命成功以后……有人恭维革命，有人颂扬革命，这已不是革命文学。他们恭维革命颂扬革命，就是颂扬有权力者，和革命有什么关系？这时，也许有感觉灵敏的文学家，又感到现状的不满意，又要出来开口。从前文艺家的话，政治革命家原是赞同过；直到革命成功，政治家把从前所反对那些人用过的老法子重新采用起来”，“即共了产，文学家还是站不住脚”。

最近“四人帮”事件，吃惊地看到他们“祸国殃民”，这样的字样来得突然，以前从未觉得他们有什么如此的地方，这恐怕也是文学家事前从不给我们透露的缘故吧？他们从“一向正确”的高台上一下子变为“祸国殃民”，不能不令人吃惊，文艺家的敏感哪里去了呢？

所以，我们谈到有一片空白。例如，现在“走后门”没有人写，而它是普遍现象，并非个别。后门收进不必要的人和无能的人，反而把有用的人才排斥在外，甚至为人而设位。这是“私”的表现吧？所以你若要写“自私”，这就是一个好题材，我想。然而又完全做得合法化，教你看不出马脚，特权也是如此。但写这些又有什么用？我看也不必写吧。

现在我的骨折生长不佳，又裂开一缝，必须开刀，钉钉子，还要重新养起。不过马上动不了手术，因为医院无床位，要等一两个月了。我目前用双拐在校内近处走动，好保持身体的活力和健康。

昨晚停电，今早看见烛台，有感而成一打油诗，抄寄你一看：

停电之夜

太阳最好，但是它下沉了。
拧开电灯，工作照常进行。
我们还以为从此驱走夜，
暗暗感谢我们的文明。
可是突然，黑暗击败一切，
美好的世界消失、灭踪。
但我点起小小的蜡烛，
把我的室内又照得光明：
继续工作，也毫不气馁，
只是对太阳加倍地憧憬。

次日睁开眼，白日辉煌，

小小的烛台还摆在桌上。

我细看它，不但耗尽了油，

而且残留的泪挂在两旁

那是一滴又一滴的晶体，

重重叠叠，好似花簇一样。

这时我才想起，原来一夜间

有许多阵风都要它抵挡。

于是我感激地把它拿开，

默念这可敬的小小坟场。

……

又想起“空白”问题。文学本来有两类题材，一类是写“应该如何”，这是描写理想人物和世界，是把现实美化，是浪漫主义；另一类是写“事实如何”，这是现实主义，描写实际上的情况不加以美化。咱们现在缺乏的就是这一种。过一百年，人们要了解我们时代，光从浪漫主义看不出实情，必须有写实作品才行。现在苏联的生活，光从文学作品理解不出，因为它写的光是英雄人物，而日常生活则很少描写，倒是外国记者报道了出来。

（1976年10月30日）

六、诗行十二三个字足矣

接到来信和两诗。我看这两诗都写得不错，第一首大概是写现实与台上表演的距离，不过有夸赞“表演得好”之意，这一点是否你的原意呢？我有一首是相反的，寄你一看。第二诗经你一解释，我明白远方来客是指第二代了，那就更明白些。两诗都有含蓄也有流畅和易懂，不过我可以看出，你也是朝向“现代派”方向迈进了。里面有一个问题，每行字数太多了些，在精短简洁上差些。诗本来是字少而意繁，所以应避免啰唆。我认为每行十二三个字足可以表现任何思想，诗行太长就失去诗的分行意义了。

你还有几百行的作品，这足见你近来努力情况。我曾译了拜伦的叙事诗《贝波》，给人看了，便仿它写了几百行的叙事诗。你现在写的大概不是叙事诗，我倒很希望你朝这方面努力一下。叙事诗外国有很好的样本，我以后带给你看看。

我现在等过春节，过了节，就打算进医院，狠一下心做手术，那么，我们有两个月就不便写信了，主要是我卧在床上，大概写不了。如你给我写，那我倒是欢迎的。

你要上一次寄来的诗，恰巧我还留着，给你寄去。我认为还可修改一下，“小猴”之类太不必要。你的情思是年青人的，比较蓬勃，像我就没有。我因此羡慕你，但又认为你应把思路再多整理清楚，爱憎分明，然后再写出。比喻和形象也要多琢磨一下，让它发生有机的联系才好。

（1977年1月12日）

郭保卫：1948年生于北平，1961年考入中国东方歌舞团，并接受中国舞校的培训，从学员成为演员和舞蹈教员，曾为中国舞蹈协会会员。因喜爱文学和诗歌创作，于1975年经杜运燮介绍与穆旦相识，并保持通信联系。现移居新西兰。

文學概論
怎樣分析文學作品
文學發展過程
文學原理
別林斯基論文學
歐根·奧涅金
波爾塔瓦
青銅騎士
高加索的俘虜
加甫利頌
普希金抒情詩集
普希金抒情詩二集
布萊克詩選
濟慈詩選
雪萊抒情詩選

唐璜
唐璜
普希金抒情诗选
普希金抒情诗选
普希金叙事诗选集
欧根·奥涅金
拜伦诗选
英国现代诗选
丘特切夫诗选
罗宾汉传奇
ROBIN HOOD AND HIS MERRY MEN

穆旦（查良铮）主要译著

辑

三

在一张白纸上描出个圆圈，
点个黑点，就算是城市吧，
你知道我画的正在天空上，
那儿呢，那颗闪耀的蓝色小星！
于是你想着你丢失的爱情，
独自走进卧室里踱来踱去。
朋友，天文台上有人用望远镜
正在寻索你千年后的光辉呢，
也许你招招手，也许你睡了。

——《劝友人》1939年6月

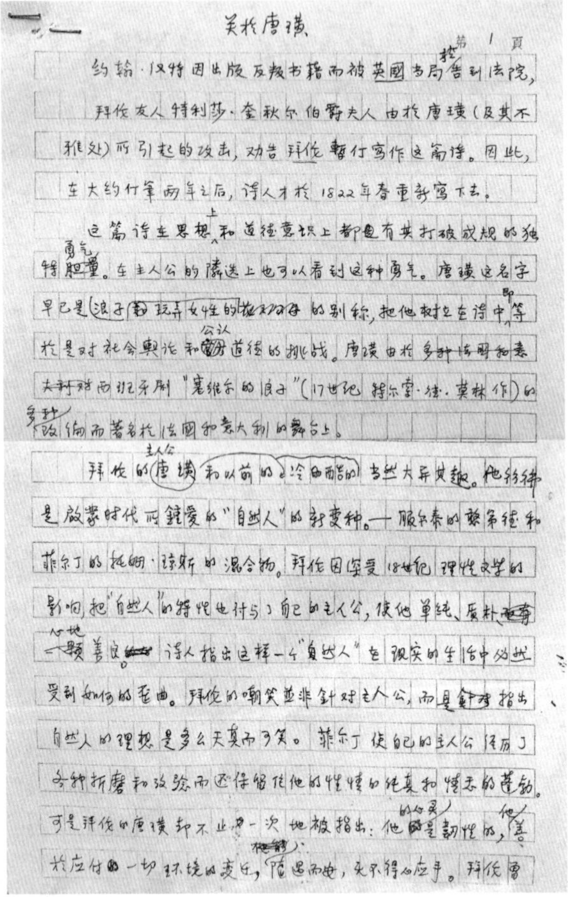
关於唐璜

第 1 頁

约翰·汉特因出版反叛书籍而被英国当局控告到法院，拜伦友人特利莎·奎秋尔伯爵夫人由於唐璜（及其不雅处）所引起的攻击，劝告拜伦暂停写作这篇诗。因此，在大约停笔两年之后，诗人才於1822年春重新写下去。

这篇诗在思想上和道德意识上都具有打破成规的独特勇气。在主人公的塑造上也可以看到这种勇气。唐璜这名字早已是浪子的别称，把他树立在诗中即等於是对社会舆论和公认道德的挑战。唐璜由於西班牙剧"塞维尔的浪子"（17世纪 特尔索·德·莫林作）的多种改编而著名於法国和意大利的舞台上。

拜伦的主人公唐璜和以前的冷酷的当然大异其趣。他仿佛是启蒙时代所钟爱的"自然人"的新变种——伏尔泰的憨第德和菲尔丁的汤姆·琼斯的混合物。拜伦因深受18世纪理性文学的影响，把"自然人"的特性也付与了自己的主人公，使他单纯、质朴、心地善良。诗人指出这样一个"自然人"在现实的生活中必然受到如何的歪曲。拜伦的嘲笑并非针对主人公，而是指出自然人的理想是多么天真而可笑。菲尔丁使自己的主人公经历了多种折磨和考验而还保留住他的性情的纯真和情志的善良。可是拜伦的唐璜却不止一次地被指出：他的心灵是韧性的，他善於应付一切环境的变化，随遇而安，无不得心应手。拜伦曾

关于《唐璜》手稿

关于《唐璜》

约翰·汉特因出版反叛书籍而被英国当局控告到法院，拜伦友人特利莎·奎秋尔伯爵夫人由于《唐璜》（**极其不雅处**）所引起的攻击，劝告拜伦暂停写作这篇诗。因此，在大约停笔两年之后，诗人才于1822年春重新写下去。

这篇诗在思想上和道德意识上都有其打破成规的独特勇气。在主人公的遴选上也可以看到这种勇气。唐璜这名字早已是玩弄女性的浪子的别称，把他树立在诗中即等于是对社会舆论和公认道德的挑战。唐璜由于西班牙剧《塞维尔的浪子》（十七世纪特尔索·德·莫林作）的多种改编而著名于法国和意大利的舞台上。

拜伦的主人公和以前的冷酷的唐璜当然大异其趣。他仿佛是启蒙时代所钟爱的“自然人”的新变种。——伏尔泰的《憨第德》和菲尔丁的《汤姆·琼斯》的混合物。拜伦因深受十八世纪理性文学的影响，把“自然人”的特性也付与了自己的主人公，使他单纯、质朴、心地善良。诗人指出这样一个“自然人”在现实的生活中必然受到如何的歪曲。拜伦的嘲笑并非针对主人公，而是指出自然人的理想是多么天真而可笑。菲尔丁使自己的主人公经历了各种折磨和考验而还保留住他的性情的纯真和情感的蓬勃。可是拜伦的唐璜却不止一次地被指出：他的心灵是韧性的，他善于应付一切环境的变迁，随遇而安，无不得心应手。拜伦曾半真半戏谑地谈到要使他的主人公在意大利成为“侍卫骑士”，在德国成为多愁善感的维特式的青年，在英国成为促成夫妻离婚的祸首，而逐渐成长为一个被纵容得厌腻这一切的人。由此可见，唐璜的善变，对社会的时尚和各种乖僻的境况都能迅速适应的本能是使他和十八世纪自然人大为不同的一个特征。

他本能地倾向于善和美，但是，他可以让这种本能随意被其他的本能所代替，只要这不过分妨碍他的良心。他为奥罗拉·罗比的纯真和善良所吸引，但是费兹甫尔克公爵夫人一旦诱惑他，他也可以顺水推舟地接受她的诱惑；这就是他的适应环境的一例。他由于一时冲动而拯救了小女孩雷拉，可是却不去防止她经手另一种危险让“恶习铲除会”推荐的品契贝克太太去承担她的教育。为什么？因为上流社会风习如此，他总是按照风习办事的。

拜伦在本诗开头就提到，在他的时代已没有真正的英雄可言，因此，唐璜的英雄主义不可能植根于现实的土壤。拜伦怀疑启蒙哲学家所谓善必将胜利的论题，因此以半讥讽半忧郁的心情描写了世外桃源的爱情故事——在一个荒凉海岛上海黛和唐璜的爱情。而他们的美梦终于在粗暴的强盗群中惊醒。海黛的美梦的幻灭成为她的生命的结束，然而对于唐璜，这成为他的新生活的开端——就是学会了漠然无情的处世术、贪图成功和利禄的世俗生活的开始。在这条道路上，他的美貌和他原有的气质（勇敢、善良）都推动他顺利地前进，使他终于进入官场和上流社会，与一切伪善和钩心斗角的人相周旋起来。他的成功不是由于盘算和心机，而只是由于他顺其本能，并不拒绝生活中任何恰意的诱惑而得来的。

可是，启蒙学者曾经教导说，凡人只要顺应自己内心的天然冲动行事，必然是善的，道德的，因为人的天性就是善的，道德的。拜伦则一反这种理论，指出顺依天性而行只能把人变为环境的奴隶和他人欲望的工具。在现实的环境中，人的本能冲动形成为具体行动时远非永远是崇高的，这种看法不但反驳了对英雄的浪漫概念，而且也否定了拜伦在自己早期的东方叙事诗中所表述的英雄。例如，在加吾尔诗中，加吾尔对所俘的巴夏之妻雷拉的爱情被写成伟大而崇高，它不但毁了雷拉及巴夏，最后也毁了加吾尔自己。可是唐璜在后宫中和杜杜的偶遇而发生的刹那爱情又如何呢？它却是以一种清醒而诙谐的调子写出的。这表明拜伦已摆脱了对人性的诗化和美化；他对人的观察已不是孤立地使之脱离其环境，而是把他放在现实的世界中了。他逐步指出环境如何对唐璜起着巨大的影响，使唐璜逐渐澄清了种种幻觉。拜伦一面嘲笑这种幻觉的天真幼稚，一面悲叹它的消失的必然性。因此，诗中的特点之一是由主观出发的抒情和由客观现实出发的嘲笑有着奇异的混合。这种由客观现实出发对事物所作的评价是拜伦的革命浪漫主义的一个新的发展阶段。

拜伦虽对十八世纪启蒙哲学对自然人的赞美（自然人是幸福的）不抱有幻想，但他没有摆脱自然的道德观。他不再美化天然的冲动和感情，但也不批评它们。他认为只有伪善才应受批判。

漫谈《欧根·奥涅金》

普希金从二十四岁起，开始写作《欧根·奥涅金》，到三十一二岁写完了它。这正是诗人生命力最旺盛的时期。因此，读者一打开这部作品，首先得到的印象就是它那蓬勃的生命，仿佛是打开了一瓶香槟酒，泡沫奔腾，芬芳四溢。诗人尽量把自己解放出来，喜怒笑骂，沉思与低回，泼辣与忏悔，顽皮的诙谐和严肃的悲哀混在一起，简直让读者如入人间仙境，美不胜收。可以说，我们的感情在读任何作品时，都不像在这里似的，发挥得如此淋漓尽致。我们往往看了一段时间后，不自禁地赞叹一声，放下书本，看不下去了，因为我们的心灵从阅读中获得了如此丰富的感受，内部感到如此芜杂、拥塞，它不得不暂停一下，咀嚼一下已获得的东西。凡是读过一遍《欧根·奥涅金》的人，就像孩子尝过味道极浓的蜜糖一样，有谁不想再读两遍三遍的呢？这篇伟大作品的动人的魅力竟是如此！在世界古典名著中，尽有一些著作，伟大是伟大了，但读来令人疲倦，其显著者如但丁的《神曲》，就连密尔顿和荷马的史诗也不例外。但只有普希金的这部史诗，却令人爱不忍释。这是多么值得大书特书的一种艺术奥秘呵！这部诗体小说，据说是从拜伦的《唐璜》得到启发的，然而，拜伦的长诗，如今能从头到尾看它一遍的读者已经不多了，只就这一点而言，普希金的作品（在同是描述当代生活的范围内）在艺术上就高出了一筹。

打开《欧根·奥涅金》的第一章吧，这第一章是全书的冠冕，公认为是八章中最精彩的一章。在这里，幽默（或轻松的讽刺）成为主导成分，压过了严肃的口吻。从这里开始，随着故事的进展，我们仿佛看到诗人的生命也由青春的欢笑逐渐趋于沉静。第一章充满了最沸腾、最欢跃的生命，它以满是人情味的、幽默的态度，热烈赞美了奥涅金的（以及一般青年人可能有的）荒唐的青春的日子。我说是“赞美”——自然，普希金并没有采用直接的方式来这样做；甚至读者可以反问我：普希金不是以幽默或轻松的讽刺来描述奥涅金的吗，如何谈得到“赞美”？问题正在这里：我想打个比方。比如说，我们看见了一个天真的孩子在胡闹、嬉笑，而闹得跌了跤时又大哭一场，假如我们不是感到被干扰而发怒的话，只是作为旁观者，大概总会对这种可爱的天真景象微微一笑的吧？这微笑，一方面表现我们不同意儿童的荒唐和违反逻辑的举动，一方面又表现了：我们正是因此而对儿童有所喜爱。在普希金对奥涅金的叙述中，不是恰好表现出这种态度吗？似乎是，奥涅金的青春越是荒唐，可笑，越显得可爱。怎么可能呢？这是因为普希金没有以道学家的态度来描述奥涅金，也没有以政治或社会的课题来要求他。在第一章里，奥涅金的生命只是青春的生命，他还没有进入道义生命的阶段和主体故事之中。普希金在这里只单纯地、突出地唱出了青春的赞歌，而这赞歌，不管它具有怎样时代的特征（及其局限性），直到今天还能深深打动我们的心，激起我们的欢乐感觉。我相信，它将如马克思所赞美的古代希腊艺术，会在未来的时代永远“施展出一种永恒的魅力”来的。

我几次提到《欧根·奥涅金》的艺术魅力；这下面，我想粗浅地、片面地探讨一下这魅力的部分根源。

我们知道，这篇诗体小说大致可以分为两部分材料：一是故事主体，一是抒情插话或旁白。故事是核心，它讲述达吉亚娜如何热爱奥涅金而被拒绝，以后又是奥涅金如何热爱达吉亚娜而被拒绝，中间穿插以连斯基的决斗和死亡。整个说来，是一个哀情的爱情故事，而围绕这个故事，诗人写出了很多旁白，在很多地方现身说法，议论、感慨、诙谐，有些诗节涉及故事，有些似乎与故事毫不相关。这一大部分的“题外话”，我们从别林斯基的文章可以看到，当时很受到人们指责，说是这使小说失去了“完整性”，成了诗句的“堆砌”和“胡扯”了。但是，事情真是这样的吗？当然不是。恰恰相反，正如斯罗尼姆斯基所说：“抒情的插话大大扩展了小说的轮廓，异常丰富了它的内容。”[①]因此，别林斯基赞誉这篇作品是“俄国生活的百科全书”。但这些话，只是陈述了现象，并没有试图说明这大部分抒情插话有无艺术上的需要，是否破坏了作品的完整性，以及是否一切作品都可以照这方式来搞一下。布罗茨基主编的《俄国文学史》上，只是说：“至于那种抒情的叙述调子，则是由于被描写的人物同作者个人生活接近而引起的。……作者在那些诗章里公开表现出自己个人的情绪与感受、自己的文学观点与思想、自己个人对于被描写的人物的态度。”[②]接着，该书就把这些材料分为八类，如：何者是自传性的材料，何者叙述了诗人自己的创作道路，何者表现了他的爱国主义热情，何者表现了诗人对于生活川流不息、季节更替

① 见拙译《欧根·奥涅金》附录第327页。

② 见蒋路、孙纬译《俄国文学史》第363页。

的感慨等等。但这些，仍只是机械地罗列现象，没有说出在这篇作为完整性的作品《欧根·奥涅金》中，有无必要如此“庞杂地”离题叙述下去。在塞尔恰宁诺夫和波尔菲里多夫所著的《俄国文学史》上，有这样的解释：“《欧根·奥涅金》的结构上的特点是：它是‘自由体’的小说……这篇小说在结构上的自由和韧性，从它的很多脱离叙事线索的旁白中可以看出来。”这里，仿佛只规定它是属于“自由体”的小说就够了，因此就可以自由地结合其他部分了，也没有试图说明这样做是否有害，以及小说究竟有无完整性的问题。

在我看来，作为艺术大师的普希金，他所以要在《欧根·奥涅金》这个故事中放进很多“不相干”的材料而致使它成了“俄国生活的百科全书”，是有他的艺术上的必要的。确实，他在小说献词中自称它是一些“杂乱的篇章”“任随我倏忽的意兴写成”等等，但这不过是自谦的托辞而已。我们要问：他何以不在其他作品中都如此“自由”一下，而偏要在《欧根·奥涅金》中“自由”起来呢？他这样做，不仅有其创作发展中的必然性，而且有这篇特定作品在艺术完整上的必要性的。

我的解释可能不够圆满，愿意提出来请大家指正。

大家知道，普希金在写作奥涅金的整个期间，正经历着由浪漫主义过渡到现实主义的创作过程。《茨冈》（1823—1824）是他的最后一篇浪漫主义作品。从此，他受到现实感的愈益深刻的浸润，以至后来当他翻阅自己早期作品《高加索的俘虏》的时候，他竟“对那些忧伤的诗句笑了半天”。[①]

这一点，在研究《欧根·奥涅金》的艺术形式时是非常重要的。在这里，诗人明显地要叙述一个哀情的爱情故事；可是，要是照卡拉姆金的《可怜的丽莎》那种浪漫而哀伤的口吻来叙述它，他已经办不到了。诗人的内质如果原是浪漫主义的，现在却起了变化，这变化的实情，正如他在1823年所写的一首抒情诗《恶魔》中所说的：

那时候，一种高贵的感情：
自由，光荣，爱，艺术的灵感，
都那么有力地使血液沸腾；
我心里充满过希望和欢乐，
但是悒郁突然投下了暗影：
一个邪恶的精灵偷偷访问我。

① 引自拙译《高加索的俘虏》附录第86页别林斯基的论文。

这个精灵带来了“他的讥笑和他尖刻的语言”，使诗人不得不朝现实主义走去。这就部分地说明了：为什么在诗人的创作过程中，写到《欧根·奥涅金》这个哀情的故事时，突然出现了幽默、轻松的讽刺和旁白。这是因为：诗人的现实感加强了，他对故事中的浪漫因素发生了抗拒的、否定的情绪了，而这就表现为他不能老实地、一本正经地叙述它，必然要另找门道和旁白等，来表现那个“邪恶的精灵”代表现实的嘲笑感了。

这是从一方面看。但从另一方面看，诗人内心的浪漫情绪还是很强烈的，它虽然碰到现实感觉，有所退缩，可是并不甘于现实的窒压，还时时要跳出来，哪怕是哀叹一声也好。这样，在叙完故事中某些现实性的材料（**散文生活**）以后，诗人自然忍不住要旁白一下，抒情一下，好让他内心的诗的情感得到某种发泄。所以，从两方面看，大量的抒情插话都是有必要的。

以上是从诗人的心灵状态的角度来看问题。就作品本身来说，同样，我们也可以看到，由于要表达两种相互冲激的东西，诗人是巧妙地、艺术地把故事和旁白结合起来了，把他的现实主义和浪漫主义结合起来了，其结果是一个奇异的融合，并不表现为效果杂沓、非驴非马，而是在我们的感情上促成了更高一级的和谐境界。

我想再深入说明这一点。我们都承认，这篇诗体小说“描写了典型环境中的典型性格，描写了从日常生活环境中，从形成他们的那个社会环境的氛围中抽取来的平常人物……这一切都带着严格的现实性的标记，带着俄罗斯社会发展上一个特定历史时期的标记”。（见布罗茨基：《俄国文学史》348页）不错，《欧根·奥涅金》是现实主义的小说。但我不同意该书接下去的一句话：“俄罗斯大自然的描绘与作者的抒情，也显出同样的现实主义性质。”关于大自然的描绘，以后再谈。先说“作者的抒情”，怎么能认为它是现实主义的呢？从理论上兜圈子，下定义，未免显得空泛，我们无妨从实例说话。我们都读过一些浪漫主义诗歌吧；依我看来，浪漫主义诗人们最喜爱的主题，莫过于爱情的感叹，死亡的哀悼，人世的变迁，时光和季节的流逝等等。请看，《欧根·奥涅金》不正是有很多这类的诗节吗？例如，第一章的第三十—三十四节，在奥涅金进入舞会后，诗人自己便出来感叹起自己过去的艳事如“女人的脚”以及“那媚人的眼，甜蜜的话语，和那双脚一样的飘忽不定”了。同一章的第四十七—四十九节，也是在歌咏已逝的爱情和对爱情的憧憬。第二章的三十六—三十九节，从感叹拉林的死而过渡到连斯基的挽歌，这又引起诗人的“生命不过是一个泡沫，我对它从没有什么留恋”的咏叹等。悼亡和关于世事变迁、时光不再的诗节，在连斯基死前和死后出现得更多，分布在第六章后半（从二十二节起）和第七章的开头。至于达吉亚娜和奥涅金的两封长信，把爱情歌颂得至高无上，当然更是浪漫主义的杰作无疑。全书中，类似这些浪漫情调的诗行，可是说俯拾即是，不胜枚举；不过有长有短，往往是呈现在几行中，一闪即逝。由此看来，怎能说“作者的抒情也显出现实主义性质呢”？不，《欧根·奥涅金》所以能如此激动我们的心灵，这些浪漫主义的诗行是起着不小作用的，不该为我们所忽略。

可是，我也许有了语病。这里所谓的“浪漫主义”诗行，难道真是出自一个浪漫主义诗人的手笔吗？不能这么说。事情的微妙正在这里。普希金明明知道，他要是自始至终照浪漫派诗人来写这个哀情故事，一定不会如此引动人的，因为过分的悲哀和呻吟的堆砌，其结果是反而引人（也许二十岁以下的人除外）发笑了。如前所说，诗人已掌握了足够的现实感觉，这使他不能整个回到浪漫主义的方向去。因此，他写了一部基本上是现实主义的小说；其中，在他看来，写进了足够多的“散文”生活。可是，另一方面，他的诗人的心灵（也就是“那么有力地使血液沸腾”的“高贵的感情：自由，光荣，爱，艺术的灵感”）还是要从这“散文化”的现实主义小说的框架中迸发出来，于是就有了大量我们所谓的“浪漫主义”诗节和诗行。

这里所谓的“浪漫主义”，其实是受着现实主义（或现实感觉）的节制甚至渗透着的。因此，在我们看来，咏叹也好，哀歌也好，它总是恰到好处，适可而止，不过分地刺伤了我们的现实感，也从不流于肤浅空洞的泛滥。这里可以打个比喻：仿佛是，我们刚感到现实中的“散文”生活过于窒息时，诗人就给我们送来一阵神异的芬芳的空气；可是等我们再想多呼吸一下时，诗人又忽地把我们拉到现实的闷人气氛中来了。就这样，我们不断地在两个世界的气氛中反复穿行。这既非完全“散文”的生活，又非完全的“诗”境，因此，我说，它在我们的感情上促成了更高一级的和谐境界。

普希金自己说过：“目前我正在写的并不是一部小说，而是一部诗体小说——这两者的差别多么大呵。”诗人曾把它看作俄罗斯文学史上的新型长篇小说。

小说的外在形式是诗体，这没有什么重大的意义可说。我想，普希金所重视的，恐怕该是这部小说的内在艺术形式吧。我们不是已经看得很清楚吗？它是“诗”的生活与“散文”生活的融会，浪漫主义与现实主义的融会；是在生活中糅进了美，而又并无美化生活的谎言；是在现实的土壤上对生活所可能达到的最美的认识；是“清醒”与“诗意”的结合。而这一切，是只能由所谓“自由体”的小说，由外在形式的“诗体小说”表达出来的。是这样“两重性”的内容，才有这样“两重性”的形式（既诗意而又散文化的小说）。这部小说的内容与形式的配合，由此看来，实在是密切无间的。普希金在提到“诗体小说”时，必然意味着把这个含义从形式贯穿到内容里来了，因此他才认为这一点有很重要的意义，也就毫不足怪了。

这，我想，也解决了《欧根·奥涅金》这部小说的结构问题。为何要在故事的叙述中，掺杂那么多“自由的”无论是诙谐或抒情的旁白，就完全可以理解了。正是这两部分交错和相互制约的材料，构成了作为这种特定形式的小说的完整性的。两者缺一，不可能成为普希金从内容上所意味着的“诗体小说”。

在认可这一点以后，我们还可以追问：是不是那些旁白摆得很随便，很“自由”呢？它们是不是仅仅“由于被描写的人物同作者个人生活接近而引起的”（见布罗茨基《俄国文学史》）呢？我看也不是这样。先拿一个典型例子来看。第一章第三十一三十四节，在写浪荡子奥涅金热心地进入舞会以后，诗人接着想到了自己的过去，感叹着自己的已逝的爱情。表面看来，这几节抒情插曲正是由“被描写的人物”奥涅金的生活而引起的。可是，再往下看，第三十七和三十八节忽然写起奥涅金“他的感情早已僵冷”，“任女人顾盼，多情地叹息，他都懒懒地毫不注意”。由十节以前的浪荡子生活的描写，一下子过渡到这般境地，这是怎么回事呢？我们会觉得突然，会觉得奥涅金的变化不可解，要不是有第三十一三十四这几节抒情插曲的话。这几节写的虽是诗人自己，但由于情境的逼似，就能使我们感到奥涅金在荒唐一阵、“乱搞恋爱”一阵以后，他心灵之中自然而然也会有同样的哀愁之感的。那么，从这种情绪再看到奥涅金“对于生活愈来愈冷淡”的描写，我们也就会毫不诧异了。把这几节旁白安插在这里，岂不正发挥了它应有的桥梁作用和艺术效果吗？能说它是随意带进来的吗？

再举一个例子。第三章，在达吉亚娜写完爱情的信后，从第二十二节起，诗人发起议论来了，大意是说：他看到尽是些虚情假意的“调情的姑娘”，在爱情的把戏上很成功，而达吉亚娜却要由于真情而倒霉。这种议论，我们不能说是偶然或顺便写进来的。不。普希金知道它在这儿会起什么作用，是计算好了才写的。因为，我们上面已读了很多诗节描述达吉亚娜如何陷入热恋，以至快要感到：是不是描写得过分了？正在这个时际，诗人提起上流社会的一些“高不可攀的女郎”，写写她们的“清白、冰冷”或“乖僻的妞儿”的狡狯伎俩来对照一下，这够多么巧妙呵！诗人一下子把我们从热情的苦海投到坚硬的现实土壤上来了。有了这一对照，达吉亚娜的似乎只在哀情小说中才能见到的真情反而成为真实的存在了；不然，我们也许觉得那只是诗人在呓语吧。

再举一个例子。第四章，在奥涅金对达吉亚娜的爱情表示拒绝以后，诗人立刻发了一顿感慨（自第十八节至二十二节），大意说：世态险恶，朋友和敌人、小人都一样不可靠，亲戚只会挑剔你，美人只会使你伤心云云。这无形中把达吉亚娜的个人感受，放在整个险恶世情的框架中来了。这使我们一方面感到：奥涅金的做法，正是他从这险恶的世情所染得的一份；另一方面，自然，我们也要和诗人一样感到对“可爱的达吉亚娜放心不下”了吧。这几节刻绘出冷酷世情的议论，正是为了要加深我们对达吉亚娜的同情而放在这个适当的地方的。

由此看来，所谓“自由的”、任意的旁白，实则在每一处都相当适切于一个严密组织起来的艺术结构（或艺术效果）的需要。这中心的控制力是诗人所特具的那种高度的艺术感。凭着这种感觉，他知道在哪儿该慨叹；哪儿该机智和议论；哪儿该诙谐打趣，破坏一下严肃得快成为刻板的气氛；哪儿可以引申一下含义，使人由个别想到一般，从而加深小说的思想性；哪儿该由诗突然坠入散文，或者相反，使人恍惚把诗带进了现实，或者把现实带进了诗中。就是这种艺术感把《欧根·奥涅金》塑造成了一件晶莹的、斑斓多彩的艺术品。

我前面说过，在这部小说里，诗人的浪漫主义是受着现实主义的节制甚至渗透的。他的抒情，有些地方是纯浪漫情调；但有些地方，也受着现实主义的熏染，或者“带有现实主义性质”。反过来看，他的现实主义又何尝没有浪漫主义的熏染呢？因此，例如，前面提到的关于俄罗斯大自然的描绘，我就觉得它并不纯粹具有“现实主义的性质”。当然，就其写出俄罗斯所特具的自然景色这一点而言，它是现实主义的，但同时，那种种的自然描绘又多么富于“诗”意、多么富于浪漫情调呵！看看第四章第四十节以后的冬季景色及生活的描写吧：人们说，普希金会把最平庸、最单调的东西写成诗，其实，用一句也许不太恰当的话来说，这不正是他的浪漫主义气氛把现实主义升华了吗？第七章公认为是现实主义诗歌的杰作，开头对春季大自然情景的描写是很卓越的。诗人像莎士比亚在他的抒情短歌里一样，号召人们到绿色的田野来享受迷人的春天。春季给人带来种种浪漫的情感，诗人也尽情地让它流露出来，可是，才唱了一半，突然他的脑子回到现实的意识上来了：

喂，来吧：善良的懒虫，
来吧，会享乐、会逍遥的哲人，
还有你们，淡漠的幸运儿，
还有你们，列夫申的门生，
乡间的普利姆，多情的夫人，
来吧，来吧，春天在招手……

庸俗的现实和清新的诗情结合到一起了：这正是我所谓浪漫主义和现实主义互相渗透、彼此升华的一个很好的例子。

普希金的艺术感觉，似乎被我说得神秘一些了；其实，说破了，它的根源也许就在于诗人的深厚的人情味，在于他对生活的诗的悟彻。我们细细读一下《欧根·奥涅金》的每一节诗，都会感到它自成一种情绪、情调或意境的整体。每一节诗都能提供我们一个不同的优美感觉，一种特殊的浑圆味道，归根结底，这引导我们赞羡人生，热爱人生。诗人以他的感情陶冶了我们，使我们不自禁也具有了他对生活的人道主义的优美感。我深深感到，别林斯基一点也没有说错：普希金的诗是教育人（*尤其是青年人*）的最好的作品！

在结束这篇漫谈以前，我想应该指出，《欧根·奥涅金》的思想的美及其人物的真实性所含的魅力等等，也许是评论者首先应该注意到的。不过，因为这些在别林斯基的文章和《俄国文学史》都有论列，我就不在这里重述了。

普希金《寄西伯利亚》

寄西伯利亚

在西伯利亚的矿坑深处，
请坚持你们高傲的容忍：
这辛酸的劳苦并非徒然，
你们崇高的理想不会落空。

“灾难”的姊妹——“希望”
正在幽暗的地下潜行，
她将给带来幸福和勇气：
渴盼的日子就要降临。

爱情和友谊将会穿过

幽暗的铁门，向你们伸出手，
一如朝向你们苦役的洞穴
我自由的歌声缓缓迸流。

沉重的枷锁会被打断，
牢狱会颠覆——而在门口
自由将欢笑地把你们拥抱，
弟兄们把利剑交到你们手。

1825年12月14日，俄国爆发了十二月党人的革命。一些具有进步思想的贵族和军官在彼得堡武装暴动。暴动很快镇压下去了。新即位的沙皇尼古拉一世残酷地处置了革命党人，把为首的五人绞死，一百二十人流放到西伯利亚去做苦工。

当时，普希金正幽居在北方的米海洛夫斯克村，度着他第二次流放的岁月，没有机会参加这场革命斗争。但他是多么为这一惊天动地的事件所震撼呵！他一方面想赶快回到彼得堡去，另一方面又感到自身的危险。因为在审讯十二月党人时，事实表明，普希金的诗歌，特别是《短剑》，起过鼓动革命的巨大作用，他是很可能和十二月党的朋友们一同受审的。第二年九月，沙皇把普希金召回到莫斯科，想以暴力和怀柔的两面手法把这个诗名盖世、却一直不驯的诗人牢笼在自己的掌握之中。他们见面时的一场对话是很有趣的。沙皇问道："普希金，要是你在彼得堡的话，你会参加12月14日的事件吗？"普希金回答说："毫无疑问的，陛下。我所有的朋友都参加叛谋了，我岂能不参加呢？"[①]这次会见使普希金得到"宽赦"，他可以在莫斯科居住和写作，沙皇还应允亲自审查他的作品，而实际上就是使他受警察总监宾肯道尔夫的严密监视。

我们知道这个背景，就会体会到普希金在1827年初写作《寄西伯利亚》这篇诗是多么勇敢、大胆。在十二月党人革命失败以后，尼古拉的反动统治的铁掌异常顽强，进步人士不是被捕，就是消沉了，人们对未来丧失了信心，而伟大的普希金却高唱出战斗的声音，对革命表示深厚信心，给失败的革命党人（在莫斯科，他们的名字是人们连提都不敢提的）安慰和鼓励，这是多么难能可贵！

这篇诗一写出来就被人们辗转抄写，传播开去，直到1874年，即诗人死了三十七年之后才第一次在《俄国文献》上发表出来。当它写成之初，正值有些十二月党人的妻子勇敢地要到西伯利亚去陪伴她们的丈夫，其中一位渥尔康斯卡娅在日记

---

① 引文是作者直接从俄文翻译的，下同。《寄西伯利亚》根据的是作者原有的译文，见平明出版社出版的《普希金抒情诗集》——原作者注。

里说，普希金托她带一篇给囚犯们的信，她因为走得匆忙，这《信》（即《寄西伯利亚》）就交由尼基泰·摩拉维耶娃带去了。它是写给全体在西伯利亚的革命者的。他们都激动地听到了诗人的声音。他们的心情，从十二月党诗人奥多耶夫斯基对普希金的答诗中可以看出来：

预言之琴的火热的声音
达到了我们的耳边，
我们的手急于去握剑柄，
但得到的却是锁链。

但请放心吧，诗人：这命运，
这枷锁反使我们骄傲，
在牢门里面，我们的心
一直在对帝王们嘲笑。

我们辛酸的劳苦不会落空：
星星之火可以燎原——
我们受了启发的人民
将汇集在神圣的旗帜下面。

我们要把枷锁锻成剑，
再一次点起自由的火炬：
它会突然烧着了帝王，
使人民快乐地舒一口气。

这两篇唱和的诗，都随着革命的种子传播得很广。列宁创办《火星报》时，就摘录奥多耶夫斯基的诗句“星星之火可以燎原”作为题辞。

《寄西伯利亚》是一篇精彩的、动人的诗。它充满革命的热情、美好的思想，而且音调铿锵。下面我们就来看看诗人是以怎样的艺术形式来表达他的这些热情和思想的。

首先，我们可以看到，诗人是在歌唱“崇高的理想”“希望”“爱情和友谊”“自由”等等，但是，谈到“崇高的理想”，他就指出在“矿坑深处”的“辛酸的劳苦”；谈到“希望”，他指出“灾难”是它的姊妹；谈到“爱情和友谊”，他说它们得“穿过幽暗的铁门”；而说到“自由”，又把“牢狱”提出来和它对照。两组相反的事物，“低沉”和“昂扬”的两类意象，交替地打动我们的心，使我们的情感在两组感性事物之间反复激荡。现实本来也是这样的：要实现“崇高的理想”，不能不通过“辛酸的劳苦”；有了“灾难”，才更激发“希望”；“自由”是必须从战斗里取得的。这首诗一方面在思想意识上肯定了这种现实，另一方面，它的艺术的组织，感性因素的排列，也深刻地符合现实生活的规律，使我们一节一节读下去的时候，随着思路的反复回旋，感到其中所含蓄的情感的深厚。

我们的情感不仅在每一节里有一次反复回旋，而且是节节提高的。在第一节，只是说劳苦和理想不致落空，到了最后一节，已经是牢狱会颠覆，自由将要欢笑地和人们拥抱了。这是始自低调，终于畅快的高歌；第二、三节是朝向这个高点的过渡。可以看到，诗人在第一节中把西伯利亚囚徒的艰难境遇大略描绘之后，接着就对他们表示希望，说“希望正在幽暗的地下潜行”。这是第二节。但若光说“希望”，未免渺茫、薄弱，因此在第三节里就写出“爱情和友谊”来加强它。这“爱情和友谊”是不是渺茫的呢？不，诗人说，他这首诗就可以作为例证，“一如朝向你们苦役的洞穴，我自由的歌声缓缓进流”。有了这样多的光明力量，到第四节，人们就自然会想到“牢狱会颠覆”、自由将来到门口把他们拥抱的日子了。所以说，这首诗给人的情感是节节提高的。最后一句话——“弟兄们把利剑交到你们手”，特别值得注意。因为有了这句话作收尾，全诗最终给人的高扬的情感，就不是容易取得的欢乐，玫瑰色的假象，而是踏踏实实的情感。看到第四节的“枷锁会被打断，牢狱会颠覆”时，人们似乎要松一口气了，但是，立足于现实土壤的诗人，一刻也不会使他的笔脱缰，即使是在歌调高昂的时候。他能预见欢乐，又能够不被这预见的欢乐冲昏头脑，所以才告诉他的朋友们说：欢乐吧，但那将是战斗的欢乐；自由来了，但你们还是需要执剑去战斗的。由于有了最后这句话，全诗的热情才显得更充沛有力，“渴盼的日子”也有了具体的内容。实则全诗的情感的节奏也是步步扣着这种调子而展开的。

在艺术构思方面，由于诗人在诗里注意使用某些材料和词语，又避免使用另一些材料和词语，就把那样一幅现实图画暗示为另外一种东西，成为一个更广大的综合。例如诗的开头说：“在西伯利亚的矿坑深处”，这真是在描写矿坑吗？“辛酸的劳苦”，是指囚徒在挖矿，还是指他们已失败了的革命工作？说“希望正在幽暗的地下潜行”，这又是什么意思？“幽暗的地下”是指那个特殊的矿坑，还是指的沙皇统治？“幽暗的铁门”和“牢狱”也一样，它们既是具体的，又是抽象的，概括的，即象征沙皇统治下的整个俄国的。这样一来，这首诗就大大扩展了它概括的领域，从而提高了思想性。囚徒们在开矿，在辛酸地劳苦，这是一层意思；更深的一层意思是，开矿也象征着革命工作，革命者是要把幸福挖掘出来，拿给人民的。“希望正在幽暗的地下潜行”——这既是矿坑里的事，也是全俄国都在发生的事。而牢狱，扩大来看，也是指全俄国的人民都生活于其中的那个牢狱。

我们不能把每篇描写现实的艺术作品都作抽象的概括的解释，勉强这样做，往往是很有害的；但也绝不能忽视某些作品的广大的概括领域，特别是当那些作品中有一些伏线引导并鼓励我们这样去探索的时候。《寄西伯利亚》正是这样的一篇诗。它把具体的描绘和巨大的概括和谐地结合起来了。

第一节诗就是最好的例证。它的动人处不仅在于描写矿坑，还更在于写出革命失败后的情景。普希金从来没到西伯利亚去看过他的朋友们，怎样知道他们是工作在“矿坑深处”？这个“深处”，多么令人心酸呵！它明写矿井，暗中指出了革命者在失败以后处于怎样的人间地狱的境遇之中。失败了，还要坚持高傲的容忍，这里，革命者坚贞的形象就经由“高傲的”一词完全活现出来，又是多么令人景仰！“辛酸的劳苦”，如前所说，可以指他们在矿中的苦役，可是接着一句“你们崇高的理想不会落空”，我们就无法不把“辛酸的劳苦”和革命联想到一起了。再如“幽暗的地下”，“幽暗的铁门”，也是以“幽暗的”一词给读者传达了足够的暗示，使读者不得不想到沙皇统治下的不自由的俄罗斯，从而提高了诗的思想力量。

最后，我们如果想了解一下《寄西伯利亚》在普希金作品中所占的地位，最好以它和诗人以前所写的同类诗歌《自由颂》（1817年）和《短剑》（1821年）比较一下。那两篇诗也对传播革命思想起过巨大作用的。这里，虽限于篇幅，不能多谈，但可指出一点，即《寄西伯利亚》比起那两篇诗来，是更成熟的。那两篇诗所表现的革命要求还只限于打倒暴君，《寄西伯利亚》却是要推翻整个“牢狱”了。同时，这篇诗在艺术形象上也更为完整，更见得首尾衔接，一气呵成。

（载《语文学习》，1957年7月号）

艾略特《阿尔弗瑞德·普鲁弗洛克的情歌》

阿尔弗瑞德·普鲁弗洛克的情歌

假如我认为，我是回答
一个能转回阳世间的人，
那么这火焰就不会再摇闪。
但既然，如我听到的，果真，
没有人能活着离开这深渊，
我回答你就不必害怕流言。[①]

那么我们走吧，你我两个人，
正当朝天空慢慢铺展着黄昏

① 见但丁《神曲·地狱》第二十七章61—66行。原诗引用的是意大利文。

好似病人麻醉在手术台上；
我们走吧，穿过一些半冷清的街，
那儿休憩的场所正人声喋喋；
有夜夜不宁的下等歇夜旅店
和满地壳的铺锯末的小饭馆；
街连着街，好像一场冗长的争议
带着阴险的意图
要把你引向一个重大的问题……
唉，不要问，“那是什么？”
让我们快点走去做客。

在客厅里女士们来回地走，
谈着画家米开朗琪罗。

黄色的雾在窗玻璃上擦着它的背，
黄色的烟在窗玻璃上擦着它的嘴，
把它的舌头舐进黄昏的角落，
徘徊在阴沟里的污水上，
让跌下烟囱的烟灰落上它的背，
它溜下台阶，忽地纵身跳跃，

看到这是一个温柔的十月的夜，
于是便在房子附近蜷伏起来安睡。

呵，确实地，总会有时间
看黄色的烟沿着街滑行，
在窗玻璃上擦着它的背；
总会有时间，总会有时间
装一副面容去会见你去见的脸；
总会有时间去暗杀和创新，
去一天天从事于手的巨大业绩；
在你的茶盘上拿起或放下一个问题；
有的是时间，无论你，无论我，
还有的是时间犹疑一百遍，
或看到一百种幻景再完全改过，
在吃一片烤面包和饮茶以前。

在客厅里女士们来回地走，
谈着画家米开朗琪罗。

呵，确实地，总还有时间

来疑问，“我可有勇气？”“我可有勇气？”
总还有时间来转身走下楼梯，
把一块秃顶暴露给人去注意——
（她们会说：“他的头发变得多么稀！”）
我的晨礼服，我的硬领在腭下笔挺，
我的领带雅致而多彩，但为一个简朴的别针所确定——
（她们会说：“可是他的胳膊腿多么细！”）
我可有勇气
搅乱这个宇宙？
在一分钟里总还有时间
决定和变卦，过一分钟再变回头。

因为我已经熟悉了她们，熟悉了一切——
熟悉了那些黄昏，和上下午的情景，
我是用咖啡匙子量出了我的生命；
我知道每当隔壁响起了音乐
话声就逐渐低微而至停歇。
所以我怎么敢提出？

而且我已熟悉那些眼睛，熟悉了一切——

那些用一句公式化的成语把你盯住的眼睛，
当我被公式化了，在钉针下趴伏，
当我被钉着在墙壁上挣扎，
那我怎么开始吐出
我的生活和习惯的全部剩烟头？
我又怎么敢提出？

而且我已经熟悉那些胳膊，熟悉了一切——
那些胳膊戴着镯子，又袒露又白净
（可是在灯光下，显得淡褐色毛茸茸！）
是否由于衣裙的香气
使得我这样话离本题？
那胳膊或围着肩巾，或横在案头。
那时候我该提出吗？
可是我怎么开口？

是否我说，我在黄昏时走过窄小的街，
看到孤独的男子只穿着衬衫
倚在窗口，烟斗里冒着袅袅的烟？……

那我就该会成为一对蟹钳
急急掠过沉默的海底。

啊，那下午，那黄昏，睡得多平静！
被纤长的手指轻轻抚爱，
睡了……倦慵的……或者它装病，
躺在地板上，就在你我脚边伸开。
是否我，在用过茶、糕点和冰食以后，
有魄力把这一刻推到紧要的关头？
然而，尽管我曾哭泣和斋戒，哭泣和祈祷，
尽管我看见我的头（有一点秃了）用盘子端过来，
我不是先知——这也不值得大惊小怪；
我曾看到我伟大的时刻一闪，
我曾看到那永恒的“侍者”拿着我的外衣暗笑，
一句话，我有点害怕。

而且，归根到底，那是否值得，
当甜酒、橘子酱和茶已用过，
在杯盘中间，当人们谈着你和我，
是不是值得以一个微笑

把这件事情硬啃下一口，
把整个宇宙压缩成一个球，
使它滚向一个重大的问题，
说道："我是拉撒路，从死人那里
来报一个信，我要告诉你们一切"——
万一她把枕垫放在头下一倚，
说道："唉，我的意思不是要谈这些；
不，我不是要谈这些。"

那么，归根到底，是不是值得，
是否值得在那许多次夕阳以后，
在庭院的散步和水淋过街道以后，
在读小说以后，在饮茶以后，在长裙拖过地板以后，——
说这些，和许多许多事情？——
要说出我想说的话绝不可能！
仿佛有神灯把神经的图样投到幕上：
是否还值得，
假如她放一个枕垫或掷下披肩，
把脸转向窗户，甩出一句：
"那可不是我的本意，

那可绝不是我的本意。”

不！我并非哈姆雷特王子，当也当不成；
我只是个侍从爵士，能逢场作戏，
能为一两个景开场，或为王子出主意，
就够好的了；无非是顺手的工具，
服服帖帖，巴不得有点用途，
细致，周详，处处小心翼翼，
满口高谈阔论，但有点愚鲁；
有时候，老实说，显得近乎可笑，
有时候，几乎是个丑角。

呵，我变老了……我变老了……
我将要把我的裤脚边卷起[1]。

我将把头发往后分吗[2]？我可敢吃桃子？
我将穿上白法兰绒裤子在海滩上走过。

---

① 这是当时最时髦的式样。

② 据艾略特的哈佛大学同学艾肯（Conrad Aiken）在他的一本自传作品中说，这种发式是当时巴黎文人中最时髦的。

我听见了女水妖彼此对唱着歌。

我不认为她们会为我唱歌。

我看过她们凌驾波浪驰向大海，
梳着打回来的波浪的白发，
当狂风把海水吹得又黑又白。
我们是停留于大海的宫室，
被海妖以红的和棕的海草装饰，
一旦被人声唤醒，我们就淹死。

（1917年）

这篇诗是一个戏剧独白，一个人说出一段话来暗示他的经历并显示了他的性格。……普鲁弗洛克是一个中年人，有些过于敏感和怯懦，又企望又迁延。一方面害怕生命白白溜走，可又对事实无可奈何。他本是他的客厅世界的地道产物，可又对那个世界感到模糊地不满。不过，我们只有细细观察，才能掌握本诗许多细节的全部意义并理解全诗的含意。现在就让我们按照顺序对各个细节观察一下。

本诗里的“你”是谁？他就是许多其他诗中所出现的那个“你”，即普通读者。但本诗中的“你”还特殊一点，它是普鲁弗洛克愿意向其展示内心秘密的人。关于这个问题，我们在本文最后还要论到。

时间正是黄昏，“你”被邀请一起去访问，而这个黄昏世界在本诗往下叙述时变得越来越重要了。这个世界既非黑夜，又非白昼。昏黄的色彩渲染了本诗的气氛。这是一个“好似病人麻醉在手术台上”的黄昏。由于这个形象，这昏黄世界也成了另一意义的昏黄世界，就是生与死之间的境界。这里也意味着病恹的世界，手术室的氛围。我们可以说，在某一意义上，普鲁弗洛克是在动外科手术，或至少进行疾病检查（**这病人既是他的世界，也是他自己**）。他在寻求一个问题的答案，——这是“一个重大的问题”，对这问题“你”不能问，只能从这次访问中，在看到普鲁弗洛克的世界后才能理解。

要达到普鲁弗洛克的特殊世界，“你”必须走过一段由窄小的街道组成的贫民窟。它为普鲁弗洛克的世界提供一个背景，一种对照，这对照在本诗后面部分尤其重要，但目前是为了指出那突如其来的女士们的谈话是多么琐碎。这并非说她们谈的主题琐碎；恰恰相反，那主题——米开朗琪罗是和女士们的琐碎形成对照的，因为他是有强烈性格的人和辉煌的艺术家，而且还是文艺复兴伟大创造时期的典型人物，他和普鲁弗洛克世界的女士们很不相称。

在本诗第15—20行，我们进一步接触到这个昏黄世界。这里有一点发展：烟和雾的降落有意加重那客厅与外界的隔绝。而且，借黄色的雾描出的睡猫的形象，影射普鲁弗洛克世界的懒洋洋和漫无目的的特点。

在下一段（第23—34行）里，有两个主题呈现诗中：即时间主题和“表象及真实”主题。前一主题表现在：总还有时间来决定解决某一未名的“重大的问题”——来构制幻景和修改幻景。这里“幻景”（vision）一词是重要的，因为它意味着某种基本的洞察力，真理的一闪或美的一瞥。只有神秘学家、圣徒、占卜人和诗人才看得到“幻景”。可是这一个词又和“更改”（revision）并用，含有再思索和故意改变的意思，等等。本段的第二主题表现在：普鲁弗洛克要准备一副假象来应付世界。他不能直接面对世界，而必须伪装起来。

这种必须是怎么引起来的，现在还看不出，但在下一节（第37—48行）里我们看到：伪装是由于害怕嘲笑，怕世人的敌视的眼睛贪婪地瞄着每一缺陷。在这里，时间主题的侧重点也改变了。在前一节，是总会有时间来容许推迟重要的决定，可是现在，在那个思想里还渗入另一个思想，即时光迫人，暮年逼近。带着时光逼人的意识和恐惧，普鲁弗洛克敢不敢以一个重大的问题搅乱那个宇宙呢？

以下三节（第49—69行）进一步解释何以普鲁弗洛克不能搅乱宇宙。第一，他自己就属于那个世界，因此，他批评它就是甘冒大不韪。作为那个世界的完美的产物，又被它的庸碌无能的自卑感所熏染，他凭什么能提出对它的批判呢？其次，他害怕这个世界，那些敌视的眼睛在瞄着他。这种恐惧使他不敢改变他的“生活和习惯”。

这三节中的最后一节（第62—69行）好像和前两节有同样的格局：我已经熟悉了这个世界，等等，所以我怎么敢提出？可是它有新的内容，即胳膊和香气，这不能被认为仅仅是普鲁弗洛克世界的细节。归根到底，这首诗名为“情歌”，迄今却还不见爱情的故事。现在，不是一个女人，而许多女人意味深长地呈现了。普鲁弗洛克被赤裸的胳膊和衣裙的阵阵香气所吸引，可就是在这陈述浪漫感情的几行中，我们看到一种更现实的观察在括号里的一行中被提出来：“可是在灯光下，显得淡褐色毛茸茸！”是否这仅仅是附带而过，还是指出了普鲁弗洛克的某方面？对“真正”的胳膊的观察和“浪漫”想象中的胳膊形成对照，这一事实即减弱了吸引力：针对着诱惑还暗示有一种厌恶，有一种对现实和肉体的弃绝。在这种情况下，普鲁弗洛克怎能“开口”呢？

以下五行（第70—74行）是一种插叙，发展着“爱情”主题。普鲁弗洛克想起了（一如在本诗开头）他走过陋巷和贫民窟，看见那里孤独的男子们，被社会所遗弃的人们。何以这里插入这一回忆呢？为什么它在此刻浮上普鲁弗洛克的心中并写在诗里？普鲁弗洛克也是一个孤独的人，一个被社会遗弃的人，他突然感到自己和那些孤独者是一样的。但同时，他的处境却和他们不同。他们是因贫困、厄运、疾病或老年而孤独，而他的孤独是由于他畏缩和弃绝生活。

这种解释从一对蟹钳那两行得到印证。蟹钳是一种贪欲的象征，它和普鲁弗洛克的过于文雅和敏感得神经质的生存形成两个极端。可是绝望中的普鲁弗洛克宁愿过那种蟹钳的生活，不管它如何低级和原始，只因为那是生活，而且是有目的的生活。贫民窟的景象和原始的海底都不同于普鲁弗洛克的世界；我们可以感到从第70行起，有了一种呆板的、散文的节奏，和本诗其他部分的流畅而松弛的节奏迥乎不同。

从第75行起，我们重又回到客厅来，回到普鲁弗洛克没有魄力促使“紧要关头”出现的那个被麻醉的、平静的昏黄世界来。主宰这一节的主题是时间主题，一种体力衰退和死亡临近的感觉，不是时间太多，而是时不我待的感觉。现在，在岁月蹉跎的感觉下，普鲁弗洛克的痛苦仿佛无所谓了；它没有任何成果。他承认他不是先知，也不是像施洗礼者约翰[①]那样能宣告新的天道。在提及施洗礼者约翰的地方，我们还看到也有爱情故事的提示，因为那个先知所以致死，是由于他拒绝了沙乐美的爱情；普鲁弗洛克也拒绝了爱情，但并非由于他是虔信和热情传道的先知。他只不过是他的世界的产物，而在他那个世界里，甚至“死亡”也是一个侍役，在拿着他的外衣并偷偷笑这个有些滑稽的客人。连普鲁弗洛克的死也失去庄严和意义。

从第87到110行中，普鲁弗洛克自问，即使他逼临那紧要关头，这一切是否值得呢？这里牵涉到爱情故事，牵涉到和一个女人的某种默契。“把整个宇宙压缩成一个球”这句话暗用英国诗人马威尔（Andrew Marvell，1621—1678）的一首情歌：《给他忸怩的女郎》。马威尔的情人要把甜情蜜意压缩进至高无上的一刻，可是普鲁弗洛克呢，却要把整个宇宙压成一个球，滚向一个“重大的问题”。换句话说，对普鲁弗洛克来

---

① 施洗礼者约翰是耶稣的前驱，据说他奉派“为天主铺平道路”。《新约·马太福音》记载：希律王因为约翰阻止他娶自己的弟妇希罗底而将约翰囚禁，但因百姓以约翰为先知，不敢杀他。以后希罗底的女儿沙乐美得到希律的欢心，因得不到约翰的爱情，要求希律把约翰杀掉，把他的头放在盘子上给她。希律果然照办了。

说，那不仅是涉及个人关系的问题，而且涉及世界及生活的意义。当然这两者不无关系，如果生活没有意义，个人关系也不可能有意义。

假如普鲁弗洛克能使那严重的一刻发生，他感到他就会像拉撒路一样从死的境域转回来。让我们考察一下这个典故包含什么意思。在《圣经》里有两个叫这名字的人。一个是躺在财主门口的乞丐（《路加福音》第16章），另一个是马利亚和马太的兄弟，他死后耶稣使之复生（《约翰福音》第11章）。当前一个拉撒路死去时，他被天使带去放在亚伯拉罕的怀里，而财主则进了地狱。财主看见拉撒路在享福，就请求打发拉撒路来给他送点水，亚伯拉罕不肯这样做。财主又请求至少打发拉撒路去告诫他的五个兄弟多行好事，以免下地狱之苦。亚伯拉罕回答说，他们有先知的话可以听从。

他（财主）说：我祖亚伯拉罕呵，不是的；若是有一个从死里复活的，到他们那里去，他们必要悔改。

亚伯拉罕说：若不听从摩西和先知的话，就是有一个从死里复活的，他们也是不听劝。

由此看来，两段有关拉撒路的故事，都包含着死后还阳，我们可以说这典故即暗示这两段的这一共同内容。对普鲁弗洛克来说，死后还阳是指他从无意义的生存中觉醒过来，和耶稣叫拉撒路复活相似。“告诉一切”就是说出死后的情况，说出其可怕的情景。乞丐拉撒路的故事似较另一拉撒路的故事在这一用典中所占的比重大些。普鲁弗洛克的告诫正像乞丐拉撒路之于财主们一样，不会被客厅的女士所重视；即使他提出那“重大的问题”，她也不会明白他谈的是什么。

在意识到这情形的同时，普鲁弗洛克还感于他自己的能力不足。他不是哈姆雷特王子（第111—120行）。哈姆雷特陷于犹疑和绝望中。他向奥菲丽亚提出一个“重大的问题”，可是她不了解他的意思。哈姆雷特犹豫不决，但类比到此为止。哈姆雷特庄严而热情地和他的疑难作斗争。他没有屈服于神经质的逃避和怯懦。他面对的世界是邪恶而粗暴的，但不是昏黄而慵懒的。《哈姆雷特》悲剧和米开朗琪罗的作品一样是属于历史上一个伟大的创造时代，只要一提到他们，就会唤起那个与普鲁弗洛克世界完全不同的世界。富于忧郁的自嘲感的普鲁弗洛克看出这一切，他知道如果说那悲剧中有任何角色像他的话，那便是那饶舌而浅陋的老波隆尼阿斯，那阿谀的罗森克兰兹，或是那愚蠢的花花公子奥斯里克。也许，他可以算是那出现在许多伊丽莎白悲剧中的小丑——虽说哈姆雷特悲剧中没有小丑。

因此从第120行起，我们看到普鲁弗洛克安于他所扮演的角色，默认他将不再提出那重大的问题，默认他已经老得不必迟疑了。随着这一时间主题的提出，我们看到他已是一个走在海滩上黯然观望女郎们的老人，而那些女郎对他已不屑一顾了。这一场景突然又转化成美和力的幻景，与普鲁弗洛克所居的世界迥然不同。女郎们仿佛成了女水妖，自如地驶着波浪朝海外她们自然的创造力奔去。（我们应注意，这也指那蟹钳掠过的海：粗野的力和美的幻景本都是生命之源的大海的一个侧面。）

最后关于女水妖的一节（第129—131行）使我们看到：普鲁弗洛克原来的处境被奇怪地颠倒了：他不是“停留”在女士们谈论着米开朗琪罗的客厅里，而是在“大海的宫室”，被“女水妖”所包围着。当然这类经验不过是做梦：它要“被人声唤醒”的。醒了就意味着回到人世来，亦即被窒息而死：“……我们就淹死。”

这结尾的形象精彩地概述了普鲁弗洛克的性格和处境：他只能在梦中陶醉于赐予生命的大海；而即使在那梦里，他也只是看到他那消极和被动的自我：他并没有“凌驾波浪驰向大海”；他停留在“宫室”里，被“海妖”装饰以海草。不过，尽管他不能在海里生活，或不能在浪漫的海底梦里生活，但他的干瘪的“人世”却窒息他。他成了一条离水之鱼。

是否这首诗只是一个性格素描，一个神经质“患者”的自嘲的暴露？或者它还有更多的含意？如果有更多的含意，我们到哪里去找呢？首先，我们在最后三行里看到突然使用“我们”。普鲁弗洛克把情况普遍化了；不仅他自己，而且其他人也都处于同一困境中。其次，普鲁弗洛克的世界被着重指出是一个无意义的、半明半暗的世界，是一个被麻醉的梦界，它被置于另一世界即被击败的贫民窟世界之中。此外还有一处表示本诗有普遍的含义。艾略特（1888—1965）在本诗开首从但丁的《神曲》引来的一段题辞，原是被贬到地狱的吉多·达·蒙特费尔特罗的一段讲话。他站在劫火中说：“假如我认为我是回答一个能转回阳世间的人，那么这火焰就不会再摇闪。（注：在蒙骗和欺诈者的那一层地狱里，每个阴魂都被包在一个大火焰中，在阴魂说话时，他的声音就自火苗顶尖发出来，因此那火苗就像舌头一样颤动和摇闪。）但既然，如我听到的，果真没有人能活着离开这深渊，我回答你就不必害怕流言。”吉多以为听他讲话的但丁也是被打入地狱的阴魂，因此，既然但丁不能回到阳世去传他的话，他就不必担心什么而讲起自己的过去和无耻的勾当。所以，这段题辞等于是说：普鲁弗洛克像被贬入地狱的吉多从火焰里说话一样；他所以对诗中的“你”（读者）讲话，是因为他认为读者也是被贬入地狱的，也属于和他一样的世界，也患着同样的病。这个病就是失去信念，失去对生活意义的信心，失去对任何事情的创造力，意志薄弱和神经质的自我思考。由此看来，归根结底这篇诗不是讲可怜的普鲁弗洛克的，他不过是普遍存在的一种病态的象征……

（摘译自美国批评家克里恒斯·布鲁克斯和罗伯特·华伦合著的《了解诗歌》，1950年。）

艾略特《序曲》

序曲

一

冬天的黄昏沉落下来，
带着甬道中煎牛排的气味。
六点钟。
呵，冒烟的日子剩下的烟尾。
而现在，凄风夹着阵雨，
裹着泥污的
枯叶一片片吹送到你脚边，
并把空地上的报纸席卷。
雨点拍打着

破损的百叶窗和烟囱管，
而在街道的拐角，孤单地
一辆驾车的马在喷沫和踢蹄，

接着是盏盏灯光亮起。

二

清晨醒来而意识到了
轻微的啤酒酸腐味
发自那被踏过有锯木屑的街道，
因为正有许多泥污的脚
涌向清早开张的咖啡摊。
随着其他一些伪装的戏
被时光重又演出，
你不禁想到那许多只手
它们正把脏黑的帘幕拉起
在成千带家具的出租屋。

三

你从床头拉下一床毯子，
你仰面朝天躺着，并且等待；
你打个盹，看到黑夜展开
那构成了你的灵魂的
成千个肮脏的意象，
它们对着天花板闪光。
而当整个世界转回来，
从百叶窗隙又爬进了光亮，
你听见麻雀在阴沟聒噪，
坐在床沿上，你取下了
你那卷头发的纸条，
或者以脏污的双手握着
你那脚板磨得发黄的脚，
这时你对大街有一种幻觉，
那大街对此不会知道。

四

他的灵魂被紧张地扯过
那一排楼房后隐没的天空，
或者被固执的脚步践踏着，
在四点、五点和六点钟；
还有装烟斗的短粗的指头，
还有晚报和那些眼睛
对某些坚信的事物如此肯定，
一条染黑的街道的良心
急不可待地要接管世界。

我深深有感于那些幻想
缠绕着这些意象，而且抱紧；
我还想到某种无限温柔
和无限痛苦着的生命。

用手抹一抹嘴巴而大笑吧；
众多世界旋转着好似老妇人

在空旷的荒地捡拾煤渣。

（1917年）

本诗共有四节。

前两节描写都市的冬日黄昏和冬日早晨。

在第二节，“锯木屑”原指下等酒馆地上铺的锯木屑，但在此有双重意义，兼指下等酒馆的经常主顾——工人、小市民，他们是生活折磨下的锯木屑。在诗人看来，都市早晨的来临，只意味着重又搬演一些伪装的戏，有许多手正在带家具的出租屋中拉起脏黑的帘幕，这既是一般人家每早发生的现象，也具有象征意义，就是象征伪装的戏又要上演了。带有家具的出租房屋是小市民住的；但也可指人生的化装跳舞（或伪装的戏）是在一切为它装备完善的场地进行的。

本诗第三节写“拉起脏黑的帘幕”者之一，一个职业妇女。她从自己苦痛的生活中，看到清晨的街道而有感，她感到普遍的孤独和灰心，但忙碌的街道怎会理解她的这种情绪？

本诗第四节第一段写一个敏感的人为他所见的周围生活而苦恼，他的灵魂被“固执的脚步”“短粗的指头”“晚报”和“某些坚信的事物”所折磨，因为他看到这种商业社会的生活是在一个无意义的轨道上机械地进行着。诗人讥讽地把对这种生活的“肯定”称为街道仅有的“良心”，而街道要把它的准则强加于整个世界。第二段写出诗人自己对上述现象的感想。在第三段，第一行劝谁“抹一抹嘴巴而大笑吧”，是值得思考的，（是劝诗人自己？劝那个敏感的“他”？或劝“固执的脚步”？）“抹一抹嘴巴”是一种粗鲁的动作，表示已经吃饱了。老妇人在荒地捡煤渣，因为低头只看脚前，多半是绕圈子走的。众多世界可以指每个人的小世界，也可以指宇宙间的许多星体。或者两个意思都有，暗示人不过是在一个机械的宇宙中运动着的小机械。

艾略特《枯叟》

枯　叟

你既无青春，也无老年，

　　　　而只在仿佛是晚餐后的瞌睡中

　　　　梦想这两者。

这就是我，干旱岁月中一个老人，

由一个男孩给我读书听，等候甘霖。

我既不曾在火热的隘口

也没有在炎热的雨中战斗，

更没有没膝在沼泽地带，挥舞着弯刀，

挨着飞虫咬，浴血奋战。

我的住宅是颓朽的房子，

那个犹太人坐在窗台上，他是房东，
在安特卫普的什么酒吧间里滋生，
在布鲁塞尔长过疮，在伦敦修补，脱了皮。
夜间，山羊在地头高处咳嗽；
石头啊，苔藓呵，还有废铁和粪便。
那女人守在厨房里煮茶，
在黄昏，她拨着气恼的阴沟，打着喷嚏。
而我，一个老人，
一个迟钝的头临着风口。

神迹被当作奇迹。“我们要看个神迹！”
真言中的真言，不能够发一言，
被包在黑暗之襁褓中。在岁月的青春期
基督这只虎来了。

在堕落的五月，山茱萸，栗树，开花的犹大树，
被吃掉，被宰割，被饮下
在窃窃私语中；被西尔维罗先生
用他爱抚的手，在里摩日
他整夜在隔壁走来走去；

被拜倒在提香油画前的高川；
被汤奎斯特夫人，她在暗室里
摆弄蜡烛；被封·古尔普小姐
她在廊中转身，一手扶着门。
跑空的梭子
来回织着风。我没有游魂，
我是一幢透风房子里的老人
在吹风的山丘下。

在这样的了解下，怎能有宽恕？想想吧，
历史有的是狡猾的小道，拼凑的走廊
和结局，她以悄语的野心欺骗我们，
以虚荣引导我们。想想吧，
她在我们不留神的时候施与，
而又千娇百媚地尽情施与，
越给越使人渴求。给得太晚，
给了不被信奉的东西；或者，如果还信奉，
也只在记忆里，一种回味的热情。给得太早，
给到脆弱的手里，被认为不需要，
直到拒绝引起了恐惧。想想吧，

恐惧、勇气都救不了我们。反常的罪恶
都由我们的义勇而滋生。美德
却由我们无耻的恶行强加于我们。
这些眼泪是由结愤怒之果的树摇落下来的。

虎在新的一年中跳出。他吞下我们。最后想想吧，
我们还没有得出结论，而我
却在租赁的房子里僵死。最后想想吧，
我的这场表演不是无所谓的，
也不是由落后的魔鬼
所策谋的。
这一点，我可以开诚布公地告诉你。
我原是靠近你的心，却又远离了它，
在恐惧中失落了美，在追问中感到恐惧。
我丧失了我的热情：又何必保持它
既然那剩余的必然要被掺杂？
我已失去了视力、嗅觉、听力、味觉和触觉，
又怎能用它们来和你更密切地接触？

就是这些，再加上成千的卑微的思虑

延长了它们寒冷呓语的利润，
并且在感官迟钝时，以刺激的佐料
来刺激皮层，使得花样翻新
在万镜丛中。蜘蛛将怎么办，
停止它的经营吗？象鼻虫呢，
可要打住？德·拜拉希、伏瑞斯卡、卡美太太，
都被卷到颤抖的大熊的轨道外
化为纤尘。迎风而飞的鸥，在贝尔岛的
风吼的海峡中，或奔上合恩角，
白羽毛散在雪地，海湾是一切，
而一个老人被贸易风所逐
来到瞌睡的角落。

呵，赁房的房客们，
旱季里一个枯竭头脑的思绪。

（1920年）

以下的注释，根据吉尔伯特·费尔普斯对本诗的注释（见费尔普斯编《问答》一书，1969年剑桥大学出版社出版）由译

者加以压缩、选择。

（1）题名Gerontion（枯叟）源自希腊文，意为“老人”。它可能由莫里哀喜剧中的角色Géronte得到暗示，该角色就是一个蹒跚的老人。也可能要使人联想到约翰·纽曼的诗《吉隆蒂阿的梦》（The dream of Gerontius），其中的主人公Gerontius和本诗的枯叟一样，也是瞎子，他带着喜悦和信仰等待死亡的一刻；但枯叟的心情与此相反，是枯竭而无望的。Gerontion的词尾-ion指“小型”，所以此字意为“小老人”，也就是要表明枯叟的一切官能都萎缩了。他的瞎眼也令人想到《旧约》中的撒姆孙，他由一男孩领路，而本诗的枯叟则由一男孩给他读书听。

（2）本诗是一个戏剧性的独白，但完全是枯叟自己对自己的独白，没有意图面向听众，因此无需有层次的进展；它由枯叟脑中的突然转念而联结起来，这种联结是往往没有逻辑性的。

（3）题下引语取自莎士比亚剧《以牙还牙》（measure for measure）三幕一场，在该场中公爵探视被判死刑的克劳狄奥，劝他“坚决去死”，就是说，要看到死亡引向永生，比他现在“既无青春，也无老年”的充满了纷争、怯懦、不安、疾病和争权夺利的生存要好得多。本诗中的枯叟也在等待死亡，但也不能“坚决去死”，因为他背弃了上帝，生无意义，死也无意义，他只感到空虚、枯竭和对死的恐惧。

（4）对枯叟来说，这岁月是干旱的（见第1行），因为他自己已枯竭了；因为他这残留的岁月没有更新的希望；因为整个基督教世纪的残年已经失掉与基督教原始真理的接触。枯叟知道那赋予生命的甘霖不会为他而降，“等待甘霖”多少是一种凶兆，因为雨水只能把他的生存冲去。

（5）男孩给枯叟读书听（见第2—6行），他读的可能是惊险故事或历史。“火热的隘口”暗指古希腊历史上有名的色茅霹雳之役，即斯巴达人反击波斯人入侵而“挽救文明”的那次战役。“色茅霹雳”直译就是“火热的隘口”，它也可能象征第一次世界大战。本诗尚有其他暗指第一次世界大战的地方。如第35行中“拼凑的走廊”使我们想到由四巨头（巴黎和会中协约国的四个首脑）拼凑的“波兰走廊”，第66行的“在万镜丛中”似指他们开会的地点——凡尔赛的万镜宫。第7行“颓朽的房子”可以解释为战后欧洲的被拼凑的残破景况，这是由战争及“和平的缔造者”们的“卑微的思虑”（第63行）所造成的。

（6）值得注意的是，一些游思在老人的头脑中浮荡，只是有如“跑空的梭子来回织着风”（第30—31行）。枯叟回顾过去的一生，没有任何英勇事迹（如男孩所读的那类故事）可以使他得救。“在炎热的雨中战斗”（第4行）显然是在热带，那当然是不舒适的，但至少比枯叟的枯燥的过去、现在和未来要强些。

（7）“我的房子”（第7行）指他的身体；指他现在住的房子；也指战后的欧洲情况和当代文明的衰落，因为它已远离幸福的真正源泉。“坐在窗台上”的那个犹太人是一个无根、无主和世界主义的社会的象征，同时他又承继了一次战后的世界，因为他是“颓朽的房子”的“房东”。他既是二十年代典型的贫民窟的房东，也是国际财团的象征。

（8）那个犹太人也被用来象征放荡的性行为、淫乱以及终于获致的阴虚症。“酒吧间”在第一次世界大战期间意味着妓院。“滋生”（第9行）指淫乱而生。“在布鲁塞尔长过疮，在伦敦修补，脱了皮”（第10行）说明他得过花柳病，以后只是半痊愈。从安特卫普（荷兰）到布鲁塞尔（比利时），再到伦敦（英国），表示出一个无国籍的世界主义者的游荡和病菌的传播之广。枯叟过去如此生活过，所以也可能是想自己。本诗后面提过他患有阴虚症。

（9）第9行的“山羊”延续着淫乱行为的概念，因为山羊通常被认为是强烈性欲的象征。但这“山羊”也病着：它在夜间“咳嗽”。这“颓朽的房子”的背景是暗淡、破败、疲竭无生气的（第12行），象征当代文明的状况。

（10）守在厨房里的女人（第13行）也没有任何有意义的作用，她只是煮茶，并在颓房的灰尘中打喷嚏。“她拨着气恼的阴沟”显示了艾略特所惯用的一种渲染厄运临头的手法：我们从“拨”一词本身来期望看到拨火或拨炉子，却不料是拨“阴沟”，这使我们奇怪，不知阴沟里堆积了什么异常脏的东西。（按：也有注家认为这里“气恼的阴沟”应理解为“噼啪”的“残火”，那样就要简单多了。）

（11）关于枯叟，他已枯竭到如此虚弱无用的地步，没有身体或灵魂，只剩下一个“迟钝的头”（第16行），像危房的破走廊，被风里里外外地吹着。

（12）第17—21行达到本诗的难解之处。艾略特认为，把注以高度感情含义的许多形象糅在一起，就可以获致强烈的效果，尽管也许有不易理解之弊。这几行，如果把其中一些纽结打开，也是易于理解的。

a.《新约·马太福音》第十二章记载：“有几个文士和法利赛人对耶稣说，夫子，我们愿意你显个神迹给我们看。”以后，不肯信教的人也都要求看到作为奇迹的神迹，然后才皈依上帝。对此，基督教的典型答复是，神圣的真言就是神迹，当上帝之子耶稣尚在马厩的襁褓中，作为婴儿不能发一言时，真言已寄托在他之中。只是在异教的黑夜包围中不能被人认识而已。

b.“岁月的青春期”可能指一年之始——春天和大自然的复苏，或指基督诞生之年，或指基督教时代创始期；总之这是生命力蓬勃和人类得到新生的时期。

c.基督所以被称为“虎”，一是因为它负有积极的使命（“我不是送来和平，而是带着剑来的”），虎象征这一使命的猛烈残酷的性质。其次，基督体现着推动一切创造的神圣的火焰或精力，而虎也是这种火焰或精力的合适的象征。

d.“堕落的五月”可能指耶稣降生在一个异教世界里，这个世界实行多神崇拜，每年五月以狂欢的仪式崇拜丰年之神，因此称之为“堕落的五月”。“山茱萸、栗树、开花的犹大树”取自亨利·亚当斯（1838—1918）的《亨利·亚当斯的教育》一书中。Dogwood（山茱萸）暗示堕落和疾病，因为dog days（三伏天）是一年最热的时期，易发流行病；而且在栗树开花时，山茱萸即长出生殖器形的长钉。犹大树因出卖耶稣的犹大而得名，这里象征基督教仍将再次被出卖和背叛。“堕落的五月”也可能指耶稣被钉在十字架上的那个五月，即复活节。也可能还有如下的意思，即耶稣的福音在他死后很快地变质了，所以在基督教世纪的青春期（五月）耶稣就已经不断被叛卖。犹大树先开花（紫色——血的颜色）然后抽叶，可以象征基督教的迅速的华而不实的兴盛。又有人假设“堕落的五月”影射文艺复兴，因为它以理性、科学和唯物精神转移了基督教的真途径。最后，“堕落的五月”还可能指我们的五月，即每个人的五月由于他的生活远离真理而变为毫无意义的邪恶的循环。

（13）第22—29行把我们带到现代的世界主义世界中，在这里基督教仪式如领圣餐已变为虚伪的敷衍了事。在象征的意义上，“基督这只虎”是“被吃掉”“被宰割”“被饮下”了（这几个词令人想到食人的野蛮人的拜物教）。“在窃窃私语中”（第23行）影射一群不专心做弥撒的人们，一些游客和旁观者在欣赏弥撒仪式的好奇场面，或某种邪恶而堕落的事情。

（14）在枯叟脑中进进出出的一些仿佛梦魇中的人物也是邪恶而堕落的，他们都参与了那“吃掉”基督的礼拜仪式。Silvero（西尔维罗）先生，类似一伪装的贵族，这名字又意指白银，使人联想到犹大以三十银币将耶稣出卖，他也是以“一双爱抚的手”拿着钱和毒酒的。里摩日（法国地名）使人想到里摩日的珐琅工艺品，西尔维罗先生爱抚着这些工艺品，他可能是一个美术商。想到他爱抚美术品的俗恶姿态不禁给人以厌恶的感觉。艾略特善于利用晦涩手法，以传达一种莫名的邪恶和恐怖感。我们忍不住要问：为什么西尔维罗先生“整夜在隔壁走来走去”？他是在盘算一笔暧昧的交易吗？或者在设计引诱女人？也许他是心怀内疚而失眠，因为没有好好做礼拜？与此成为对照的是，耶稣在夜晚曾离开他的门徒独自在花园里痛苦地漫步，他知道他将被出卖了。

（15）高川是日本人名，这是现代世界主义世界中的一个游离的东方人，拜倒在欧洲美术的神坛。提香（Titian）是意大利文艺复兴时期名画家。

（16）Tornguist（汤奎斯特）夫人和Von Kulp（封·古尔普）小姐，从字面看，前者有“扭曲”，后者有“罪恶”的示意；前者似为一信奉天主教的社交界人，但为什么她要“摆弄蜡烛”？（第28行）也许因为她富有，设有自己的礼拜堂，也许因为她家里死了人，她在尸架旁点蜡烛；或者，也许她是在扶乩，甚至行巫术；或者与情人有约会。为什么封·古尔普小姐在走廊转身，“一手扶着门”？（第29行）也许她在弃绝宗教，也许她是才向情人告别。她转身带着什么表情呢？愤怒？欲望？满足？轻蔑？责备？也许她是来找汤奎斯特夫人来扶乩？——谁也不能肯定，问题是一切令人不安的窃窃私语都将流过我们脑中。

（17）对枯叟来说，这些人都成为毫无感情牵连的回忆。他们是“跑空的梭子”（第30行）——这一词取自《旧约·约伯记》（第七章），就是说，他们像织布机上的梭子被风毫无意义地吹动，机上没有线，织不出布来（也就是织不成回忆的锦缎，只有枯燥的残片而已）。他的过去是一片荒凉，连“游魂”都没有，就是说，从过去的回忆中没有任何欢乐、痛苦或甚至内疚来触动他，他是一个行将就木的老人，在一所被风撼动门窗的残破的房子里。

（18）枯叟的精神世界既然只不过是“跑空的梭子来回织着风”，因此他总结说，“在这样的了解下，怎能有宽恕？”（第34行）他的“了解”（这一词带有自讽的意思）远离对基督的真知，因此怎能得救呢？他明知自己的情况是无望的，但还想以历史的情况为自己开脱。他指出历史不过是由“狡猾的小道”和“拼凑的走廊”所构成的迷宫，没有出路，通不到任何地方。历史对她的演员们悄语着“野心”，用“虚荣”引诱他们。“她”（历史）成了一个荡妇，使我们想到像克柳巴（Cleopatra）那样一个荡妇，千娇百媚，“越给越使人渴求”（第40行）。

（19）克柳巴的影子似乎也呈现在第41—44行中。只是在安东尼被骗多次并已对生活感到幻灭以后，她才给安东尼以爱情的确证，但这一确证已失去其价值，至少是来得太晚了。“脆弱的手”可能即指安东尼的手。这几行的大意显然是：所谓“历史教训”是骗人的，它大多指点不出任何出路。即使在尚有可能认识之时，我们却未曾注意它，失之交臂；或知之已晚；或者它落在软弱无能者的手里，或者受到拒绝，以致无法避免恶果（“直到拒绝引起了恐惧”）。

（20）第40行的“给得太晚”同时意味着：在“基督这只虎”身上体现的真知被认识得太晚，致使事情已无可转圜（因为基督已被叛卖多次），或被“感受”得太晚，以至它只成为一种“记忆”，一种“回味的热情”，纯学理式的认识。这正是枯叟的境况：他确知，他确认如此，但他的精神器官和他的肉体一样，已枯萎了。同样，第24行的“给得太早”也指基督的爱给得太早，而我们还稚弱，接受不了，我们便假托现在还不需要它，可是心里又害怕这一拒绝将引起的后果。

（21）然而，不论对后果的恐惧也好，在历史上勇于作为也好（如本诗开端所提到的战斗），都拯救不了我们（第45行）。战斗中的义勇总是伴随以罪恶，而“无耻的恶行”由于使作恶者耗尽精力，反而导致平静与克制的“美德”（第46—47行）。

（22）“结愤怒之果的树”（第48行）可指十字架（在基督教著作中常被称为“树”），基督曾从十字架上流下痛苦和悲悯的泪，但他也终将作为“基督这只虎”带着神的愤怒降临到邪恶的人间。它也可指犹大吊死的那棵树——“开花的犹大树”；或指基督使之结实的枯无花果树（见《马太福音》第二十一章）；或指伊甸园中的启发善与恶的知识之树；或指布莱克（William Blake）诗中的毒树（见《经验之歌》），它由泪水（包括母亲的悲泣）灌溉，由微笑和温柔的诡计照射，却只结出散布死亡的毒苹果。

（23）尽管人间有种种欺骗、遁词和堕落，但这无损于永恒的真言，它将使一切新生，因此会有“新的一年”（第49行）来临，但“我们”已丧失了新生的权利，与此无缘。“我们”应得到神的愤怒和惩罚，被“虎”吃掉。

（24）但即使明白这一点，枯叟还是要继续看他的乏味的说理和自辩。他不断重复着“想想吧”，这是明知理亏而要赖着讲理的一种做法；“这一点，我可以开诚布公地告诉你”（第55行）也是有意的撒赖。

（25）因此，枯叟争执说，他“在租赁的房子里”（第51行）的无意义的死亡确有某种意义。他认为，他这一生的“表演”（第52行）自有其目的，他要用自己是受害者这种言词求得宽宥——例如说，他是犹太人的房客；但实则他内心知道他是基督的房客，基督才是房东，并且现在要来和他结算了。当然，基督正是犹太人——这个带有讽刺的双重含义是有意安排的，于是枯叟进一步辩解说，至少他没有和“落后的魔鬼”（指异教）、巫术（他和汤奎斯特夫人不同）以及世界主义的虚无主义共同策划阴谋（第54行）。这里可能要使人想到浮士德在魔鬼向他讨债（索要他的灵魂）时所做的声辩——不过，具有讽刺意味的是，此处枯叟是向基督声辩。

（26）为了拒绝被“基督这只虎”不可免地吃掉，枯叟继续在第56—59行里声辩。在第56—57行，他谈到的不仅是他自己，而且是全人类的情况：他们一度挨近基督的心（俗话说胎儿挨近母亲的心，因此这句话意味着完全的结合），但以后失去了原始的、纯粹的真理之“美”，代替“美”而得到的是与上帝隔绝的恐惧，是不断的追问和怀疑，inquisition这个字，可以意指“追问”，也可以意指西班牙镇压“异端”的宗教审判（它以残酷暴虐的错误手段企图扭转宗教改革的潮流）。

（27）第58行说他丧失了“热情”——即丧失了介入“神化身为基督”的能力，或丧失了对基督的热情的理解（这里影射诸如西尔维罗先生和汤奎斯特夫人等把弥撒仪式变成了一种邪魔的崇拜）。他发牢骚说：他有什么理由要保持这种宗教热情，既然它必然要被其他人的行为和历史的错误方向所“掺杂”？他既已“失去了视力、嗅觉、听力、味觉和触觉”（莎士比亚戏剧《皆大欢喜》中贾奎斯形容老人语），又怎能期望他感到基督的存在？（第60—61行）但这几行也可能指枯叟对自己过去的一段爱情的回忆，因为他的脑子本来是在被风吹来吹去的游思中。

（28）第62—63行，枯叟承认他的“思虑”是卑微的，毫无价值的，不过是“寒冷的呓语”。“延长了……利润”暴露了这种思虑无非是商业性质的——即他想从他老迈的梦呓中榨取出最大的利益。这一商业形象也体现于蜘蛛身上：它编织着金融的网或“停止经营”（第67行）。第69行的bear（熊）既指天空的大熊星座，也指证券交易所做空头的经纪人（bear按字义可作此解）。第73行下的trades既可指风（贸易风），也可指商业。第70行的gull（鸥），同时可指一个被骗走钱财的人。这一切渲染出国际金融界的污浊气氛，如本诗开头所暗示的那样。

（29）用“卑微的思虑”来“刺激”枯叟的迟钝头脑的“皮层”，好似用“佐料”来刺激迟钝的胃口，——这些可以理解为给阴虚症者引起性欲。“万镜丛中”使人想到本·琼生（Ben Jonson，1573？—1637）的剧本《炼金术士》（The

Alchemist）中的角色艾庇久尔·马芒的荒淫设置，但也可把镜子理解为幻象和欺诈的象征。

（30）第66行的蜘蛛也象征没有任何结果的滔滔议论；它和象鼻虫（第67行）的存在，表示枯叟所住的房子及枯叟本身都已凋残。枯叟在问：道德因果的循环难道能够停顿吗？自然的衰枯过程难道能够稍停吗？回答自然是不可能的。

（31）本诗结尾一段从《亨利·亚当斯的教育》一书采纳了如下思想：即不但历史混乱，物质世界也存在着混乱。自然间没有任何系统可言。亚当斯认为："混沌是自然的法则：秩序是人的梦想。"由此推论，混沌必是最后的结果，人只是暂时努力给混沌强加上一种模式而已；亚当斯把人的这种努力比作蜘蛛妄图将自然力罗致到它逻辑的网里。枯叟看出模式只是幻影，唯一的秩序是在物质之外，在"基督这只虎"中。

（32）枯叟在片刻间看到混沌来临的幻景。所以无根的、不信上帝的世界主义者都在天空中爆炸为"纤尘"（第70行）。本诗开端时出现过热带的惊险斗争场面，都是刚劲的，流汗的，这里又出现了惊险场面，但它却是遥远而冰冷的，令人联想到海行，所经的地方是贝尔岛（在北大西洋中）、合恩角（在南美洲极南端）和海峡（北大西洋）。但在这一景色中没有人和船，只有一只孤零的海鸥被风雪击落在荒凉的冰雪中死去——这是孤独的个人及其命运的悲惨形象，也是人的灵魂迷失无主的形象。也许诗人以这只鸥暗示：在混沌来临以前，在“基督这只虎”来到世间把一切无价值的居民清除以前，这只鸥象征世上最后的生命。

（33）在第73行，原来描述毁灭形象的清晰而锐利的语气开始衰弱，枯叟又自怨自艾：他只不过是一个瞌睡的老人，他虽知道正确的思路，但已不能悬思于其间。他的冥想毫无意义，因为这种种冥想已引不起任何感情和行动，它们像一所倾圮的房子里枯干梁木所发的爆裂声。它们像枯叟和其他房客一样，是枯竭而贫瘠的。这房子既指枯叟的凋残的躯体（其住户是枯竭头脑的思绪），也指人类的遭劫的大厦。最后着重以复数指出“房客们”（第75行），在于提示：我们终于都要向基督做结算：基督和犹太房东在这里是合一了。

艾略特《荒原》

荒　原

“因为我在古米亲眼看见西比尔吊在笼子里。孩子们问她：你要什么，西比尔？她回答道：我要死。”

献给艾兹拉·庞德

更卓越的巧匠

一　死者的葬仪

四月最残忍，从死了的
土地滋生丁香，混杂着
回忆和欲望，让春雨
挑动着呆钝的根。

冬天保我们温暖，把大地
埋在忘怀的雪里，使干了的
球茎得一点点生命。
夏天来得意外，随着一阵骤雨
到了斯坦伯吉西；我们躲在廊下，
等太阳出来，便到郝夫加登
去喝咖啡，又闲谈了一点钟。
我不是俄国人，原籍立陶宛，是纯德国种。
我们小时候，在大公家里做客，
那是我表兄，他带我出去滑雪橇，
我害怕死了。他说，玛丽，玛丽，
抓紧了呵。于是我们冲下去。
在山中，你会感到舒畅。
我大半夜看书，冬天去到南方。

这是什么根在抓着，是什么枝杈
从这片乱石里长出来？人子呵，
你说不出，也猜不着，因为你只知道
一堆破碎的形象，受着太阳拍击，
而枯树没有阴凉，蟋蟀不使人轻松，

干石头发不出流水的声音。只有
一片阴影在这红色的岩石下，
（来吧，请走进这红岩石下的阴影）
我要指给你一件事，它不同于
你早晨的影子，跟在你后面走，
也不像你黄昏的影子，起来迎你，
我要指给你恐惧是在一撮尘土里。

　　风儿吹得清爽，
　　吹向我的家乡，
　　我的爱尔兰孩子，
　　如今你在何方？

“一年前你初次给了我风信子，
他们都叫我风信子女郎。”
——可是当我们从风信子园走回，天晚了，
你的两臂抱满，你的头发是湿的，
我说不出话来，两眼看不见，我
不生也不死，什么都不知道，
看见光的中心，那一片沉寂。
荒凉而空虚是那大海。

索索斯垂丝夫人，著名的相命家，
患了重感冒，但仍然是
欧洲公认的最有智慧的女人，
她有一副鬼精灵的纸牌。这里，她说，
你的牌，淹死的腓尼基水手，
（那些明珠曾经是他的眼睛。看！）
这是美女贝拉唐娜，岩石的女人，
有多种遭遇的女人。
这是有三根杖的人，这是轮盘，
这是独眼商人，还有这张牌
是空白的，他拿来背在背上，
不许我看见。我找不到。
那绞死的人。小心死在水里。
我看见成群的人，在一个圈里转。
谢谢你。如果你看见伊奎通太太，
就说我亲自把星象图带过去：
这年头人得万事小心呵。

不真实的城，
在冬天早晨棕黄的雾下，

一群人流过伦敦桥，呵，这么多
我没有想到死亡毁灭了这么多。
叹息，隔一会短短地嘘出来，
每人的目光都盯着自己的脚。
流上小山，流下威廉王大街，
直到圣玛丽·伍尔诺教堂，在那里
大钟正沉沉敲着九点的最后一响。
那儿我遇到一个熟人，喊住他道：
“史太森！你记得我们在麦来船上！
“去年你种在你的花园里的尸首，
“它发芽了吗？今年能开花吗？
“还是突然霜冻扰乱了它的花床？
“哦，千万把狗撵开，那是人类之友，
“不然他会用爪子又把它掘出来！
“你呀，伪善的读者——我的同类，我的兄弟！”

二　一局棋戏

她所坐的椅子，在大理石上
像王座闪闪发光；有一面镜子，

镜台镂刻着结葡萄的藤蔓，
金黄的小爱神偷偷向外窥探，
（还有一个把眼睛藏在翅膀下）
把七支蜡的烛台的火焰
加倍反射到桌上；她的珠宝
从缎套倾泻出的灿烂光泽，
正好升起来和那反光相汇合。
在开盖的象牙瓶和五彩玻璃瓶里
暗藏着她那怪异的合成香料，
有油膏、敷粉或汁液——以违乱神智，
并把感官淹没在奇香中；不过
受到窗外的新鲜空气的搅动，
它们上升而把瘦长的烛火加宽，
又把烛烟投到雕漆的梁间，
使屋顶镶板的图案模糊了。
巨大的木器镶满了黄铜
闪着青绿和橘黄，有彩石围着，
在幽光里游着一只浮雕的海豚。
好像推窗看到的田园景色，
在古老的壁炉架上展示出

菲罗美的变形，是被昏王的粗暴
逼成的呵；可是那儿有夜莺的
神圣不可侵犯的歌声充满了荒漠，
她还在啼叫，世界如今还在追逐，
“唧格，唧格”叫给脏耳朵听。
还有时光的其他残骸断梗
在墙上留着；凝视的人像倾着身，
倾着身，使关闭的屋子默默无声。
脚步在楼梯上慢慢移动着。
在火光下，刷子下，她的头发
播散出斑斑的火星
闪亮为语言，以后又猛地沉寂。

“我今晚情绪不好。呵，很坏。陪着我。
“跟我说话吧。怎么不说呢？说呵。
“你在想什么？想什么？什么呀？
“我从不知你想着什么。想。”

我想我们是在耗子洞里，
死人在这里丢了骨头。

“那是什么声音？”

是门洞下的风。

“那又是什么声音？风在干什么？”

虚空，还是虚空。

“你

“什么也不知道？什么也没看见？什么

“也不记得？”

我记得

那些明珠曾经是他的眼睛。

“你是活是死？你的头脑里什么也没有？”

可是

呵呵呵呵那莎士比希亚小调——

这么文雅

这么聪明

“我如今做什么好？我做什么好？”

“我要这样冲出去，在大街上走，

“披着头发，就这样。我们明天干什么？

“我们究竟干什么？”

十点钟要热水。

若是下雨，四点钟要带篷的车。

我们将下一盘棋

揉了难合的眼，等着叩门的一声。

丽尔的男人退伍的时候，我说——

我可是直截了当，我自己对她说的，

快走吧，到时候了

艾伯特要回来了，你得打扮一下。

他要问你他留下的那笔镶牙的钱

是怎么用的。他给时，我也在场。

把牙都拔掉吧，丽尔，换一副好的。

他说，看你那样子真叫人受不了。

连我也受不了，我说，你替艾伯特想想，

他当兵四年啦，他得找点乐趣，

如果你不给他，还有别人呢，我说。

呵，是吗，她说。差不多吧，我说。

那我知道该谢谁啦，她说，直看着我。

快走吧，到时候了

你不爱这种事也得顺着点，我说。

要是你不能，别人会来接你哩。
等艾伯特跑了，可别怪我没说到。
你也不害臊，我说，弄得这么老相。
（论年纪她才三十一岁。）
没有法子，她说，愁眉苦脸的，
是那药丸子打胎打的，她说。
（她已生了五个，小乔治几乎送了她的命。）
医生说就会好的，可是我大不如前了。
你真是傻瓜，我说。
要是艾伯特不肯罢休，那怎么办，我说。
你不想生孩子又何必结婚?
快走吧，到时候了
对，那礼拜天艾伯特在家，做了熏火腿，
他们请我吃饭，要我趁热吃那鲜味——
快走吧，到时候了
快走吧，到时候了
晚安，比尔。晚安，娄。晚安，梅。晚安。
再见。晚安。晚安。
晚安，夫人们，晚安，亲爱的，晚安，晚安。

三　火的说教

河边缺少了似帐篷的遮盖，树叶最后的手指
没抓住什么而飘落到潮湿的岸上。风
掠过棕黄的大地，无声的。仙女都走了。
温柔的泰晤士，轻轻地流，等我唱完我的歌。
河上不再漂着空瓶子，裹夹肉面包的纸，
绸手绢，硬纸盒子，吸剩的香烟头，
或夏夜的其他见证。仙女都走了。
还有她们的朋友，公司大亨的公子哥儿们，
走了，也没有留下地址。
在莱蒙湖旁我坐下来哭泣……
温柔的泰晤士，轻轻地流，等我唱完我的歌。
温柔的泰晤士，轻轻地流吧，我不会大声，也说不多。
可是在我背后的冷风中，我听见
白骨在碰撞，得意的笑从耳边传到耳边。

一只老鼠悄悄爬过了草丛
把它湿黏的肚子拖过河岸，
而我坐在冬日黄昏的煤气厂后，

对着污滞的河水垂钓，
沉思着我的王兄在海上的遭难。
和在他以前我的父王的死亡。
在低湿的地上裸露着白尸体，
白骨抛弃在干燥低矮的小阁楼上，
被耗子的脚拨来拨去的，年复一年。
然而在我的背后我不时地听见
汽车和喇叭的声音，是它带来了
斯温尼在春天会见鲍特太太。
呵，月光在鲍特太太身上照耀
也在她女儿身上照耀
她们在苏打水里洗脚
哦，听童男女们的歌声，在教堂的圆顶下！

喊喳喊喳
唧格，唧格，唧格，
逼得这么粗暴。
特鲁

不真实的城

在冬日正午的棕黄雾下
尤金尼迪先生，斯莫纳的商人
没有刮脸，口袋里塞着葡萄干
托运伦敦免费，见款即交的提单，
他讲着俗劣的法语邀请我
到加农街饭店去吃午餐
然后在大都会去度周末。

在紫色黄昏到来时，当眼睛和脊背
从写字台抬直起来，当人的机体
像出租汽车在悸动地等待，
我，提瑞西士，悸动在雌雄两种生命之间，
一个有着干瘪的女性乳房的老头，
尽管是瞎的，在这紫色黄昏的时刻
（它引动乡思，把水手从海上带回家）
却看见打字员下班回到家，洗了
早点的用具，生上火炉，摆出罐头食物。
窗外不牢靠地摊挂着
她晾干的内衣，染着夕阳的残辉，
沙发上（那是她夜间的床）摊着

长袜子，拖鞋，小背心，紧身胸衣。
我，有褶皱乳房的老人提瑞西士，
知道这一幕，并且预见了其余的——
我也在等待那盼望的客人。
他来了，那满脸酒刺的年青人，
小代理店的办事员，一种大胆的眼神，
自得的神气罩着这种下层人，
好像丝绒帽戴在勃莱弗暴发户的头上。
来的正是时机，他猜对了，
晚饭吃过，她厌腻而懒散，
他试着动手动脚上去温存，
虽然没受欢迎，也没有被责备。
兴奋而坚定，他立刻进攻，
探索的手没有遇到抗拒，
他的虚荣心也不需要反应，
冷漠对他就等于是欢迎。
（我，提瑞西士，早已忍受过了
在这沙发床上演出的一切；
我在底比斯城墙下坐过的，
又曾在卑贱的死人群里走过。）

最后给了她恩赐的一吻，
摸索走出去，楼梯上也没个灯亮……

她回头对镜照了一下，
全没想到还有那个离去的情人；
心里模糊地闪过一个念头：
“那桩事总算完了；我很高兴。”
当美人儿做了失足的蠢事
而又在屋中来回踱着，孤独地，
她机械地用手理了理头发，
并拿一张唱片放上留声机。

“这音乐在水上从我的身边流过，”
流过河滨大街，直上维多利亚街。
哦，金融城，有时我能听见
在下泰晤士街的酒吧间旁，
一只四弦琴的悦耳的怨诉，
而酒吧间内渔贩子们正在歇午，
发出嘈杂的喧声，还有殉道堂：
在它那壁上是说不尽的

爱奥尼亚的皎洁与金色的辉煌。

油和沥青
洋溢在河上
随着浪起
游艇漂去
红帆
撑得宽宽的
顺风而下，在桅上摇摆。
游艇擦过
漂浮的大木
流过格林威治
流过犬岛
　　喂呵啦啦　咧呀
　　哇啦啦　咧呀啦啦

伊丽莎白和莱斯特
划着桨
船尾好似
一只镀金的贝壳

红的和金黄的
活泼的水浪
泛到两岸
西南风
把钟声的清响
朝下流吹送
白的楼塔

　　喂呵啦啦　咧呀
　　哇啦啦　咧呀啦啦

“电车和覆满尘土的树，
海倍里给我生命。瑞曲蒙和克尤
把我毁掉。在瑞曲蒙我跷起腿
仰卧在小独木舟的船底。”

“我的脚在摩尔门，我的心
在我脚下。在那件事后
他哭了，发誓‘重新做人’。
我无话可说。这该怨什么？”

"在马尔门的沙滩上。
我能联结起
虚空和虚空。
呵，脏手上的破碎指甲。
我们这些卑贱的人
无所期望。"
　　啦啦

于是我来到迦太基

烧呵烧呵烧呵烧呵
主呵，救我出来
主呵，救我

烧呵

四　水里的死亡

扶里巴斯，那腓尼基人，死了两星期，
他忘了海鸥的啼唤，深渊的巨浪，

利润和损失。

　　　　　　海底的一股洋流

低语着啄他的骨头。就在一起一落时光

他经历了苍老和青春的阶段

而进入旋涡。

　　　　　　犹太或非犹太人呵，

你们转动轮盘和观望风向的，

想想他，也曾像你们一样漂亮而高大。

五　雷说的话

在汗湿的面孔被火把照亮后

在花园经过寒霜的死寂后

在岩石间的受难后

还有呐喊和哭号

监狱、宫殿和春雷

在远山的回音振荡以后

那一度活着的如今死了

我们曾活过而今却在垂死

多少带一点耐心

这里没有水只有岩石
有石而无水，只有砂石路
砂石路迂回在山岭中
山岭是石头的全没有水
要是有水我们会停下来啜饮
在岩石间怎能停下和思想
汗是干的，脚埋在沙子里
要是岩石间有水多么好
死山的嘴长着蛀牙，吐不出水来
人在这里不能站，不能躺，不能坐
这山间甚至没有安静
只有干打的雷而没有雨
这山间甚至没有闲适
只有怒得发紫的脸嘲笑和詈骂
从干裂的泥土房子的门口

　　　　　　　　　　如果有水

而没有岩石
如果有岩石
也有水
那水是

一条泉
山石间的清潭
要是只有水的声音
不是知了
和枯草的歌唱
而是水流石上的清响
还有画眉鸟隐在松林里作歌
淅沥淅沥沥沥沥
可是没有水

那总是在你身边走的第三者是谁?
我算数时，只有你我两个人
可是我沿着白色的路朝前看
总看见有另一个人在你的身旁
裹着棕色的斗篷蒙着头巾走着
我不知道那是男人还是女人
——但在你身旁走的人是谁?

那高空中响着什么声音
好似慈母悲伤的低诉

那一群蒙面人是谁
涌过莽莽的平原，跌进干裂的土地
四周只是平坦的地平线
那山中是什么城
破裂，修好，又在紫红的空中崩毁
倒下的楼阁呵
耶路撒冷、雅典、亚历山大、
维也纳、伦敦
呵，不真实的

一个女人拉直她的黑长的头发
就在那丝弦上弹出低诉的乐音
蝙蝠带着婴儿脸在紫光里
呼啸着，拍着翅膀
头朝下，爬一面烟熏的墙
钟楼倒挂在半空中
敲着回忆的钟，报告时刻
还有歌声发自空水槽和枯井。

在山上这个倾圮的洞里

在淡淡的月光下，在教堂附近的
起伏的墓上，草在歌唱
那是空的教堂，只是风的家。
它没有窗户，门在摇晃，
干骨头伤害不了任何人。
只有一只公鸡站在屋脊上
咯咯叽咯，咯咯叽咯
在电闪中叫。随着一阵湿风
带来了雨。

恒河干涸，疲萎的叶子
等待下雨，乌黑的云
在远方集结，在喜马万山上。
林莽蜷伏着，沉默地蜷伏着。
于是雷说话了
哒
哒塔：我们给予了什么？
我的朋友，血激荡着我的心
一刹那果决献身的勇气
是一辈子的谨慎都赎不回的

我们是靠这，仅仅靠这而活着

可是我们的讣告从不提它

它也不在善意的蜘蛛覆盖的记忆里

或在尖下巴律师打开的密封下

在我们的空室中

哒

哒亚德万：我听见钥匙

在门上转动一下，只转动了一下

我们想着钥匙，每人在囚室里，

想着钥匙，每人认定一间牢房

只在黄昏时，灵界的谣传

使失意的考瑞雷纳斯有一刻复苏

哒

哒密阿塔：小船欢欣地响应

那熟于使帆和摇桨的手

海是平静的，你的心灵受到邀请

会欢快地响应，听命于

那节制的手

我坐在岸上

垂钓，背后是一片枯干的荒野，
是否我至少把我的园地整理好？
伦敦桥崩塌了崩塌了崩塌了
于是他把自己隐入炼狱的火中
何时我能像燕子——呵燕子，燕子
阿基坦王子在塌毁的楼阁中
为了支撑我的荒墟，我捡起这些碎片
当然我要供给你。海若尼莫又疯了。
哒塔。哒亚德万。哒密阿塔。
　　　　善蒂，善蒂，善蒂。

（1922年）

《荒原》——题注[①]

作者自注："不仅本诗的题名，而且连它的规划和大部分偶然的象征都受益于杰茜·韦斯顿（Jessie L.Weston）关于圣杯故事的一本书《从祭仪到罗曼斯》（From Ritual to Romance）

① 这里的注解，是混合了作者自己的经过选择的注解，布鲁克斯和华伦的注解和译者加添的注解而成的。上面布鲁克斯和华伦的文章内已详为说明的地方，这里就从略了。

的启发。确实，我的受益之深，使得韦斯顿女士的书比我的注解更有助于解说本诗难懂的地方；我向凡认为本诗值得费力加以解说的人推荐这本书，且不论它本身的引人入胜之处。总的说来，我还受惠于另一本人类学著作，那曾深深影响我们一代人的著作；我是指福莱色的《金枝》（James Fracer：The Golden Branch）；我特别使用了其中的两卷：《阿童尼·阿蒂斯》《奥西里斯》。任何熟悉这几卷的人会立刻在本诗中看到对拜繁殖仪式的引用。”

本诗的题辞引自古罗马作家佩特罗尼乌斯（Petronius，？—66）的讽刺作品《沙特里康》（Satyricon）。西比尔是能做预言的女人，为太阳神阿波罗所爱。她向阿波罗要求长生，阿波罗给了她一千年，但她忘了要求给她青春，因此活得虽长，但处于毫无青春活力的状态中。

第9行：斯坦伯吉亚是德国南部慕尼黑城附近的一个湖，是游览胜地；这里可以被认为是欧洲文明的中心地带，因此艾略特以它为背景来描写现代的荒原。

第10行：郝夫加登是慕尼黑的一个公园。

第12行：这一行原诗为德文，表示是操德语的人说的。

第13—18行：前四行是餐室中一个名叫玛丽的女顾客说的话。第17行是另一人的话。第18行又是一个顾客的谈话。诗人用以上这些人谈话的片断来表示他们是荒原上没有根的人。

第20行：“人子呵”引自《圣经·以西结书》。在那里，耶和华从天上对以西结说：“人子呵，你站起来，我要和你说话。”采用圣经的口吻表示自21—30行的教诲带有启示的性质。

第23行：这里仿照了《圣经·传道书》第十二章中对古代没有信仰的世界的描写。那里写道：“人怕高处，路上有惊慌，杏树开花，蚱蜢成为重担……”

第25—26行：参看《圣经·以赛亚书》第32章里提到救世主的这样一段话：“必须有一个人像避风所和避暴雨的隐蔽处，又像河流在干旱之地，像大岩石的影子在疲乏之地。”

第31—34行：这四行原诗为德文，引自瓦格纳的歌剧《特里斯坦和伊索得》第一幕。特里斯坦护送伊索得乘船去爱尔兰，要把她献给她所不爱的马克王为后。这四行是船上水手所唱的歌，在他唱歌的时候，特里斯坦和伊索得还没有误服下爱情的迷药。在服下迷药后，他们便终生相爱，历经苦难。

第35行：风信子花是繁殖仪式里复活了的神的象征。

第42行：“荒凉而空虚是那大海”，原诗中为德文，引自：《特里斯坦和伊索得》第三幕。特里斯坦受伤后等待伊索得来相会，他在岸边问守望的人，是否海上有船载来伊索得，但守望的人回答说："荒凉而空虚是那大海。"诗人有意在这德文歌剧的两段引文中间夹着风信子花女郎的现代爱情插曲，以造成今昔的对比。

第46行：作者自注：我不太清楚泰洛纸牌（Tarot Pack of Cards）的确切组成，我显然没有考虑它，只是取来以适应我的需要。那绞死的人是这套传统纸牌里的一个人物，他从两方面说适合我的主旨：一是因为在我的脑中他和福莱色（即《金枝》的作者）的被绞死的神联想在一起了，二是因为我把他和本诗第五章中两门徒到以马忏斯的路上看见的蒙头巾的人相联系起来。腓尼基水手和商人以后还会出现；还有"成群的人"以及"水里的死亡"也在第四章里出现。"有三根杖的人"（确系泰洛纸牌中的一张）被我很武断地和渔王联系在一起了。按：腓尼基水手象征繁殖的神，繁殖神像每年要扔在海中表示夏季的死亡，以便迎来下一年的春天。

第48行：引自莎士比亚《暴风雨》中的丧歌：

你的父亲在水下有五呼深，

他的骨头已变成了珊瑚；

那些明珠曾经是他的眼睛。

他的一切都没有变腐，

而是经历了海里的变迁，

变为富丽而奇异的什物，

海仙每小时敲他的丧钟：

叮——当。

听！现在我听到了它：叮当的钟。

第49行：贝拉唐娜（Belladonna），意大利文，意为美女，同时也是一种有毒的花。岩石的女人，指意大利文艺复兴时期画家达·芬奇的一幅画《在岩石中的圣玛利亚》中的圣母玛利亚；一说这是同一画家的《蒙娜丽莎》那幅画。

第51行：轮盘，指命运之轮，也可能是指佛教中的轮回。

第52行：独眼商人，这是纸牌上画的侧脸，只呈现一只眼睛。联系到第209行的商人尤金尼迪先生，“独眼”暗示占卜者的作用退化了。如索索斯垂丝夫人是患了“重感冒”，和独眼商人同样是不灵验的。

第53行：“是空白的”，是指有人肩负着秘密，不让人看见。

第55行：“绞死的人”，是为了复生、繁殖而被处死的神，包括基督和渔王。

第60行：作者自注：“参见法国诗人波德莱尔的诗：

这万头攒动的城，充满梦的城，

鬼魂在白天就缠着过路的人。”

第63行：作者注：“参见但丁《地狱篇》第三章55—57行：

这样长的
一串人，我没有想到
死亡毁灭了这么多人。”

第64行：作者注：“参见但丁《地狱篇》第四章25—27行：

这里没有抱怨的声音
可以听见，除了叹息
震撼着永恒的天庭。”

第66行：威廉王大街，位置在伦敦桥以北，直到伦敦的市区中心。

第67行：圣玛丽·伍尔诺教堂在威廉王大街和伦巴得街的街角。

第70行：史太森是帽子的商标名，这种帽子当时很流行，这里用来指任何一个穿着漂亮的普通人。

麦来，地名。公元前200年罗马与迦太基曾在此进行海战。主人公招呼过路的朋友似应提及他们在第一次世界大战中的共同经历，而此处却提了这次古代战争；这种时间上的颠倒表示古代战争和现代战争毫无二致，都是毫无意义的。

第74行：作者自注："参见韦伯斯特（英国17世纪剧作家）《白魔鬼》里的《葬歌》：

唤来那些鹪鹩和知更，
因为它们在林丛间飞翔，
并且把花朵和叶子盖上
那无亲无友的暴露的尸身。
再把田鼠、鼹鼠和蚂蚁
唤来参加哀悼他的葬礼，
给他筑起小山，保他温暖，
而且招惹不了盗墓的危险。
但千万把狼撵开，那是人类之敌，
不然它的爪子会把他们再掘起。"

本诗在引用后两句时，把狼换为犬（dog），这个字有两个含义，既指狗（人类之友）也指犬星座，传说这是使尼罗河两岸肥沃的星座，在这个意义上它也是"人类之友"。

第76行：原诗为法文。作者自注："此行引自法国诗人波德莱尔的《恶之花》序诗。"按波德莱尔的诗句指出，厌倦一切是城市中人的通病，作者也不例外。

这里用直接向读者招呼的方法，作者将自己和读者都戏剧性地牵涉进荒原里来。

第77行：作者原注："参见莎士比亚的《安东尼与克柳巴》第二幕一景190行。"

莎士比亚原句如下：

她所坐的大船，像发亮的宝座

在水上放光。

第97行："田园景色"，作者原注："这一词引自弥尔顿的《失乐园》第四章190行。"该行中用这一词描写伊甸乐园的山头。

第99行："菲罗美的变形"，见罗马诗人奥维德（公元前43年—公元17年）的《变形记》。那里说，粗暴的国王特鲁阿斯去接妻妹菲罗美，见她美丽，便在山洞中强奸了她，并把她关在里面不许出来。他回去告知妻子普洛克尼，假称她妹妹已死。菲罗美把自己伤心的故事织成一幅锦绣，托人带给姐姐。普洛克尼一怒把儿子杀死给特鲁阿斯吃，特鲁阿斯知道这事后，便拔刀追杀姊妹二人，她们变成鸟飞去。菲罗美变成夜莺，她姐姐变成燕子。

第103行："唧格，唧格"，英国十七世纪伊丽莎白时代的文学中常用这种声音形容夜莺的歌唱。它同时也是带有猥亵意义的俚语。

第118行：作者原注："参见韦伯斯特《魔鬼的公案》：

‘风还在那门下吗？’”按这句话是剧中一位医生看到一位被谋杀的人还在呼吸时问出的。

第128行：作者这里说的是一首1912年风行于英国的爵士乐曲。“莎士比亚”拼成“莎士比希亚”是为了符合爵士乐的节奏。

第137行：据艾略特注，此处参看英国十七世纪戏剧家米突顿的戏《女人，要当心女人呀》。在这出戏里，邻妇约一个寡妇来下棋，是为了留下她的儿媳在家被公爵诱奸。该戏在下棋的攻守中也暗示出诱奸的情况。

第141行：这是英国酒馆伙计在要关门时催顾客走的呼唤。

第172行：这一行引自莎士比亚的悲剧《哈姆雷特》四幕五景。因父亲被杀而悲哀发疯的少女奥菲利亚，在唱完她悲凄的歌后，和室中人一一告别。她和菲罗美一样，化悲痛为歌声。这里把她的告别辞和酒馆顾客们彼此间的告别讥讽地合在一起了。

第176行：这一行引自英国十六世纪诗人斯本塞的《结婚曲》。那里形容了泰晤士河的快乐景象。这一行是斯本塞原诗每一段的叠唱词。

第182行：莱蒙湖在瑞士日内瓦。圣经中《诗篇》137歌有类似的话，那是被囚在巴比伦的人因想念耶路撒冷的圣山而坐在河边哭泣。现代荒原上的人也正是被囚禁的人。

第191行：艾略特注："参见莎士比亚《暴风雨》一幕二景。"其中菲迪南王子在听到阿瑞尔的歌后，说道：

"这音乐在哪里？地上还是空中？
它没声音了。它准是在等候
给岛上的神听。坐在岸上，
再次哭泣我父王的沉舟时，
这音乐在水上从我身边流去……"

第196行：作者自注："参见马威尔（Andrew Marvell，1621—1678）的《给他忸怩的女郎》。"诗中有这几行：

"然而在我的背后我总听见
时间的有翼车驾飞驰近前，
而远方我们所能看到的
只是巨大的永恒的荒原。"

第197行：作者自注："参见台（John Day）的《蜜蜂的议会》：

突然间，你留神就会听见
号角和行猎的闹声，那将带来
阿克塔恩在春天里会见狄安娜，
那时谁都会看见她赤身露体……"

阿克塔恩是猎人，因为看见贞洁女神狄安娜沐浴而被变为鹿，又被自己的猎犬咬死。在这里，阿克塔恩变为斯温尼，狄安娜变为不贞洁的鲍特太太。

第199行：作者自注："我不知道这几行所来自的民歌源出何处，它是有人从澳大利亚悉尼市告知我的。"

第202行：原诗为法文，引自法国诗人魏尔伦（P.Verlaine，1844—1896）的《帕西法尔》。帕西法尔的故事是圣杯故事之一。在瓦格纳同名的歌剧里，帕西法尔找到圣杯并治愈安弗塔斯（渔王）以前，在圣杯教堂里先有童男女歌唱颂扬耶稣。

第204行：参见第103行。

第205行：参见第99—100行。这里暗示斯温尼和鲍特太太的关系。

第206行："特鲁"模拟夜莺的叫声，暗示奸污菲罗美的特鲁阿斯王。

第207行：参见第60行。

第209行：斯莫纳是土耳其西部一海港，那里生产葡萄干。艾略特曾说过这是真事，他确是遇见过这么一位商人。

第211行："托运伦敦免费"，指葡萄干的标价，在运去伦敦时是运费和保险费不计价的。"见款即交的提单"指见票即付的支票付款后，提货单即交予买主。

第214行：大都会是游览城市布里敦的豪华旅馆。布里敦离伦敦60英里。

第218行：提瑞西士，古希腊的盲先知。悲剧家索福克勒斯在《俄狄浦斯王》剧中曾写到他。当底比斯的土地受到诅咒（另一个类似的荒原），是提瑞西士找到了诅咒的原因。他有着“干瘪的女性的乳房”，是指：传说他被神变为女性，七年后又变为男人。他看到“在这沙发式床上演出的一切”，一种繁殖行为变为没有意义的行为了。艾略特注解说：“提瑞西士虽然只是旁观者而非‘角色’，却是本诗中最重要的人物，他结合了其他一切人物。正如独眼商人、葡萄干推销员，都融入腓尼基的水手，而这水手又和那不勒斯的菲迪南王子（莎士比亚《暴风雨》中的角色）无大差别。同样，一切女人都是一个女人，而这两性又都汇合在提瑞西士身上。提瑞西士所见的，事实上就是本诗的主体。”

第221行：作者自注说他写这一行时想到了“港岸边”或驾渔舟黄昏时返回的情景。这一行近似古希腊女诗人莎弗的诗：“金星呵，你把灿烂的黎明散开的一切聚回来；你把绵羊、山羊和孩子带到母亲跟前。”这一行也使人想起斯蒂文森（Robert Louis Sterenson）的《镇魂曲》诗中的句子：“水手回了家从海上而来。”

第234行：勃莱弗（Bradford），英国北部的工业城市。那里多大战中投机致富的暴发户。

第245行：他曾在底比斯城墙边的市场上，预言俄狄浦斯王的悲惨下场，见索福克勒斯悲剧《俄狄浦斯王》。

第246行：作者自注："在荷马史诗《奥德赛》中，奥德赛曾在阴间见到提瑞西士。"

第253行：作者自注："参见哥尔斯密斯（英国十八世纪作家）《威克菲尔牧师》中被引诱的奥利维娅的歌。"按歌中说：

"当美人儿做了失足的蠢事，
发现男人的负心已经晚了，
什么魔符才能使她消愁，
怎样才能把她的污点洗掉？
唯一的妙法既为她文饰，
又在众目下使她躲过羞耻，
还能为她的恋人带来悔恨，
绞得他心疼——那就是，去死！"

第257行：引自《暴风雨》一幕二景。见第191行注。

第258行：河滨大街是伦敦的商业中心。维多利亚街连接金融城和维多利亚码头。

第260行：下泰晤士街和伦敦的鱼市并列。

第264行：作者自注：殉道堂的内部装饰，据我看是任（Sir Christopher Wren，1632—1723）的内部装饰杰作之一，教堂建于1676年。

第266—306行：这以下是泰晤士河三女儿之歌，仿照了瓦格纳的歌剧《神的末日》（Götter dämmerung）中莱茵河女儿之歌。莱茵河的仙女因为莱茵河里的黄金宝藏而欢快，后来因它被盗而哀诉；同样，泰晤士的女儿先是歌唱泰晤士河曾有过的欢畅，自296—306行则歌唱它遭到的损害。

“喂呵啦啦，咧呀”等是莱茵女儿的叠唱声。（从292—306行她们三人各唱一段。）

第276行：犬岛，伦敦东部由于泰晤士河道弯转而形成的一个半岛。

第279行：莱斯特是十七世纪英国女王伊丽莎白的宠幸。据记载，女王曾和他在游艇上调笑。莱斯特甚至说如女王愿意，他们很可以结婚。

第293行：海倍里在伦敦北部近郊，瑞曲蒙和克尤，在泰晤士河西段上，是人们喜欢去划船的地方。这一整句话仿但丁《炼狱》篇中类似的一句：“西阿纳生我，毁我的是马瑞马。”

第296行：摩尔门是伦敦市内金融城的贫民窟。

第300行：马尔门是泰晤士河口的游览地。

第307行：作者自注："引自中世纪主教圣·奥古斯丁的《忏悔录》：'于是我来到迦太基，那里有一锅淫乱的爱情在我耳边歌唱。'"

第308行：引自释迦牟尼的"火的说教"。由下列片段可见其梗概："僧众呵，一切事物在燃烧。……僧众呵，眼睛在燃烧；可见之物在燃烧……我对你们宣告，它为情欲之火所燃烧，为愤怒之火所燃烧……耳在燃烧……舌在燃烧……"

第309行：作者自注："仍引用奥古斯丁的《忏悔录》。把东方和西方的禁欲主义的两个代表并列在这里作为本诗这一章的顶点，并不是偶然的。"扶里巴斯要淹死在水里，已由第一章里的命相家索索斯垂丝夫人预言过。这几行基本上是艾略特早年的一首法文诗《在饭店内》结尾的译文。对这一章在全诗中的作用，评论家有不同的看法，有的认为他的死是为了重生，如同代表繁殖的神那样；另外的人则认为他的死意味着灭绝，并没有重生的希望。

第328行：指耶稣在客西马尼园（Gethsemane）中被捉、囚禁、受审和遇难。

第357行：作者自注，说这是他在加拿大魁北克看见的一种画眉鸟，并且引用一本讲鸟的书说，它似流水声的歌唱是值得赞赏的。

第367—377行：作者自注：引海尔曼·赫司（Hermann Hesse，1877—1962）《混乱一瞥》（1920）中的一段："欧洲的一半，至少东欧的一半，已经走向混乱，沉醉于神圣的疯狂，沿着悬崖的边缘前进，如同德米特里·卡拉马佐夫（指陀思妥耶夫斯基小说中人物——译注）那样唱着醉酒的圣歌。震惊的资产阶级嘲笑这些歌；圣人和先知则流着泪听。""慈母悲伤的低诉"指悲悼耶稣的妇女，也可能指为其他繁殖神的死亡而哭泣的妇女。

第五章：作者自注："在第五章的第一部分里使用了三个主题：即赴以马忤斯的旅程，到'凶险的教堂'（见韦斯顿的书）和东欧目前的衰败。"

第368行：自此以下几行，可参见艾略特的《家族的重聚》："在人群密集的沙漠中突然的孤独／许多人在浓烟中移动／没有方向，因为没有任何方向／能引到任何地方，而只有围着烟雾团团转。"

第378行：这里就是本文所引《传道书》第四章中的"唱歌的女子"。

第380行：紫色是礼拜式上用以代表忏悔的。参看第220行和373行。

第388行：此处的教堂指“凶险的教堂”。在寻求圣杯的传说里，骑士要经过一座凶险的教堂，好比但丁《神曲》中的炼狱，经此而达到生命的顶峰。

第392行：据信公鸡是驱邪的。

第398行：喜马万山即喜马拉雅山脉。

第402、412、419行：“哒塔”“哒亚德万”“哒密阿塔”，这是取自梵文经典《优波尼沙土》的三个字，意即“给予”“同情”“节制”。

第408行：作者自注：“参看英国剧作家韦伯斯特的《白魔鬼》五幕六景：

> ……他们会再结婚
> 在蛆钻出你的尸衣以前，在蜘蛛
> 为你的墓碑结一层薄幕以前。”

第412行：作者自注：“见但丁《地狱篇》33章第46行，又参见布莱得雷（F.H.Bradley）的《表相与实体》一书如下一段：‘我的外部感觉正如我的思想感情，同样是我自己的。在任一情况下，我的经验都不出我自己的圈子，这圈子对外界是闭绝的；而且，其自身内的一切因素既相同，每个圆体对环绕的其他圆体都是不透明的……简言之，作为出现在一个灵魂中的存在，整个世界对那个灵魂说就是私有的，它对每人说都是特殊的。’”

第417行：考瑞雷纳斯是莎士比亚同名戏剧中的英雄人物，以骄傲和盛气凌人而致失败。

第425行：作者原注：“见魏士登：《从祭仪到罗曼斯》有关渔王的一章。”

第427行：这是一首流行的英国民歌的第一行。

第428行：见但丁《炼狱》26章第148行。

第429行：燕子是夏天的鸟。菲罗美的姐姐普洛克尼即被变为燕子。参见第100行。

第430行：作者原注：“见奈尔法尔（Gérard de Nerval，1808—1855）的十四行诗《不幸的人》。”在诗中，诗人自比在塌毁的楼阁中的阿基坦王子。

附：艾略特的《荒原》[1]（布鲁克斯和华伦）

《荒原》是一首有名的最难懂的诗。它确实有难懂的地方，可是它最吓人的倒不一定是那许多文学典故，或那许多外国文字的引语。典故可以阐明，外文可以译出。本文后面将有一部分这一方面的注解。危险在于：读者或许把解释看作就是诗了，认为既已领会了前者，就是掌握了后者。本文将进行的讨论只能被看作是达到目的的一种手段，这目的乃是对于诗本身获得想象的理解。因此，读者满可以一开始就朗诵这首诗并且“听”它，先不必太关注于某些段落的意义。要理解任何一首诗，这都是可取的办法。它完全适用于《荒原》。在如此做时，读者会充分地对诗作为诗而加以尊重，不致被大量的注解

① 本文译自克里安斯·布鲁克斯（Cleanth Brooks）和罗伯特·华伦（Robert Penn Warren）二人编著的《理解诗》（Understanding Poetry），1950年版。

所淹没。因为解释不管多么必要，要是以它代替了诗本身的话，那终归是无济于事的。

本诗的题名取自一个中世纪的传说，传说中讲到有一片干旱的土地被一个残废而不能生育的渔王统治着，这个渔王的宫堡就坐落在一条河岸上。这土地的命运是和它主人的命运相联系的。除非主人的病治愈，这片土地便只有受诅咒：牲畜不能生育，庄稼不能生长。只有当一个骑士去到渔王的宫堡，并在那里对显示给他的各种东西询问其意义的时候，这种诅咒才能消失。

杰茜·韦斯顿女士（Jessie L.Weston）在她所著的《从祭仪到罗曼斯》（From Ritual to Romance）一节里认为，渔王原来是植物神，在岁末时人们哀悼他的死亡。在春天大自然复苏时，则庆祝他的胜利回返。据韦斯顿女士说，拜繁殖教曾广为传播，特别被士兵和叙利亚商人所传播。以后这故事被基督教转化为圣杯的故事，影射入教的仪式。为了考验入教者的勇气，他必须旅行到“凶险的教堂”，那里好像有一群恶魔在号叫。而且，在他到达渔王的宫堡时，他必须积极探求真理，必须追问各种征象的意义，然后才能把秘密的教义传授给他，才能告诉他生死是相关的，由死才能达到生。

在艾略特的诗《序曲》，特别在《阿尔弗瑞德·普鲁弗洛克的情歌》里，读者已经触及这个主题了。对本文的读者来说，为谈《荒原》，最好的准备是重读一下“普鲁弗洛克”的分析，因为这两首诗有共同的主题。艾略特在《荒原》中只不过把早一首诗里所用的写作技巧更加以扩充和发展罢了。读者开始满可以把《荒原》当作是“普鲁弗洛克”的世界透过中世纪传说的被诅咒的土地这一隐喻而再现出来的。

荒原的象征回荡在全诗的许多事件里。它说明了索索斯垂丝夫人使用泰洛纸牌算命的那一幕（43—59行）。泰洛纸牌的图像，据韦斯顿女士考证，是来源于崇拜繁殖的一套征象。可能在古埃及曾使用这些纸牌来占卜河水的高涨，因为全民族的繁荣都有赖于此。（我们也可以把算命这一幕看作是对骑士显示各种征象，让他追问其意义，以便使诅咒消失。）

荒原的象征还反映在有关尤金尼迪先生的提示中（第209行）。他是叙利亚商人的现代子孙，那些叙利亚商人像腓尼基人扶里巴斯一样，曾把圣迹带到遥远的不列颠。尤金尼迪（Eugenides）原意是“高贵者之子”，可是他的作用如今堕落了。他请人“在大都会去度周末”并不意味着启示人以生之秘密，而是引人崇奉空虚的或反常的寻欢作乐。赴教堂的痛苦旅程（第五章）影射去“凶险的教堂”的旅程，即求真知入门仪式的一部分。

不过，荒原的象征并不能解释诗里的一切事情（我们将看到，有许多其他比喻是用来暗示现代世界的性质的）。我们可能要对诗人采用如此遥远的比喻和如此复杂的一系列引语提出疑问。可是拜繁殖教所针对的问题的核心性质使采用这一切成为适宜。这种崇拜曾出现在我们所知道的每一文化中：人在试图赋予生命以意义时，必须解说生和死这类事实。而且，任何从较原始文化发展起来的高度文化，必然饱含着拜繁殖教的象征的种种暗示和变种。

对这些象征所构成的神话的采用，使诗人能有一套灵活有力的手段来表达现代文明的意义或无意义。泰洛纸牌可以说明这一点：它一度重要的用途和今日被下等的算命人利用的情况形成了对比；过去的教导是，绞死的神之所以死去，是为了他的人民能获得新生，而今日索索斯垂丝夫人却劝人避免死亡。

假如我们认为，这种对比只不过是为了把现在和光辉而有意义的过去加以对照来显示现在的龌龊，那就和反过来认为其含义是说过去的一切教士都不过是索索斯垂丝夫人这类骗子，是同样不中肯的。全诗所用的对比，其含义并不如此单纯。这些对比涉及一切文化所提出的基本问题，尽管在某些文化中，人们被迫作出回答，而在另一些文化中，人们则漫不经心地不予理会。

但对本诗的读者说，使用荒原的传说有其特殊用意。诗人意欲戏剧性地体现出人对生活在一个世俗化的世界，亦即毫无宗教意义的世界里是怎样感觉的。但对于现代的读者，主要的困难是在于他自己已过于世俗化了，看不出诗人说些什么。因此，诗人就想办法把读者置于类似圣杯故事中骑士的地位。那故事中的骑士必须追问他所见的一切事物的意义是什么，必须对显示给他的征象探询其意义，然后才能使灾祸消失。假如我们要体验这首诗——而不是仅仅被告知它的主题是什么，我们就必须注意我们读的一切具有什么意义。否则，我们将只看到一堆零乱的片断，它们可以被一个抽象而主观的结构联结起来，但不能在感觉的意义上统一起来。

前面说过，这首诗还使用其他的一些象征来描述现代世界，而且大量引用了文学典故。在下面的论述（可以看作是初步的轮廓）中，我们将大致限于探讨如下作品：《圣经》，莎士比亚，但丁以及居于我们文化中心的一些作品。在这初步的论述中，我们还将涉及读者大概是熟悉的作品：斯本塞的《结婚曲》，韦伯斯特的《葬歌》，戈德史密斯的《当美人儿做了失足的蠢事》和马威尔的《给他忸怩的女郎》。这些不足以说明全诗，但有助于我们认识到基本的主题。艾略特作为现代世界的特征所描写的一切，以前也出现过。《圣经·旧约·以西结书》的第二章，艾略特从那里引用了“人子呵”（第20行）描绘了一个完全世俗化的世界：

1.“他对我说：‘人子呵，你站起来，我要和你说话。’”

2.“他对我说话的时候，灵就进入我里面，使我站起来，我便听见那位对我说话的声音。”

3.“他对我说：‘人子呵，我差你往悖逆的国民以色列人那里去。他们是悖逆我的，他们和他们的列祖违背我，直到今日。’”

《以西结书》第三十七章描述先知所预见的一片荒原——枯骨的平原。他被问道：“人子呵，这些骸骨能复活吗？我说，主耶和华呵，你是知道的。他又对我说，你向这些骸骨发预言，说：枯干的骸骨呵，要听耶和华的话。”

《旧约·传道书》第十二章（艾略特在本诗第23行注中提到它）也描述了一片枯干有如梦魇的世界：

1.“你趁着年幼，衰败的日子尚未来到，就是如你所说，我毫无喜乐的那些年月未曾临近之先，当纪念造你的主。”

2.“不要等到日头、光明、月亮、星宿变为黑暗，雨后云彩返回。”

3.“看守房屋的发颤，有力的屈身，推磨的稀少就止息，从窗户往外看的都昏暗。”

4.“街门关闭，推磨的响声微小，雀鸟一叫，人就起来，唱歌的女子也都衰微。”

5.“人怕高处，路上有惊慌，杏树开花，蚱蜢成为重担，人所愿的也都废掉：因为人归他永远的家，吊丧的在街上往来。”

6.“银链折断，金罐破裂，瓶子在泉旁损坏，水轮在井口破烂。”

7.“尘土仍归于地，灵仍归于赐灵的上帝。”

8.“传道者说，虚空的虚空，凡事都是虚空。”在本诗第五章所写的景色中也暗示到这一景象。

现代的荒原也好似但丁的地狱。艾略特在第六十三行的注里，让我们参看《地狱篇》的第三章；在第六十四行的注里，要我们参看第四章。第三章描写一处居住着那些曾在世间“不受赞誉或责备地活着”的人们。和他们共同住在这地狱的前厅中的是这样一些天使：“他们既不作乱，也不忠于上帝，而是为自己。”他们两面讨好，不介入任何行为。他们哀叹“没有希望获得一死”。尽管他们没有希望获得一死，但丁却轻蔑地说他们是“从没有活过的不幸者”。要想过真正的生活，就需要有为，而过分怕死的人是绝不肯有为的。《地狱篇》第四章所写的是这样一些灵魂：他们生时善良，但在基督福音传世以前死去。他们没有受到洗礼。他们是现代荒原上居住的两类人中的第二类：一类是完全世俗化的人，一类是没有获知信仰是什么的人。

记着这三种空虚和荒瘠的境界（即圣杯故事、《圣经》和但丁所描写的），我们就可以看看在本诗中是如何展开的。在第一章，在叙述者的脑中流过一个世界的浮影，这个世界是怠倦和怯懦的，无聊而不安，喜欢冬天的半死不活而规避春天生命力的激烈的复苏。这个世界害怕死亡，把它看作是最大的坏事，可是想到诞生又使它不安，而且把生和死看成是截然有别的。我们看到对这个世界的特点的思考（第1—7行，20—30行）杂以对某些特殊情景的回忆（第8—18行，35—41行）。在这之间，有片断的歌或回忆到的诗句。

这个世界害怕未来，渴望看到预兆和征象，尽管看到了也不会相信。主人公被算了一命，可是算命人告诫他的是“小心死在水里吧”，而不是那近似神的启示的警告，即第三十行的“我要指给你恐惧在一撮尘土里”。

当主人公看到伦敦桥上成群的人在冬日早晨的雾里走去上班时，他想到但丁在地狱的幻景中所看见的那成群的死者。这些人在无目的的活动中是死了，并非活着。对繁殖之神进行埋葬的仪式，是由于相信他的精力将会复苏，犹如大自然的精力一样。而在这里，死者的葬仪没有带来复苏的希望。韦伯斯特《白魔鬼》里的《葬歌》（见74行注）的引语描绘了较早时代的葬礼，那景象该是恐怖的：一具没有友人的尸体由蚂蚁、田鼠和鼹鼠去照料；但是在韦伯斯特的诗里，这景象写得毫不可怕。尽管有狼，大自然被写为对人很友善。然而在本诗里，韦伯斯特的葬歌所构制的美却变为一种特殊的恐怖，而这恐怖的产生，是部分地由于把背景“驯服”了：不是在粗野的大自然，而是在近郊的花园；不是无人过问的尸体，而是“你种……的尸首”；不是人类之敌的狼，而是那家畜的狼——狗，纯出于友好之情把尸体掘出来。大自然被驯服并失去其恐怖感（敌对的狼转变为友善的狗），这是世俗化过程的一部分。

第一章里有一处狂喜和美的情景，那是回忆及风信子园外的一段事。它说到的那一刻不是半生半死，而是生命丰满的；可是主人公却要说在那一刻“我不生也不死”。这种说法尽管好像夺去了生机，但之所以如此，是由于把这一刻和魔法师看到幻象的一刻等同起来，因此它和荒原上的生中之死是决然不同的。试把这段里的“我说不出话来……什么都不知道”和下一章里的“你什么也不知道？什么也没有看见”（第121—122行）相比较，这两段有完全不同的效果。

第二章在某种意义上是全诗最容易懂的。我们看到荒原上两种生活的侧影，描绘了处于社会两极的两个处女：一个是豪华居室中的女人，另一个是丽尔，她被两个伦敦朋友在酒馆里谈论着。但这两个女人都是幻灭而悲哀的；对于这两人，“爱”成了难题：一个情绪不好，扬言要冲到大街上去；而另一个呢，已经堕过一次胎，现在当丈夫退伍的时候，害怕又生孩子。两个都是荒瘠的女人，是现代世俗社会的精神荒瘠的象征。她们还代表现代世界的两个方面：贫民窟的堕落和客厅的神经质，虽然表面看来大不相同，却都是现代世界的精神溃败的体现。

第77—78行把客厅的女主人比作在西德纳河上初次呈现在安东尼面前的克柳巴（见莎士比亚的《安东尼和克柳巴》二幕二场190行）。可见屋中的豪华只不过反衬女主人生活实质上的空虚。室内陈设反映了富丽的文化遗产；可是这些征象对她毫无意义，过去对她是死了的；因此本诗在104行把室中的其他装饰以“时光的其他残骸断梗”一词作结而撇开。在她和坐在室中陪她的情人或丈夫之间没有真正的共感。她终于绝望地追问：“你可是活着吗？你的头脑里什么也没有？”她在她的生活中看不出什么意义——除了单调的惯常行为：“十点钟要热水。若是下雨，四点钟要带篷的车。”她的生活意义就像一盘棋戏那样人为规定的。

丽尔的生活在她的两个朋友喝啤酒时的谈论中，显出了可怜的惨况。酒馆伙计越来越紧地以关门的通知催她们走，终于把这两个妇女赶出酒馆去。

河水主宰着本诗的第三章：先是现代的河，河岸上零乱地堆积着垃圾；接着是伊丽莎白时代的河，像斯本塞在《结婚曲》里所描写的，那河上举行过庄严的婚礼。主人公行经城市来到河沿，他又看到河，一条现代的河，洋溢着“油和沥青”；接着又是古代伊丽莎白女皇乘坐皇家游艇的河；接着我们又看到作为龌龊爱情的背景——现代的河。

在河的背景上提出的爱情主题，在本章的中心事件中得到明显的发展。这就是女打字员和满脸酒刺的年青人的相会，他们的爱情只是生物机能的行为，除此没有任何意义。这种机械行为甚至反映在诗的格律上。那年青的女人做了一件“失足的蠢事”，但她没有被骗之感，因为她没有幻觉，她不期望什么，因此也没有失掉什么。诗人把哥尔斯密斯（Oliver Goldsmith，1730？—1774）的诗《当美人儿做了失足的蠢事》从主题、情调和节奏的性质上都改写过，精彩地传达出对同一行为的两种截然不同的概念。她没有感到恐惧和悔恨。她什么也没有感到。她机械地用手理理头发，并拿一张唱片放在留声机上的这一动作，表示那件事对她是无所谓的。

菲罗美通过痛苦而获得歌喉，因被奸污而有了“神圣不可侵犯的歌声”（第101行）。这女打字员当然不是被强奸的，但也没有神圣不可侵犯的乐音——只有留声机上的机械的乐音。

第三章里还有一个极为重要的典故。那是莎士比亚《暴风雨》里的歌“你的父亲躺在五哼深的地方”。在这支歌里，正如在菲罗美的故事中一样，都指出损害和丧失将被转化为富丽的美。在拜繁殖教中，死被转化为生命：种子被埋葬后重又生发为植物；神死了又复返。在莎士比亚的戏里，年青的菲狄南王子在覆舟以后，在普罗斯波罗的岛边沮丧地游荡着，为他父亲的死而难过（见第192行）。正走着时，他听到了阿瑞尔的歌“你的父亲躺在五哼深的地方”，这在他听来不像是来自人间的音乐。他由音乐引导行进，发现了米兰达和爱情，以后又看到他的父亲还活着，而且因为有了岛上的经历而转变了。

这支歌的片断不断出现在诗中叙述人的脑中。在算命的那一段，提到淹死的腓尼基水手时，他想到了“那些明珠曾经是他的眼睛”（第48行）；在第二章，当他被问到：“你什么也没有看见？什么也不记得？”他不可解地记起了“那些明珠曾经是他的眼睛”（第125行）。现在，当他在煤气厂后漫步时，他想起菲狄南王子的悲哀的游荡，但是死亡没有使他看到白骨变为珊瑚或眼睛变为明珠。没有什么变为“富丽而奇异的东西”，只有干骨头“被耗子的脚拨来拨去的，年复一年”（第195行）。而那在水上从他身边流过的音乐（第257行）却是发自女打字员的留声机的。

在荒原的单调世界里，甚至时间也有了不同的特点。时间，它不像马威尔在《给他忸怩的女郎》一诗里那样被意识到是一种迫人行动的殷切催促。马威尔在他的背后总听到“时间的有翼的车”；而本诗的主人公却“不时地听见汽车和喇叭的声音”（第197行），那伦敦市交通的嘈杂声。

在这一章里，或许有一个美而蓬勃有力的现代景色，这就是那在第260—265行里所描写的。由任（Wren）所修建的辉煌的殉道堂如今已围在鄙陋的房子中间；但是怨诉的四弦琴是“悦耳的”，渔贩子们是生气勃勃的（“酒吧间内……发出嘈杂的喧声”），而教堂内还有“说不尽的爱奥尼亚的皎洁与金色的辉煌”。这里有一种生命感，和主宰其他景幕的那种半死半活不同。就本身的意义说，这些贫苦的渔贩子有了生命力；就象征的意义说，他们和鱼——繁殖的征象——相关联。第三章以“烧”字结尾，它所描写的世界是一个被枯竭的人欲燃烧的世界。第四章的简短的抒情插曲与此形成对照：不是无意义的燃烧，而是淹死；不是半死，而是真死；不是干燥的小顶楼里的干骨头，而是海底的洋流低语地啄着的骨头。读者或许要把这一段仅仅看作是单纯的对比——是语调和情致上的变化。但这一段是被它以前的三章大大充实了的。扶里巴斯是叙利亚商人之一。这里的“水里的死亡”，正是索索斯垂丝夫人警告主人公要小心的。不管扶里巴斯在这里是否经历了“海里的变化，变为富丽而奇异的东西”，这里至少有一种和平与超脱之感。利润和损失不再烦扰他。他回到了一切生命之源的大海，而且甚至还有返本归原之感——“经历了苍老和青春的阶段”——仿佛他现在重历他从娘胎开始的历程。

这一章和第一章一样，以一个普通号召而结束：“你们转动轮盘和观望风向的”——就是说，你们像扶里巴斯一样驾驶你们的船和观望天时变化的，你们以为是自己掌握着航程，并且自信不是无能为力地转动轮盘和毫无意义地兜圈子的——请不要忘记扶里巴斯一度和你们一样强大有力，却回避不了旋涡。死亡是一个回避不了的事实。

本诗的最后一章给人以经历噩梦景象的痛苦旅程的感觉。神已经死了。第322—323行暗示耶稣在客西马尼园中的受难，他被囚禁审判和最后死在十字架上；第324—325行暗示他在彼拉多面前的受审。“那一度活着的如今死了”。但是，对于不信奉他的人，他是在一种特别的意义上死了；那些无信仰者既然是荒原上的人，他们并不是真正活着："我们曾活过而今却在垂死，多少带一点耐心。"（第329—330行）

下一段暗示为干旱所苦的旅人陷于呓语中。叙述人总感到一个隐身人的存在。《路加福音》第24章记载，在耶稣被钉在十字架上后，有两个门徒在前往以马忤斯的路上，发现他们身边走着一个陌生人，这人以后显现为复活的耶稣。在本诗里没有这一显现，只有幻觉扩大为一个颠倒了的世界的噩梦幻景。城，像是在海市蜃楼中的倒影，"破裂，改正，又在紫红的空中崩毁。"钟楼是"倒挂在半空中"的，其中的钟声是令人"回忆"的，还有歌声发自"枯井"。

文明是崩溃了；现实和非现实好像混在一起。那个宣称"我要冲出去，在大街上走，披着头发，就这样"的女人（第132—133行）又出现了，"一个女人拉直她黑长的头发，就在那丝弦上弹出低诉的乐音"（第378—379行）。带着"婴儿脸"的蝙蝠和"发自空水槽和枯井"的歌声都指明一场无益的渴望的梦魇。

这一梦魇的旅程带有探索者走向"凶险的教堂"的旅程的性质。那教堂是荒凉无人的，因此更显得充满凶兆。然而屋脊上的公鸡在闪电中叫；还有"随着一阵湿风，带来了雨"，预期着安慰。

电闪之后跟来了雷鸣。雷声是由拟声的字“哒”（Da）表现的。但诗人也利用它是如下梵文字“哒塔”（给予）、“哒亚德万”（同情）和“哒密阿塔”（节制）的头音。雷说的话包括了消灾的秘密。不愿意献出自己——不愿意承担责任——是和孤立之感及行动瘫痪相联的，而这两者正是荒原的特点。“给予”、“同情”和“节制”正是对这一困境的逐条的解答。

这几个字的每一字后的段落都是该字的解说，并把它和本诗前面的一些情况联系起来。人不能绝对地只顾自己。即使种族的繁殖也需要承担责任和奉献自己。活着就需要信仰生命以外的一些东西。

把自己奉献给自己以外的一些东西，这就是要超越人的基本的孤立处境的企图（不管是在性或其他方面）。我们每个人都是关闭在自己的思想和感觉的个人世界里的，正像乌戈里诺伯爵关在他的城堡里一样（见但丁《地狱篇》第33章）。失意的考瑞雷纳斯“只能”有“一刻”复苏（考瑞雷纳斯是傲慢的象征，见莎士比亚的同名剧本）。

雷的第三个指示（第419行）的解说，即响应“水里的死亡”，又和它形成对照。这里的水手不像那淹死的水手扶里巴斯那样无所作为，只随着洋流起落，而是整个主宰着小船，仿佛它就是他自己的意志的扩展。它“欢快地响应”着，说“你的心会欢快地响应”，这意味着心还没有做到。叙述人是处在逆境中。“要给予”这一指示引起他问道：“我们给予了什么？”“要同情”这一指示使他想起他曾听见钥匙“只转动了一下”。钥匙必须转动第二下，他的牢门才能打开。

诗人用梵文字来解释雷鸣，从而把他的引证推向人类最早的历史。在吠陀经《优波尼沙土》里有着关于雷的指示的神话；因此，古代的智慧是包容在原始的语言中，而现代的欧洲语言大都是从那语言引申出来的。

但是，本诗不是以令人复苏的降雨而告终。它的主旨在于使现代荒原的经验得以印证，因此把荒原保持到底。叙述人获知了古代智慧，这件事本身并不能消除普遍的灾祸。不过，即使世俗化已经或可能摧毁现代文明，叙述人还有他自己的个人义务要履行。即使伦敦桥崩坍了，“是否我至少把我的园地整理好？”

主人为支撑他的荒墟而捡起“碎片”（第431行），仿佛对本诗做了一个艰难的、不够满意的结尾。但如果我们知道这些碎片是从哪儿引来的，其来源的总体是什么，我们就会看到，尽管它们标志着主人公的绝望处境，它们并不仅仅是一堆杂乱的东西：它们堆在他的荒墟上是有着某一宗旨的。第428行“于是他把自己隐入炼狱的火中”，这是但丁《炼狱篇》中诗人阿脑特所说的话。他对但丁说，“我是阿脑特，又哭泣又行走作歌；在脑中我看见我过去的疯狂，我又欢欣地看到我所期待的未来的日子。”他的痛苦不是无意义的，他欢欣地退到炼狱的火中。[①]

第429行（“何时我能像燕子”）是从一首晚期拉丁诗《维纳瑞斯之夜》引来的。那首诗也是以希望的调子结束，其叠唱句是：“明天，但愿那未曾爱过的和已爱过的人都有爱情。”

第430行（“阿基坦王子在塌毁的楼阁中”）是从吉拉得·德·诺瓦尔（Gerard de Nerval）的十四行诗《被废谪的人》引来的。那首诗结尾的几行译出如下：“我曾两次胜利地渡过阿克隆河（冥府的河）；在奥弗斯的竖琴上我分别弹出圣徒的悲叹和仙子的哭泣。”和他一样，《荒原》的主人公也来自地狱。塌毁的楼阁就是“凶险的教堂”，它也是整个衰败的传统。主人公决心恢复和重建他的传统。第432行的“当然我

① 泰晤士河的第三个女儿（第293—294行）也反映了《炼狱篇》的一段话，即第五章中庇雅的话，但这里引证《炼狱篇》提示了一个讽刺的对照。因为，和阿脑特的受难一样，庇雅的受难是一次净化作用；她抱着希望，而泰晤士河的第一个女儿是怀着沮丧和绝望说话的。

要供给你”取自伊丽莎白时代的戏剧《西班牙的悲剧》，这剧的副名为《海若尼莫又疯了》。海若尼莫为了替被害死的儿子报仇而装疯。当他被要求写一出戏给宫廷演出时，他答道：

当然我要供给我；别再说了。
我年青的时候，脑子里想的
和我做的都献给无益的诗了；
虽然教授认为受惠不多，
可是这个世界却挺喜欢它。

他看到这出戏会给他提供一个难得的机会来为他被谋害的儿子复仇。和海若尼莫一样（也和阿脑特和被废谪的人一样），本诗的主人公现在找到了他的主题；他将要做的事不是“无益的”了。

海若尼莫的戏是以各种外文写成的部分组成（本诗的结尾也是集合了各种外文的引语）。当廷臣们指责说，这种办法把一出戏弄成了“仅仅一团糟”时，海若尼莫仍不予理会；他的怪主意终于被采纳了，这多半是由于迁就他的疯狂。

诗人此处的写法可能同样显得是发疯，全诗以“仅仅一团糟”而结束。但如果我们看到本诗是涉及一种文化的崩溃，并看到许多文化都归到一个主题上这一重要事实，这种写法就是可以理解的。这样结尾还有一个理由：主人公意味到全诗收尾的一些话在许多人看来是毫无意义的胡言乱语，尽管其中有着最古老最永恒的人类的真理①：“哒塔。哒亚德万。哒密阿塔。”还有一串雷鸣：“善蒂，善蒂，善蒂。”艾略特的注释告诉我们，这里重复的梵文字的意思是“超乎理解的和平”。

在本文以上的解释中，我们略过了许多隐喻和用典的地方。这些已在前面注出。不过，关于本诗主题的开展最好尽可能简述一下，以便使读者自己做一种练习，把其他象征和隐喻的地方调和起来。

对读者说，更重要的是尽可能清楚地看到本诗如何作为诗而感人，而不是仅仅得到本诗的详细的意译就算。为了这一目的，也许最好是在读者对某些次要隐喻的确切用意试图仔细寻索以前，先说明一下本诗中典型的关联和对比。

《荒原》使用的基本手法如下：诗人借助表面的类似而实则构成事实上讽刺的对比，又借助表面的对比而实则构成事实上的类似。这两方面合起来所引起的效果，是把混乱的经验组

① 参见艾略特后来的诗剧《家族的重聚》。在该剧结尾时哈里说：“难办的是，当一个人刚刚恢复清醒而又不十分肯定自己是清醒的时候，那时在别人看来，他好像才是最疯狂的。”

成一个新的整体，而经验的现实的外表还是忠实地保留着。经验的复杂性并没有因为显然强加于它的一个预先规定的设计而被破坏。

《死者的葬仪》里的占命一段诗能恰当地说明这一总的手法。在诗的表面上，诗人写出江湖术士索索斯垂丝夫人对它的使用形成了对比。然而每个细节（以占命者的空谈来衡量是有其现实性的）在全诗的总内容中都具有新的意义。被二十世纪读者讥笑看待的占命随全诗的发展而变为灵验的——当然不是索索斯垂丝夫人所意味的那种灵验。因此，表面的讽刺被反过来，成为更深一层的讽刺。她的谈话的几个项目，就其谈话的前后联系看，只有一个含义："有三根杖的人"，"独眼商人"，"成群的人在一个圈子里转"，等等。可是若与其他意思联系起来，它们便具有了特殊的意义。总括说来，本诗的所有重要象征都归列在这里了；但在这里，在它们被明显地串联起来的这唯一的段落里，这串联是无力和偶然的。只有从整个内容来看才看到的那更深的联系，是随着诗的发展而显现出来的——而这，当然，正是本诗所要追求的效果。

把细节从一个"单纯的"上下文转移到另一个内容里，从而使它饱含深意，并且改变了原意——这种转移可以说明本诗的许多文学用典。例如，"菲罗美的变形"只是《一局棋戏》开头描写的室中陈设的一个项目，可是时态的突然改变——“她还在啼叫（过去时态），世界如今还在追逐（现在时态）”——使它成为现代世界的注解和象征。在全诗里，对它的一再影射逐渐把它和本诗的主题等同起来。采用莎士比亚《暴风雨》的典故显示了同样的手法。但丁的地狱和圣杯故事里的荒原是相当近似的。第一次引用阿瑞尔的歌不过基于不相关的下意识的联想：“这里是你的牌，淹死的腓尼基水手。（那些明珠曾经是他的眼睛，看！）”这个典故第二次出现在《一局棋戏》里的时候仍不过是作为主人公的玄想中的一个项目而已。甚至在“我……对着污滞的河水垂钓，沉思着我的王兄在海上的遭难”和随后的诗行里，把《暴风雨》的象征和圣杯故事相联系也仅仅是讽刺性的。但这联系是建立起来了，尽管它好像是为反讥讽而形成的；而当我们读到《水里的死亡》和其中改变了的语调时，这联系则被正面地确定下来。我们似乎从表面凑合起来的材料得到一种启示感。

自然，这个总过程的另一方面是个性的相互融合。伊丽莎白女王和海倍里出生的女子都在泰晤士河上游览，一个是在皇家游艇上，一个仰卧在小独木船里。这女子是泰晤士的仙女，她被强奸了，因此类似那同样被粗暴污辱的莱茵河的仙女。无论是人物还是其他象征，他们之间的表面联系可能是偶然的，看来微不足道的这种联系或者是为了讥讽，或者通过随意的联想或幻觉；可能是更深一层的关系却在诗的总内容中显示了出来。其效果是给人以经验的统一感，各时代的统一感；与此同时，还会感到总的主题是从诗里逐渐产生出来，它不是强加的，而是逐渐呈现的。

这些类似和对比的复杂交错自然造成晦涩，不过这种晦涩部分地应归因于诗人忠于经验的复杂性。一些象征简直不能和一个单纯的意思等同起来。举例说，“岩石”在全诗里似乎是“沙漠”的象征之一。“干石头发不出流水的声音”，荒原上的女人是“岩石的女人”，而最突出的是，在《雷说的话》里有一长段呓语：“这里没有水只有岩石。”它的大概意思是如此；可是在《死者的葬仪》里又有如下诗句：“只有一片阴影在这红色的岩石下（来吧，请走进这红岩石下的阴影）。”岩石在这里是避居的地方。从死得生的这一反义是贯串在这一象征里了。

还有一个更明显的例子说明对象征的两可的采用。请看一看风信子女郎的那些诗行。那里的形象显然给人以生命的富丽之感。那是狂喜的一刻（基本的形象显然是有关性欲的）；但那一刻的强烈像是死亡。主人公在那一刻“看见光的中心，那沉寂”，因此他看到的不是丰满，而是空虚，他“不生也不死”。生命的征象也意味着一种死亡。这种双重作用自然扩展到一整段。例如，请看：“而酒吧间渔贩子们正在歇午……还有殉道堂：在它那壁上是说不尽的爱奥尼亚的皎洁与金色的辉煌。”这一段的作用在于指出宗教已进入困境。辉煌的教堂现在是被贫民区包围着了。但是，它也有一个反效果：在教堂旁“下泰晤士街的酒吧间”里的渔贩子们过着有意义的生活，而这生活对于世俗文化的中上阶层却不存在了。

无疑地，这篇诗中每个象征如果只有一个确定意义，它会“清楚”一些；但它也就会粗浅些，忠实得差些。因为诗人不能满足于展示一个说教的暗喻，把一层平面的象征直接加添到全局的总和里去。他使用的象征是主题的一些戏剧化的例子，其本身的性质即体现了主题的基本上的反义（似是而非）。

我们把诗人说得好像是一个要从敌意的听众取得认可的战略家。当然这只是在某种意义上是如此的。诗人自己既是叙述人也是听众；我们如果就诗人的诚实而非其他的策略来立论，那将把问题说得更确切些。作为一个完全是他自己时代的人，他只能在谈及基督教复兴的困难时，才能不虚假地表明他对基督教传统的态度；而作为气质上诗人成分远多于宣传家成分的人，他只能在具体地戏剧性地表现他的主题时才能是真诚的。

把这一件事再换一个说法：对诗人来说，基督教的术语已是一堆陈词滥调。无论他认为这些术语如何“真实”，他仍然体会到，它们在表面上看来只能是陈词滥调，而他的办法必须是一个使它们重新获得生命的过程。因此，《荒原》采用的手法是粗暴而激烈，但又是完全必要的。因为，要把已被一层熟稔之膜盖住的象征加以更新和恢复其生命力，就必须有我们在讨论个别段落上所曾提到的一种结构：即陈述表面的相似，而这些相似又讽刺地显示为不相似；又把看来显然不同的事物联系起来，终至后来领悟到它们的不同只是表面的，而事实上相似是基本的，并串起了那一切。就这样，信仰是通过紊乱和冷嘲而宣布出来，并不是撇开它们而宣布的。

奥登《步父辈的后尘》

步父辈的后尘

我们游猎的父辈讲过
　动物的可悲的故事，
怜悯它们固定的特征
　有一种匮乏和限制；
在狮子不耐的视线里，
　在猎物临死的目光中，
“爱”在渴求个人的荣誉，
　而那只有理性的赋予，
只有慷慨的嗜好和能力，
　以及神的正确能增进。
从那美好传统长大的人，

谁能够预料这种结果：
“爱”在本质上竟款通
罪恶的复杂的曲径？
而人的联系竟能如此
改变他南方的姿态，
使他在成熟的考虑下，
只思索我们的思想，
并且违法地祈望，工作，
还力图保持默默无闻？

对于本诗，理查·霍加特在《论奥登》（1951年耶鲁大学出版社出版）一书中有如下解说：

在这首诗里，野兽的情况鲜明地突出了一种特殊的道德冲突。据奥登说，这种冲突是一个资产阶级知识分子所必须面临和解决的问题，假如他要成为一个马克思主义者。

我们的父亲和祖父们怜悯野兽缺乏理智，没有“进步”的能力。对比之下，人好似神，博大，有效率，慷慨和讲理性，能做出“南方”的姿态，即由道德的自信而产生的“爱”的姿态。中产阶级的这种美好传统通过家庭、学校和古老的大学而代代相传。然而我们这一代人却对这一类遗产的基础，对它所忽视的不义感到内疚。这同一“爱”的意识把比较觉悟的我们引向复杂的罪恶行为，即为了正确的目的而做出错误的行为，使我们在社会关系中放弃了宽大和人道的做法，转向掩蔽、诡诈和狡猾，自愿仿效野兽的阴险，而这种阴险仿佛是与理性不能并容的。

因此，这首诗的第二节议论说（奥登此时认为，这对他和类似他的人们是一种道德的必需），他们必须拒绝资产阶级的甚至“体面的”行为准则而采取更大的价值观。这种议论在本诗第一节里是如此引申出来的：它以一种讥讽而惋惜的口吻，谈到那一种传统已经消逝；我们和沉默的野兽的关系已经发生了变化：我们的父辈固守着他们的传统，可以怜悯野兽没有理智的本能；而具有更大的价值观的我们却模仿着野兽的最无理性的特征。

编后记

受穆旦之子查英传的托付，和北京出版集团克农、蒙木老师的邀约，参编此书，我情谊难却又深感任重力微。

穆旦用诗与译诗，同一代又一代读者对话、交流、共振、交融。“在文学史上，有些诗人过去就过去了，但是穆旦却会不断地成为我们的‘同时代人’。”（王家新《“生命也跳动在严酷的冬天”——重读诗人穆旦》，载《文艺争鸣》2018年第11期）其珍稀的“说诗”，经过半个多世纪的沉淀，重新发掘传播，恰是刻录“抹去诗与生命之界”的诗人诗艺探险的心路历程。本书收录的短论、应答、信简和译著的前言、后记、注释等等，经蒙木老师创意，梳理编排大致依循诗人生平身世之经，节选取舍尽量适合作者诗学主张与译诗国别流派之纬。它大致分三辑：谈人与诗、谈创作、谈翻译诗。所收篇章凡作者未曾命题者，均从原文中提炼警句作为标题，“立片言以居要”，既为“说诗”张目，又是阅读导航，帮助广大读者步入穆旦毕生诗作译作构筑的艺术殿堂，在现代诗歌审美境界中徜徉。

千百年来，诗的国度，中国文学史上诗话、诗笺、诗谭、诗语，或文言或白话，不在少数。而这部《穆旦说诗》，却以独特的体例、平易的语言、亲和的风格与丰富的蕴含，将同朱自清《新诗杂话》、艾青《诗论》一道，镌刻在新诗发展史上，成为一个坐标与里程碑。

2021年12月2日

出版说明

“大家小书”多是一代大家的经典著作，在还属于手抄的著述年代里，每个字都是经过作者精琢细磨之后所拣选的。为尊重作者写作习惯和遣词风格、尊重语言文字自身发展流变的规律，为读者提供一个可靠的版本，“大家小书”对于已经经典化的作品不进行现代汉语的规范化处理。

提请读者特别注意。

北京出版社